전범

전범

초판 1쇄 인쇄 2021년 5월 25일
초판 1쇄 발행 2021년 6월 1일

지은이 김용필
펴낸이 전승선
펴낸곳 자연과인문
북디자인 D.room

출판등록 제300-2007-172호
주소 서울시 종로구 인사동7길 12(백상빌딩 1033호)
전화 02)735-0407
팩스 02)6455-6488
홈페이지 http://www.jibook.net
이메일 jibooks@naver.com

ISBN 979-11-86162-44-6 03810
값 15,000원

김용필 지음

—— 일본군 강제징용자 ——

자연과
인 문

  오늘도 돌아오지 못한 영혼을 위하여 기도한다. 일제 36년과 대동
아전쟁(태평양전쟁)을 회고하며 울분이 솟구친다. 400만 명 징용자
들이 돌아오지 못했다. 그들이 어디에서 어떻게 사라졌는지 모른다.

  1945년 태평양전쟁이 끝나고 도쿄와 마닐라에서 전범 재판이 열
렸다. 연합군 재판정에 조선인 병사와 포로수용소 군무원들이 대거
잡혀 왔다.

  미군 정복 차림의 재판관이 단상에 오르자 전범 재판은 시작되고
군검찰의 논고가 한참 진행되고 있었다. 그때였다. 일본군 복을 입
은 군속 한 명이 일어났다.

  "존경하는 재판관님, 저희는 일본군이 아니고 조선인이라는 것을
참작해 주시오."

  "여긴, 일본군 전범임을 재판하는 곳인데 조선인이 왜 있습니까?"

  "우린 일본군 군복을 입었지만, 사실은 식민지 조선인입니다."

  "그대들은 일본군 포로수용소 연합군 포로감시원이었어요."

  "그렇지만 우린 전범이 아니고 식민지 군속의 희생자란 것입니
다."

군 법관이 버럭 화를 냈다.

"당신들은 일본군 포로수용소 감시원으로 연합군 포로를 무자비하게 학대한 잔학범입니다. 따라서 중벌을 받아야 합니다."

"우린 일본군이 아닙니다. 일본군 명령에 따라 움직였을 뿐입니다."

"조선은 일본과 합병국이니 그대들은 일본 군무원인데 무슨 소린가? 마땅히 중벌을 받아야 한다."

미군 법정은 일본군의 한국인 군속 450명에게 냉혹한 중벌을 내렸다. 그리고 군법정은 전범 재판을 끝냈다. 미군 법관은 포로를 학대했다는 이유로 대만인과 조선인 군속들에게 중죄를 내렸다.

통탄할 노릇이었다. 일제 36년 동안 1,000만 명의 조선인 청장년들을 강제징용으로 징집하여 현역군, 학도병, 군속, 광산노동자, 군수품 제조공장, 위안부로 끌려갔다. 이 중 400만 명이 돌아오고 600만 명이 돌아오지 못했다. 그리고 500명이 전범으로 처벌을 받았다. 더 통탄할 일은 돌아오지 못한 그들 중에 2,000여 명이 일본군 전쟁 영웅으로 도쿄 야스쿠니 신사에 안치되어 있다.

그들 영혼은 낯선 하늘과 바다를 떠도는데 그런 일이 있었다고, 마치 남의 일처럼 치부하며 살고 있고 친일파들은 기고만장하게 영웅담을 얘기한다. 잠시 되돌아보라, 우리의 조부모들이 얼마나 고통스러운 태평양전쟁의 한을 품고 사셨는지. 회고하며 돌아오지 못한 그들을 위하여 기도하라. 그들 영혼은 태평양 전선의 어딘가의 외로운 고도에서 한 맺힌 망향가를 부르고 있을 것이다.

이 소설은 대동아전쟁으로 희생된 600만 명 강제징용자들의 슬픈 애환을 잊지 말자는 안타까운 심정으로 그 시대의 아픔을 되새겨보는 것이다.

해마다 벚꽃이 피면 생각나는 사람들, 관동군으로 끌려가서 러시아군 포로가 되어 시베리아의 찬 얼음 속에서 죽어간 10만 명의 조선인 청년들과 대동아전쟁으로 남태평양과 중국, 동남아 전선에서 산화된 600만 명의 슬픈 희생자, 정신대 위안부, 광산의 노동자들의 고통과 희생을 잊어선 안 될 것이다. 나는 오늘도 사라져버린 사람들과 돌아오지 못한 영혼을 위하여 기도한다. 그것이 나라이고 후손 된 도리다.

차례

등장인물

김상혁 — 소설가

고지선 — 역사비평가

아사이 유키 — 검사

모리모토 사토시 — 형사

아사이 사유리 — 작가

김현준 — 일본군 특공대

홍사익 — 일본군 중장

정애심 — 위안부

사또 마사노부 — 일본군 대령

하루꼬 — 위안부

기타

나오미, 이상우, 박현수, 야마시타 토모유키, 야마시타 노무라, 혼마 마사하루 장혁준, 후지마, 기요시, 마사오, 와따나베, 마쓰이 히데오

조선인 전범

　필립핀의 일본군 제14군 사령부에 마련된 연합군 전범재판소의
분위기는 썰렁했다. 법정의 중앙에 영국군 군복을 입은 재판장과 9
명의 법관이 버티고 앉아 있고 단상 아래 죄인석에는 계급장을 뗀
일본군 정복 차림의 장군들이 선열에 자리를 잡고 후열에 천여 명의
일본군과 군무원들이 포승에 묶인 채 앉아있었다. 그렇게 연합군 법
정은 전쟁 범죄자로 가득 채워져 있었다. 모두가 계급장을 떼고 있
어서 신변을 가늠할 수 없지만, 한국인과 대만인 군속들도 많았다.

　전범으로 잡혀 온 군무원들은 머릴 푹 숙이고 있었으나 고급 장교
들은 머릴 꼿꼿하게 세우고 재판장과 신경전을 벌이고 있었다. 마침
내 재판장이 법정 재판을 알리는 인사와 함께 죄인의 심문이 시작되
었다. 그때였다. 죄인석에서 한 장군이 일어나서 말했다.

　"존경하는 재판장님, 저는 일본군 육군 중장 홍사익입니다. 재판
이 열리기 전에 제가 꼭 할 말이 있어서 일어섰습니다."

　"말해 보시오."

　재판장이 허락하였다. 홍사익 중장이 무겁게 입을 열었다.

　"재판장님, 이곳에 잡혀 온 대부분 병사는 정식 군인이 아니고 조

선과 대만에서 징집된 민간인 군속들이니 참고해 주시기 바랍니다."

"전범의 말은 주제가 넘는다. 장군은 일본군 전범이다."

"저는 일본군 장군이며 전범이 맞습니다. 그러나 이들은 징용 군속으로 포로수용소 감시원으로 근무했을 따름입니다."

"포로감시원들의 잔혹한 인권유린 행위를 몰라서 하는 말인가? 귀관의 말은 고려할 가치도 없는 소리다."

집행관은 군무원들이 연합군 포로를 가혹하게 다루었다고 부언하였다. 말이 징용병이지 일본군의 사냥개 노릇을 한 행위는 일본군 이상으로 가혹했다는 것이다. 심문도 없이 호명으로 죄명을 밝히고 선고하였다. 영국군 법관들은 종군 한국인과 대만인에게 더 가혹한 형벌을 내렸다. 그들이 일본의 합병 국민이면서 일본인 이상으로 포로를 가혹하게 감시했다는 것이다. 따라서 많은 조선인 병사와 포로감시 군무원들이 전범으로 처벌을 받았다. 그것은 마치 독일의 추축국에 가담한 오스트리아나 체코 의용군이 독일군 취급을 받고 처형을 당했던 것과 같았다. 아무튼 재판관은 그들에게 조선의 징병군이란 말을 쓰지 않았다. 군법정은 조선인도 일본의 합병 국민이라서 동등한 처벌을 하였다. 잘못된 재판이었다.

수많은 조선인이 일본군 전범으로 처벌받았다. 할아버진 일본군 장교로 태평양 전투에 참여했다가 행방불명이 되었다. 상혁은 아무리 찾아보아도 전범 명단에서 야스야마 고도시(김현준)소령의 명단은 없었다. 그는 행방불명으로 돌아오지 못한 할아버지와 이름 없이 죽어간 징용자들의 흔적을 찾아 일제의 전장을 찾아다녔다. 고지선은 태평양 전쟁터를 찾아다니는 그를 위해 기도했다. 그녀는 김상혁 작가를 사랑하였다. 그러나 바쁘다는 핑계로 사랑하면서 결혼을 미루는 그가 야속했다.

"천황을 처벌하지 않는 것은 미군의 실수였어. 도통 이해가 안 간다니까."

상혁은 흥분하였다.

"원폭으로 민간인을 많이 죽인 미국의 양심이겠지."

미국은 비록 일본이 전쟁에 패했지만, 태평양 무대에선 일본의 존재를 무시할 수 없었다. 그것은 차후 소련의 남하를 막을 수 있다는 계산에서 천황을 처벌하지 않았다.

"그럼 우리나라 징용자들을 왜 전범으로 처벌한 거야?"

"조선인 징용병이나 학도병과 군속들은 실제로 일본군이라는 거지."

"고지선, 역시 친일파 자손 같은 소릴 하는구나."

"너 정말 그딴 소리 할 거야."

고지선이 버럭 소릴 질렀다.

"미안, 미안...... 그러나 사실은 부정할 수 없지. 사악한 조선총독부 고등법관은 민족의 피를 말린 장본인이잖아."

"꺼져버려 자식아."

지선이 자릴 뜨려고 하였다. 상혁은 그녀를 붙잡았다. 그녀는 못 이긴 척하고 옆에 앉았다.

"지선아, 사실은 말이야. 일본 전범에 관한 자료를 보다가 조선인이 2천 명 이상 전범으로 처벌을 받은 것은 충격적이었어."

상혁의 말에 지선은 아무 말이 없었다.

"A급 전범으로 처형된 홍사익 중장 알지, 넌 어떻게 생각하니?"

상혁이 물었다.

"골수 친일파 장군이 맞아."

"골수 친일파 일본군 장군이 틀림없다고?"

"당연히 A급 전범이지. 당시 그가 저지른 행각이 그랬어. 난징학살에서 수많은 사람을 죽였고 필립핀 바탄에서 미군 포로 5만 명을 학살한 포로수용소장이었어."

"바탄의 학살은 홍사익 장군이 지시한 것이 아니잖아?"

상혁이 반문하였다.

"포로수용소 소장이니까 책임을 면할 수 없는 거야."

지선은 거침없이 홍사익을 친일파 골수라고 표현하였다. 필립핀 수용소에서 포로가 5만 명이나 죽었다. 바탄의 포로 대학살은 그가 내린 명령은 아니지만 그가 포로수용소 소장이라서 책임을 져야 했다. 그녀는 영국군 법관처럼 냉철했다. 상혁은 당시 전범 8대 범인의 판결은 너무 가혹한 재판이라고 생각하였다.

"홍사익은 죽을 때 조국에 미안하다고 하였지. 진정한 후회와 반성이었어."

"변명이야. 위장의 탈을 쓴 교활한 여우 같은 놈이라고."

그녀는 홍사익에게 가혹한 욕설을 퍼부었다. 필립핀 포로수용소에서 5만 명이란 미군 포로를 죽게 한 위인이며 난징학살의 친위 대장이며 관동군 때 독립군을 때려잡던 전적을 기억하고 하는 말이었다.

"그렇지만 조국에 끼친 해는 없었고 평생 일본군 장교가 된 것을 후회했었어."

"거짓 위장이라니까. 일본을 사랑하고 일본군에 과잉 충성을 한 놈이야."

당시 다른 일본육사 출신과 동기인 지청천 장군도 옷을 벗고 독립운동을 했는데 그자는 일본 군복을 안 벗고 장군으로 승승장구하였다.

당시 일본육사를 나온 조선의 선후배 동기들은 일본군에서 탈출하여 독립운동가가 되었는데 그는 일본군 장군으로 출세하여 현역 군인으로 조국 해방을 돕겠다고 하였다. 그런데 수많은 군속과 조선 독립군을 죽였던 위인이었다.

"조선인을 많이 죽였다고? 그건 그를 비방하는 자들의 낭설이야."

"관동군 시절에 독립군 잡는 귀신이었단다. 난징학살 때도 난징 시민을 가장 많이 죽게 한 장교였어."

"군 작전상 친위대를 맡아서 벌어진 일이겠지."

"헛소리 그만해, 옹호하지 말라고, 그자는 민족을 배반한 악독한 친일파야."

지선은 세차게 홍사익 중장을 몰아붙였다. 상혁은 그녀를 알고 있었다. 그녀는 홍사익이 자신의 할아버지와 같은 인간이라고 헐뜯었다. 그녀의 조부는 조선총독부 고등 검찰청 판사로 있을 때 징용을 거부했던 수많은 청년에게 가혹한 형을 내렸던 판사였다. 그리고 조선인 징용에 앞장섰던 인물이었다.

상혁은 그녀의 조부가 조선총독부 고등 판사로 악랄한 친일 행각을 했다고 비판하고 사죄하며 반성을 하라고 하였다. 그는 걸핏하면 '넌. 골수 친일파 자손이야' 그럴 때마다 야속했다. 그래서 조부의 죄값을 용서받으려고 그는 징용자 보상청구 일을 자청하였다.

"내가 친일파 손녀라서 싫은 거니?"

"아니야. 너의 조부는 홍장군과는 달라."

"나, 네가 그런 말 할 때 내가 얼마나 괴로운 줄 아니?"

"괴로워한다고 해결되나, 골수 친일파인 것은 사실인데, 너의 조부가 얼마나 많은 조선인을 약탈했는지 알면 넌 그런 말 할 자격이 없어."

"내 가슴에 못을 박는구나. 그래서 사죄하는 마음으로 이 일을 하잖니?"

그녀는 평생 그런 조부의 행적을 비난하고 자숙하면서 징용으로 희생된 유족들에게 사죄했다. 일본을 상대로 징용자 보상을 청구하는 사업을 벌이면서 역사를 비판하는 증언자가 되려고 노력하였다. 골수 친일파란 맥락에서 홍사익에게 못지않게 가혹한 조부 고준평 판사를 비판하는 그녀의 심정을 모르는 바는 아니었다. 해방 후 그녀의 조부는 친일 행각을 위장하고 조선인을 도왔다고 말하였다. 그녀는 늘 조부를 친일파의 거두로 망국을 초래한 패륜아라고 비난했다. 홍사익에게도 그런 감정이었다. 상혁은 당시 임시정부 광복군 대장 지청천 장군이 홍사익을 만나서 했다는 뼈아픈 충고를 기억하였다.

"일본 군복을 벗고 나오라. 우리 같이 독립운동을 하자."

"독립군만이 조국을 위하는 것이 아니다. 난 일본군으로 성공하여 조선을 되찾을 거야."

지청천은 그의 말에 조소를 보냈다.

"너의 그 헛된 욕망은 언젠가는 비극적인 종말을 맞고 말 것이다. 그래 너는 네가 원하는 길로 가서 대성해라."

고지선은 할아버지가 꼭 홍사익 중장을 닮았다고 생각하였다. 할아버진 그 자신이 고등부 판사로 있었던 것은 조선인에게 큰 힘이 되었다고 생각하였다. 그러나 사람들은 조선인을 괴롭힌 악질적인 고등법원 판사라고 하였다.

"네가 홍사익 장군을 비난하는 것은 너의 조부를 비토하지 말란 뜻 같다."

"병신 같은 놈, 그렇게 받아들였어?"

"너의 조부는 악질적인 판사였어. 수많은 조선인을 감옥에서 죽게 하였지."

"내가 그래서 부끄러워하잖아."

"그러니까 홍사익 장군을 너무 비판하지 마라."

상혁이 홍사익 중장을 옹호하는 이유는 그의 조부가 비록 학도병이긴 하지만 일본군 장교였고 홍사익 장군이 김현준 소령을 사랑했다는 이유였다. 상혁은 한국인 전범 처형 재판의 판결문을 보고 너무나 안타까웠다. 전범은 A급, B급, C급, D급으로 분리되었다. 법정에서 말하듯 홍사익 장군은 정말 한국인 부하를 사랑했던 인간적인 군인이었다.

"그건 가식으로 포장된 인물일 뿐 실제는 가장 나쁜 친일 군인이라고 봐."

"언젠가는 재평가받을 날이 있겠지."

상혁은 그녀의 주장에 제동을 걸었다. 홍사익 장군은 조부 김현준 소령이 와타나베의 팔을 자르고 도주했을 때 구해줬고 사또 마사노부에게 하극상으로 처형을 당할 때 구해준 은인이었다. 그뿐 아니라 김현준을 잠수함 특공대로 전출 보내 공을 세우게 하였다. 그런 관계로 그에게 호의적인 생각을 하고 있었다.

상혁은 전범 법정에 섰던 상황을 다시 회상하였다. 미군 도쿄 극동수용소에 갇혀 있던 태평양전쟁 A급 전범 야마시타 토모유키와 무토 아키라(홍사익)가 필립핀 법정으로 이송되었다. 국제 전범재판소는 필립핀에서 중죄를 지은 범인은 필립핀의 영국군 법정으로 송환하라는 명을 받고 이감을 하였다. 도쿄 극동수용소에서 필립핀으로 이감하는 홍사익 장군의 심정은 너무나 애처로웠다.

1945년 여름 필립핀 루손섬에 상륙한 미군에 쫓겨 사또 마사하루 대령과 14군 포로수용소장 무토 아키라 중장이 바기오로 탈주하였다. 맥아더는 도망간 일본군을 잡으면 현장에서 사살하라고 명령했다. 홍장군은 거친 정글을 한없이 걸었다. 지치고 힘들지만 살기 위해선 걷고 또 걸었다. 험하고 깊은 첩첩 산길은 죽음의 탈주였다. 발길이 너무 무거워 도저히 더 버틸 수가 없어서 항복을 결심했다. 그러나 처참하게 죽느니보다 자결하는 편이 낫지 않을까 하는 생각이 들자 울컥 슬픔이 치밀었다. 바기오 산막에서 홍 중장은 전속 부관인 박현수 소령에게 술회하였다.

"박 소령, 우리가 진 전쟁이야, 이젠 죽음을 맞아야 할 것 같아."

"장군님, 힘을 내세요. 가다 보면 살길이 있을 것입니다."

박현수 소령이 장군을 위로하였다.

"박 소령, 우리에게 그런 행운도 있을까?"

"물론입니다. 구하는 자에게 길은 있습니다."

"자네는 꼭 살아서 돌아가야 하네. 나의 이 비참한 모습을 세상에 알려주게."

"장군님, 왜 그런 약한 소릴 하십니까. 살아서 같이 조국으로 가야죠."

"내가 정말 조국에 갈 수 있을까? 그건 호사스러운 희망일 뿐이야."

"아닙니다. 갈 수 있습니다."

"이상우는 어떻게 되었나?"

"사또를 따라갔답니다."

"결국, 사또가...... 자네, 내 말 잘 듣게 꼭 살아서 이상우를 만나면 총살을 하게나. 그야말로 변장한 친일파야."

"이상우는 왕손입니다."

"이씨 왕손...... 그래서 죽여야 하네. 그자가 사또 마사노브와 합동하여 태평양전쟁을 일으킨 장본인이란 말일세."

"그러나 이상우는 장군님을 존경했습니다."

"내가 어리석었어…… 내 탓이야. 말리지 못한 것이 후회된다네."

다시 죽음의 도피는 계속되었다. 정글에 빽빽이 늘어서 있는 수천 수만 그루의 나무와 잡초 사이에 피를 흘리며 죽은 군인 시체들이 수없이 나뒹굴고 있었다. 거의 머리와 가슴, 팔다리에 중상을 입고 쓰러져 죽었고 짐승들에게 물어뜯긴 흔적도 있었다. 그들 속엔 현지에 사는 젊은 남녀들의 시체도 많이 보였다. 더욱이 나무 밑에는 비옷을 걸친 채 아픈 상처를 못 견뎌 신음하고 있는 생존 병사들도 있었고, 길옆엔 이미 숨져간 병사들의 시신이 백골이 되어 눈에 띄었다.

살아있는 사람도 있었다. 여윌 대로 여윈 몰골의 소녀가 죽은 부모의 시체를 부둥켜안고 있었다. 참혹한 전장은 지옥이었다. 그리고 수용소에서 울부짖는 포로들의 아우성이 귓전에 들렸다. 그러나 약도 식량도 없는 상태라서 돌봐 줄 수가 없었다. 수많은 포로가 죽어 갔다. 그 모습을 생각하니 머리가 깨질 것만 같았다. 몸이 지치고 발길이 떨어지지 않았다. 꼭 3일을 걸어서 산을 넘었다. 탈진 상태였다.

정글 속 도피 막사에서 14군 참모부 야마시타 토모유키 사령관과 무토 아키라 포로수용소장이 대원들과 사후 대책을 논의하고 있었다. 사또는 어디에 숨었는지 보이지 않았다.

"장군, 미군이 압축해오는데 이대로 버틸 수는 없잖습니까?"

홍사익 수용소장이 야마시타 장군에게 말을 건넸다.

"대책이 안 섭니다. 그렇다고 언제까지 도주할 순 없잖습니까?"

"그렇지요. 그런데 사또란 놈은 어디로 갔어요?"

"신출귀몰한 놈이죠. 멀리 도망갔어요. 절대 잡히지 않을 것입니다."

그놈 때문에 그들의 죄는 가장 되었다. 수용소장이 포로학살을 명령했다고 책임을 전가 한 놈이었다. 야마시타 토모유키 사령관은 이빨을 앙다물었다.

"무서운 놈이죠. 포로 학대를 명령한 놈은 그자였어."

그러나 그는 포로 사살은 본영에서 내려온 명령이었고 그것을 실행한 사람은 수용소장이라고 하였다. 사또에게 당한 것을 두 장군이 울분을 토하고 있었다. 그때였다. 포로수용소 조선 출신 장교 박현수 소령이 달려왔다.

"장군님, 피해야 합니다. 미군이 포위망을 좁혀오고 있답니다."

"어딜 간단 말인가? 차라리 자수하겠네."

"잡히더라도 일단 자릴 떠야겠습니다."

그때였다. 미군 수색대가 눈앞에 다가서고 있었다. 야마시타 장군이 갑자기 권총을 꺼내 들고 자신의 머리에 겨냥하였다. 무토 사령관이 발견하고 야마시타 사령관의 손을 내리쳤다. 권총이 땅에 떨어졌다.

"패장이 무슨 말을 하겠는가?"

"힘을 내세요. 이미 포로가 되었습니다."

미군들이 군막을 포위하고 소리쳤다.

"무기를 버리고 투항하라."

미군 장교의 목소리가 들렸다.

"홍장군, 투항하면 목숨은 살려줄걸세 자수를 하게."

야마시타 사령관이 무토 아키라를 바라보았다. 홍사익이 두 손을 들고 일어났다. 그를 따르던 병사들이 모두 손을 들었다. 야마시타가 손을 들고 나갔다. 모두 그의 뒤를 따라 나갔다. 미군 병사들이 달려와서 그들을 체포하였다. 홍장군과 병참감들은 바기오 밀림 속에서 기아 상태로 미군에 잡혔다. 그는 미군의 포로수용소에 들어갔다.

"관등성명을 대라."

미군 대령이 큰소리로 물었다.

"일본군 필립핀 제16군 사령관 야마시타 토모유키 장군이다."

"사령관이 포로가 되었군요. 그리고 옆에 있는 장군, 당신의 성함은 뭐요?"

미군 대령이 무토 아키라 장군에게 물었다.

"난 일본 14군 필립핀 포로수용소장 무토 아키라 중장이요."

"포로들에게 죽음의 바탄 대 행진을 명령한 수용소장이구먼요. 당신을 포로 학대 학살의 책임자로 체포합니다."

미군은 두 장군과 28명의 일본군을 체포하여 트럭에 태우고 바기오를 떠났다. 계곡이 무섭게 웅크린 산악을 내려왔다. 그들은 미군 병영에서 하룻밤을 자고 마닐라에서 배를 타고 도쿄로 이송되었다. 그들은 다른 전범들과 같이 도쿄 전범 수용소에 갇혔다.

1945년 9월 25일, 태평양 전투에서 포로로 잡힌 일본군 포로 20,000여 명이 도쿄 전범 수용소에 갇혀 있었다. 그런데 2,200명이 수용소를 탈출하는 사건이 벌어졌다. 일본군 포로들이 야구 방망이와 식칼을 들고 경비병 4명을 살해하고 철조망에 담요를 걸쳐놓고 특수 장갑을 이용하여 철망을 넘어 탈출하였다.

미군은 1,600명은 체포했으나 400여 명이 도주를 하였다. 계속된 수색 끝에 230명을 사살하고 170여 명이 탈출에 성공하였다. 일본 우익들이 도운 탈출이었다.

홍사익 중장은 독실에 갇혔는데 옆방에 야마시타 대장이 수용되어 있었다.

"필립핀 전투 전범들은 영국군 재판소로 보내세요."

미 군정이 전범 수용소장에게 내린 명령이었다. 야마시타 대장과 홍사익 중장이 일본 도쿄수용소에서 필립핀으로 송치되었다. 필립핀에서 학살 행위는 마닐라 군사 법정에서 재판을 받아야 한다는 미 군정 법정의 지시였다. 야마시타 대장과 무토는 필립핀에서 포로를 관리한 범인이기에 다시 마닐라로 송환되었다. 그가 필립핀으로 이송되었다는 말을 듣고 임시정부 군정 부장인 지청천 장군이 그를 면회하러 왔다. 이상우와 같이 왔다.

"이상우, 배신자, 네놈이 어떻게 그곳에 있어?"

홍사익이 소릴 질렀다.

"장군님, 죄송합니다."

"진정하게, 이상우는 내가 보낸 밀사였다네."

지청천이 조용히 말했다.

"뭐라고? 이상우가 일본군인데 자네의 첩자라고......."

"장군님, 면목이 없습니다."

이상우가 고개를 떨구고 있었다.

"배신자, 네놈은 태평양전쟁을 일으킨 무토의 참모였어, 그런데 어떻게 독립군 소속이냐고?"

"홍장군, 이상우는 아직도 일본군이네, 자네가 재판을 받는다기에 변호를 한다네."

지청천이 숙연한 표정으로 말했다.

"저놈은 나를 배신하고 조국을 배신한 놈이야."

"홍 장군님, 오해입니다. 장차 독립된 조국에서 큰일을 할 것입니다."

"홍장군, 내가 그때 뭐라고 했나? 일본 군복을 벗으라 했지. 그런데 한국인이 일본에 충성을 다한 A급 전범이라고, 자네 인생을 헛살았어."

지청천이 회고하였다.

"후회하고 있다네. 자네나 유동렬, 김경천 등 일본육사 출신들이 다 옷을 벗었을 때 같이 가야 했는데 나만 고집을 했지."

"조국이 해방되었는데 죽음을 맞다니. 답답하네."

"제발 나 같은 군인이 다시는 안 나왔으면 하네."

조선인 출신 일본 육사생으로 일찍 졸업한 이갑, 이응준, 김광서, 김석원, 지대순 등은 일본군 장교가 되었으나 곧장 일본 군복을 벗어 던지고 망명하여 항일운동에 투신하였는데 오직 그만이 유일하게 일본군 장교로 남아 일본 육군대학까지 나왔던 장군이었다.

"이상우 소령, 홍장군을 잘 보살펴드리게."

지청천은 떠났다. 그는 지난 일본 육사 시절을 회상했다. 홍사익은 일본 육사 2학년이 된 1910년 8월에 조선이 일본에 합병당하자 한국계 육사생과 졸업생 여럿이 동경 아오야마 공동묘지에 모여 조국수호 결사 동맹회를 가졌다.

"우리 독립운동을 하려면 모두 자퇴를 해야 하네."

지청천이 말했다.

"아닐세, 나라가 힘이 있어야 독립을 한다네."

홍사익은 일본 육사에 남아 끝까지 배울 수 있는 데까지 배우고 익혀서 군 최고 장성이 되는 것이 조선을 사랑하는 길이라고 말하였다.

그는 개천에서 용이 난 인물이었다. 1896년 평민이 국비로 일본 사관학교에 들어간 사람은 그와 유동렬이었다. 유동렬은 일본 육사 12기 졸업생으로, 귀국해 대한제국 무관학교 교관으로 있다가 나라가 망하자 중국으로 망명하여 임시정부에서 활약하였다. 해방 후 돌아와 대한민국 국군을 창설하였으나 숙군 작업 때 걸려 6·25가 나자 아들과 함께 납북하였다.

필립핀 마닐라 법정에서 전범 재판이 시작되었다. 전범들은 필립핀 전역을 비롯한 말레이시아, 미얀마, 싱가포르, 인도네시아, 홍콩 등 남방 전역에서 근무한 일본군이었다. 이들은 민간인 살상과 고문, 강간, 약탈, 파괴를 한 자들이었다. 필립핀 군법정은 미군 포로를 죽음의 바탄으로 대행진 시켜 학살한 포로 학대의 야만 행위는 마땅히 총지휘관이었던 야마시타 대장이 책임져야 한다고 하였다. 그리고 포로를 굶겨 죽인 수용소장 무토 아카라 중장은 더 악독한 범인으로 처형해야 한다고 하였다.

무토는 자신이 죽더라도 전범이 된 조선의 포로감시원들이 무죄 판결을 받고 빨리 고국의 품으로 돌아가길 바라고 있었다.

필립핀 마닐라 국제 심판소에서 무토 아키라와 야마시타 토모유키는 이미 도쿄 법정에서 A급 전범으로 형을 받은 상태였다. 그러나 현지에서 법정이 다시 열렸다. 법정엔 군법관 3명과 군검찰, 그리고 통역관, 죄수, 그리고 연합군 방청객으로 구성된 장소였다. 그때 통역은 조선인 이상우 소령이 맡았다. 이상우 소령이 무토 아키라에게 미소를 보냈다. 무토 역시 미소를 보냈다. 법정이 시작되었다. 무토는 무거운 표정으로 포승에 묶힌 채 앉아있었다. 법정은 쥐 죽은 듯 고요했다. 군 검찰이 전범의 죄상을 논고한 후 재판장이 물었다.

"피고의 이름은 무토 아키라, 계급은 중장이 맞는가?"

"맞습니다."

"피고는 일본 남방군 필립핀 포로수용소 소장이 맞는가?"

"네. 맞습니다."

이상우 소령이 통역으로 검찰과 피고의 의사를 소통케 하였다.

"피고는 연합군 포로를 학대 학살한 이유로 A급 전범으로 이미 도쿄 법정에서 판정을 받았다. 이 재판은 현지에서 확인차 열린다는 것을 아는가?"

"압니다."

"A급 전범 무토 아키라 중장은 연합군 포로 7만 명을 잡아 이동시키는 과정에서 5만 명이란 포로를 학살하였다. 포로들은 대부분 굶겨 죽였고 피골이 상접하여 이동할 수 없는데 포로를 총살하거나 대검으로 찔려 죽이라는 명령을 한 자이다. 이 명령은 그때 16군 총사령관인 야마시타의 허락하에 이루어진 포악한 인간 살육 행위였다. 다시 말하지만 보호하여야 할 포로수용소장이 포로를 5만 명이나 죽인 살인죄를 인정하는가?"

무토는 천천히 답변하였다.

"현지 사령관으로 미군 포로학살의 책임은 있습니다. 그러나 포로를 학살하라는 명령은 일본 본영에서 내린 명령이라서 14군 사령관과 본 수용소 사령관은 전혀 그 사실을 몰랐고 학살은 현장 지휘관이 저지른 일입니다."

"사령관 지시 없이 현장 장교가 그런 학살을 자행했단 말인가?"

"네, 내게 보고된 바가 없었고 내가 전혀 모르는 사이에 일어난 일입니다."

"110Km나 되는 길을 이송하면서 포로를 죽였는데 모른단 말이 되는가?"

"본영이 직접 명령을 내렸습니다."

"본영은 그런 명령을 내린 바가 없다는데 범인은 사실을 왜곡하는가?"

"사또 마사하루란 작전 참모의 소행이었습니다."

"확인도 안 했나요?"

군검찰이 버럭 소릴 질렀다. 그리고 야마시타에게 물었다.

"야마시타 총사령관도 몰랐단 말입니까?"

"네"

"그럼 무토 아키라 중장의 짓입니까?"

"사또 대령이 독단적으로 내리고 본영의 명령이라고 위장하였습니다."

"사또 마사하루는 일개 대령인데 어떻게 그런 명령을 내린단 말이오?"

"그자는 평소에도 본영의 작전 참모로 독단적인 행동을 취해 왔었습니다."

"남방군 모든 전투 작전을 그가 세웠다는데 일본군의 작전은 그렇게 계통 없이 이루어진 것입니까?"

"안하무인 격으로 당돌한 영웅주의자입니다."

"그자는 도망가서 잡히지 않았어요. 아무튼 이 모든 책임은 두 분이 져야 합니다. 그래서 두 장군을 A급 전범으로 사형에 처하는 바입니다."

통역관 이상우 소령은 홍사익의 심정을 진솔하게 열변으로 통역하였다. 그러나 소용이 없었다. 연합군 전범 재판에서 홍사익과 야마시타 사령관에게 총살형이 선고되었다.

그때 야마시타 사령관이 이상우에게 조용히 말했다.

"이 소령, 부탁이 있네. 나는 총살형보다 교수형을 받고 싶다고 전해 주게."

이상우는 군법관에게 야마시타 사령관이 총살형 대신 교수형을 받고 싶다고 알렸다. 재판관은 판결을 수정했다.

"야마시타 사령관의 재판을 수정한다. 야마시타 사령관과 무토 아키라 중장은 교수형에 처한다."

이상우의 통역과 호소로 전범 재판관은 그들의 형을 바꾸어 내렸다. 무토 아키라 중장이 굳은 표정으로 이상우 소령에게 말했다.

"이 소령, 배신자의 말로라네. 책임을 질 자는 책임을 져야 하는 걸세. 자네는 나 같은 군인이 되지 말고 무사히 고국으로 돌아가게."

한마디 남기고 사형장으로 끌려갔다. 그리고 교수형에 처해졌다. 그렇게 마닐라 영국군 재판소에서 홍사익 중장은 교수형에 처해졌다. 그의 나이 57세였다. 그는 일본군 남방지역 사령부 병참감 겸 포로수용소 소장이었다. 죄목은 바탐 대행진에서 연합군 포로 5만 명을 학살한 죄였다. 역시 야마시타 사령관도 1946년 4월 18일 교수형이 집행되었다.

상혁은 마닐라의 미군 법정이 열린 자리에서 홍사익을 상기하였다. 홍사익은 누구인가? 조선인으로 영친왕과 같이 일본 육사를 나와 일본군 육군 중장으로 승진을 하였다. 1889년 경기도 안성에서 태어나 15세 때인 1905년 대한제국 육군무관학교를 나왔다. 이어 일본 육군 중앙 유년 학교를 거쳐 일본육사 26기와 일본 육군대학을 졸업하였다. 1926년 소좌(소령)때 만주사변을 맞아 만주 육군 훈련처 교관으로 발령받아 관동군 참모부에서 근무했다. 1938년 대좌(대령)로 진급하고 상해 주둔군 조사관으로 전출했다. 그는 난징학살의 주 업무를 수행한 전공으로 준장 진급을 하여 다시 관동군에서 근무하였고 만주의 팔로군 팔치산 소탕작전에 공을 세워 소장이 되었다. 이때 팔로군에 소속된 조선독립군 의용대를 다스리는 장군이었다. 1944년 중장으로 승진하여 필립핀 주둔 일본군 남방지역사령부 병참감 겸 포로수용소 소장으로 임명되었다가 패전을 맞았다. 그리고 전후 A급 전범으로 처형 되었다.

그리고 한국계 일본인으로 A급 전범이 된 사람이 또 있다. 도고 시게노리(박무덕) 일본 외무장관이다. 한국계 일본인 도고 시게노리 외무장관은 하와이 공격을 미화한 A급 전범으로 1946년 5월 1일 도쿄 스가모 형무소에 수감 되었다.

죄명은 '진주만 공격 전야에 연합국을 기만하기 위해 거짓 협상을 벌였고 국장 시절부터 전쟁 모의에 참여하고, 외교 교섭을 통해 전쟁 개시를 돕는 기만 공작을 했으며, 개전 후에도 외무장관으로 전쟁 수행에 힘썼다.'

도고는 패전국에 대한 승전국의 오만한 재판을 강하게 비판하였다. '전쟁은 동등한 입장에서 해놓고 패전국에 대한 전범 재판을 한다는 것은 이치에 맞지 않는다. 전쟁에 패한 것도 억울한데 전범으로 처벌하는 것은 상식 밖의 행위니 무리한 판결을 내려선 안 된다.'라고 법정에서 말하자 재판관이 크게 분노했다.

"패전에 대한 책임이 아니고 전쟁 중에 수행한 광적인 살인과 학살에 대한 책임입니다."

"그럼 연합국도 적을 학살했잖아요?"

"그건 전투 중에 불가피한 상황에서 벌어진 살인이지 의도적으로 집단 학살은 아니잖아요."

"소련과 전쟁에서 일본군 20만 명이 죽었고 100만 명이 포로로 잡혔으며 중국과의 전쟁에서 100만 명이 죽었습니다. 그들에겐 왜 전범 책임을 묻지 않나요?"

도고 시게노리는 주장을 굽히지 않았다.

"일본군은 연합군과 중국, 동남아제국, 태평양 연안국의 1천만 명 희생자를 냈는데도 자성이 없는 외무장관에게 20년 금고형을 선고한다."

도고는 스가모 형무소에서 '시대의 일면'이란 회고록을 집필하던 중 옥사하였다. 사후 도쿄 아오야마 충신묘지에 안장되었다가 야스쿠니 신사에 합사되었다.

상혁은 도고 시게노리의 파란 많은 인생을 조명해 보았다. 그는 조선인 피를 받은 박무덕이란 외무장관이었다.

그는 1882년 12월 10일 사쓰마번 나에시로가와 촌에서 한국계 일본인 박수승과 한국계 일본인 어머니 사이에서 태어났다. 도고 시게노리는 임진왜란 당시 시마즈 요시히로의 부대에 연행되어 온 도공 박평의의 후손이었다. 도공으로 끌려와서 사쓰마번의 나에시로가와에 정착하여 대대로 도자기업에 종사하며 살았다.

그의 조상은 조선인의 정체성을 잃지 않고 막부 말기까지 조선어를 사용하였다. 박수승은 메이지 유신 때 사무라이 도고 씨의 호적을 얻어 신분 상승을 하였다. 도고 시게노리는 대학 졸업 후 1912년에 외무성 고급 공무원으로 임용되었다. 1913년 중국의 선양 총영사관 영사관보로 발령받았고 스위스 3등 서기관을 거쳐 1919년 독일 베를린 영사관으로 전출하여 1921년까지 베를린 주재 외교관으로 근무하였다.

1923년 구미국 제1과장으로 부임했다가 다시 주독일 주재 일본대사관으로 발령을 받았다. 1926년 다시 워싱턴 총영사관으로 부임 1등서기관으로 있다가 1929년에는 독일주재 대사관의 참사관이 되었다. 1933년 일본 외무성 구미국장을 거쳐 유럽 아프리카 국장에서 1937년 독일대사가 되었다.

도고는 1941년 도조 히데키 내각의 외무장관으로 다시 입각하여 미국과의 전쟁을 피하려고 러시아, 조선, 중국 점령지에서 철병 협상안을 마련했으나 군부의 강력한 반대와 미국 측의 강경한 태도로 무산되었다.

1944년 사이판이 함락되어 일본의 패색이 짙어지자, 도고는 천황제를 유지하는 조건의 항복을 모색하고 태평양전쟁에서 중립국이었던 소련의 중재로 연합국과 협상을 하려고 하였으나 실패하자 외무장관에서 사임하고 스즈키 간타로 내각이 새로 섰다. 그리고 1945년 일본이 항복하자 A급 전범으로 잡혀 종신형을 받았고 형무소에서 죽었다.

전범 재판은 일본인이 아닌 식민국가인으로 확대하였다. 국제연합 재판소는 조선인 군인과 포로감시원들을 잔혹한 학살의 보조자로 인정 B.C급 전범으로 잡아들였다. 필립핀 국제 재판소에 많은 포로수용소 감시원들이 잡혀 왔다. 이들은 일본군 신분으로 포로를 학대하고 학살한 90여 명의 한국계 일본군 장교들이었다. 그 대표적인 인물이 박현수 소령, 홍진욱 소령, 윤동구 대위, 박철상 대위였다.

박현수 소령은 수마트라의 자바 포로수용소 경비관으로 포로를 학살한 죄로 B급 전범이 되었고 필립핀 오돈넬 수용소에서 경비관으로 있던 홍진욱 소령, 사마랑 포로수용소에서 경비대원이며 나팔수 장혁준 대위였다. 그는 포로를 대검으로 찔러 죽이는 악독한 짓으로 B급 전범이 되었고 자바 수용소 경비대인 윤동구 대위와 필립핀 오돈넬 경비대 박철수 대위도 포로 학대로 처벌을 받았다.

"우리가 왜 전범입니까? 우린 일본이 시킨 대로 했습니다."

박현수 소령이 강하게 저항하였다.

"당신들은 포로를 잔혹하게 학대하거나 학살한 죄상이 A급에 버금가는 죄를 지었으나 군속이므로 B,C급 전범으로 인정한다.”

"우린 일본군의 꼭두각시입니다. 우린 명령만 따랐을 뿐입니다."

박현수와 조선인 군속들이 강하게 항변하였다. 전범재판소는 일본의 전쟁 범죄 중에서도 포로 학대를 특히 중시하고 있었다. 그런데 잡혀 온 포로수용소의 감시원들은 대부분 조선인, 대만인 군무원들이었다. 연합국 법정은 군무원들을 적국에 부역한 일본인으로 간주하고 엄중하게 다루었다.

"우린 부역자일 뿐입니다."

"당신들은 면책받지 못할 죄를 저지른 전범들입니다."

전범재판소는 이들 군속들을 모두 포로 학대 전범으로 몰았다. 재판관은 바탄 대행진에서 5만 명의 포로를 처형한 것에 책임을 물어 4,000여 명의 조선인 군속들을 C급 전범으로 벌을 내렸다.

"행위 결과는 나쁘지만 전범은 아니니 선처를 바랍니다."

이상우 소령은 이들을 변호하였다.

"바탄의 대행진 때 포로를 죽여 바다에 버린 악독한 사실을 부정한단 말인가?"

"그들은 아무것도 모르고 상부의 명령에 따랐을 뿐입니다."

"5만 명이 죽었는데 죄가 없다는 말이냐?"

"그건 사또 대령의 명령으로 일어난 일입니다."

"사또 대령은 도망자다. 본 법정은 현행범만 처벌하는 것이다."

"일본 군복을 입었을 뿐인데 B급, C급 전범이란 죄명은 너무 가혹합니다."

오돈넬 포로수용소 경비대장인 박현수 소령이 다시 일어났다.

"조선은 일본과 내선일체 합병국입니다. 포로수용소 경비대장 박현수 소령에겐 10년 형을 선고한다."

"내선일체는 일본의 주장일뿐 이들은 강제로 징용되어 온 군속 입니다."

이상우는 논리정연하게 사실을 증명하였다.

"포로를 학살한 죄악은 용서할 수 없다."

법정은 조선인 중 16명은 사형에 처하고 3,016명의 포로감시원 중 400여 명에겐 유죄 판결을 내리고 나머지 군속은 석방하였다. 그런데 좋은 소식이 들려왔다. 미국 샌프란시스코 강화 조약에서 일본인 전범에겐 형 집행을 강행하겠지만 대만인과 조선인 전범들은 감형한다는 소식이었다. 그런데 일본 법정에선 이들이 일본인이기에 일본법으로 처리해야 한다며 이들을 잡아두었다. 한국과 대만 정부는 일본에 죄수 석방을 요구했지만 일본인 최고재판소는 거부하였다.

한편 일본 정규군으로 필립핀 육군교도소와 일본 도쿄의 스가모 형무소에 수감 되었던 300여 명의 한국계 일본군 장교 중에 50명은 석방되었으나 250여 명의 한국인 장교들은 형을 받고 영원히 풀려나지 못했다.

할머니의 잔영(殘影)

　　도쿄도 지바로시의 밤이 깊어가고 있었다. 그때 어디선가 들려오는 요란한 불자동차 소리와 비명에 사람들은 잠을 깼다.

　　'불이야, 불, 불이 났어요. 살려줘요, 불 속에 사람이 있어요.' 자정을 가르는 비명, 화염이 하늘로 솟구치고 있었다. 도쿄도 지바로시 사와가라 97번지 야마시타 가스토시 극우파 원로의 집이 불타고 있었다. 와중에 간신히 빠져나온 가족들이 발을 둥둥 구르며 외쳤다. 시민들은 속수무책으로 화염을 바라보고 있었다. 자정에 일어난 불은 맹렬한 기세로 타올라 새벽이 지나도록 진화를 못 하고 있었다. 소방관들은 물대포와 소화 거품을 뿌려대고 있었지만 저택의 화재는 거침없이 검은 연기를 내뿜으며 계속 불타고 있었다. 마침내 아침이 되어서야 화재는 진화되고 소방관들은 까만 재 속에서 숨진 사체를 꺼내고 있었다.

　　"인명피해는 없나요? 누가 죽었어요?"

　　기자들이 물었다.

　　"야마시타 가스토시와 부인이 죽었습니다."

　　소방관들이 불에 탄 시신을 가리키며 말했다. 다른 가족의 피해는 없나요? 아직은 모릅니다. 피해자가 더 있을 것입니다. 기자와 소방관들이 주고받는 말이었다.

일본 극우파 단장인 가스토시가 불에 타 죽었다. 그는 태평양전쟁 때 전범으로 죽은 야마시타 토모유키 대장의 손자였다. 경찰은 인공 방화로 결론짓고 방화범을 찾아 나섰으나 범인은 오리무중이었다. 국가 원로이며 골수 우익 수장의 죽음에 일본 정가가 긴장하기 시작했다. 경찰은 보복 방화라고 하였다. 그때 방화범을 목격한 증언자가 나타났다.

'사또 이로시란 청년이 야마시타 가스토시 집에 불을 지르고 인근 개천에서 시체로 발견되었어요.' 누군가가 소리를 지르고 있었다. 경찰은 방화범이 스스로 목숨을 끊은 것 같다고 말하였다. 그런데 검찰은 그의 죽음과 방화로 죽은 가스토시 부부의 죽음은 별개의 것이라고 단정했다. 그런데 형사이며 탐정인 모리모토 사토시는 사또 이로시가 범인이 맞다고 주장하였다. 그 이유로 사또 이로시 집안과 가스토시 집안의 원한 관계가 낳은 비극이라고 추리하였다.

"사또 이로시가 범인이란 증거를 대시오."

검찰이 그를 추궁하였다.

"사또 이로시는 조부 마사노부가 당한 한풀이를 한 것입니다."

"무슨 한풀이란 말이요?"

"태평양전쟁 때 가스토시의 부친 토모유키가 사또 마사노부를 죽였다는 것이다."

그래서 사또의 손자 이로시가 복수를 했다는 주장이었다.

"타당치 않은 근거로 사건을 물타지 마세요. 사또 마사노부는 행방불명자예요."

검찰이 맞대응하였다.

그런데 또 이상한 소문이 들렸다. 가스토시 집에 불을 지른 범인은 사또 이로시가 아니고 한국인이라는 것이었다.

"한국인 누굽니까?"

경찰이 증언자에게 물었다.

"누군지는 몰라도 내가 본 범인의 인상은 한국인 같았어요."

"뭐라고요? 인상이 한국인 같았다고요?"

경찰은 증언자의 제보로 사또 이로시와 또 다른 한국인을 용의자로 수사 선상에 올려놓았다. 검찰은 먼저 야마시타 토모유키 대장에게 원한이 있는 한국인 리스트를 만들었다. 그러나 증언자의 제보는 수사에 별 도움을 주지 못했다. 누군가 솔깃한 정보를 제공했다. 가스토시 우익단체 회장이 보복을 당한 것은 태평양전쟁 때 야마시타 토모유키 대장이 남방군 사령관으로 있을 때 한국인 장교를 잔인하게 죽인 사실이 있는데 그 가족이 보복했다는 것이었다. 그리고 토모유키 대장의 잔혹 상을 알리는 소문이 거리에 나돌았다. 그리고 토모유키 대장이 일본도로 한국계 장교의 목을 내려치는 장면의 사진이 거리에 나붙었다. 목이 땅에 떨어져 피를 흘리는 장교의 사진이 섬뜩했다.

'어떻게 저런 짓을 했어. 보복을 당할 만도 하구먼' 사람들은 중얼거렸다. 일본 경찰은 집요하게 토모유키에게 죽은 한국계 장교가 누군가를 추적해 갔으나 의문의 단서를 찾지 못했고 사건은 오리무중으로 빠져들었다.

그런데 도쿄 검찰청 아사이 유키 검사가 필립핀 전선에서 야마시타 토모유키 대장에게 처형당한 조선인 장교는 조선학도병 출신 김현준 육군 소령이라는 것이다. 따라서 그의 아들이 범인이라 단정하고 수사를 재개하였다. 일본 경찰은 한국에 사는 김현준 씨 가족을 암암리에 추적하였다. 그런데 그의 아들 김강민이 20년 전에 일본으로 아버지를 찾으러 갔다가 행방불명이 되었다는 것이다. 20년 전에 실종된 김강민이 야마시타 가스토시를 죽였다는 것이다. 사람들은 도대체 어떻게 유령이 살아나서 방화하고 사람을 죽였다는 것이냐, 말도 안 되는 소리라고 떠들었다.

경찰은 소문만으로 행방불명자를 범인이라고 추정하는 것은 신빙성이 없는 정보라며 검찰의 주장을 비난하였다. 이 사건을 맡은 모리모토 형사는 집요하게 물고 늘어졌다. 한국인 김강민은 범인이 아니고 사또 이로시가 범인이라고 주장하며 사건을 맡은 도쿄 검찰청 아사이 유키 검사가 반박했다.

"알량한 추리로 사건을 혼동시키지 말아요. 범인은 한국인 김강민이 분명합니다."

유키 검사의 증언에 모리모토 형사는 아니라는 주장과 함께 야마시타 토모유키 대장이 악랄한 사령관이었다는 정보를 그녀에게 제시했다. 그가 바로 남방군 16방위군 본부에 위안소를 설치하고 중국과 말레이시아, 조선의 여성들을 강제 수용하여 위안녀로 혹사시키고 말을 듣지 않는 여자는 죽여 바다에 처넣거나 생매장하라 명령한 인물이라는 것이다. 모리모토 사토시 탐정의 주장에 유키 검사는 발칵 하며 부당하다는 기자회견을 자청하였다.

"사건의 본질을 흐리게 하는 음모입니다."

유키 검사가 증언하였다.

"누가 그런 음모를 꾸몄을까요?"

기자가 물었다.

"그건 모릅니다."

아무튼, 방화범은 두 명으로 압축되었다. 사또 마사노부의 손자 사또 이로시와 한국인 김현준 소령의 아들 김강민이었다. 사또 마사노부는 38년 전에 행방불명 된 인사이고 김강민 역시 20년 전에 실종되었던 인물이다. 그런데 그 사건으로 김강민과 사또 마사노부도 살아있다는 괴소문이 열도를 술렁이게 하였다. 소문은 극우파와 친한파 간의 정치적 주도권 싸움으로 번졌다. 한국인 김강민이 범인이라고 지적하는 사람은 극우파들이 지지하는 저명한 현직 여검사 아사이 유키였고 사또 이로시를 범인이라고 지적한 사람은 모리모토 사토시 탐정이었다.

"나는 확신합니다. 범인은 한국인 김강민이 아니고 사또 이로시입니다."

그는 저명한 탐정가로 활약한 경험으로 그렇게 추론하였다. 이에 유키 검사가 강하게 반박하였다.

"가상의 추리를 하지 말고 사또 이로시가 범인이라는 증거를 대시오."

"야마시타 가문과 사또 가문의 원한이 낳은 사건이라고요."

모리모토 형사가 사또 이로시를 주목하는 것은 조부 간의 원한이 보복으로 나타났다는 것이었다. 두 사람의 설전은 계속되었다. 유키 검사는 공권력으로 그를 누르려고 하였고 모리모토는 범인을 잡은 탐정가로 맞섰다. 유키 검사는 모리모토가 현직 경찰이란 사실을 밝혔다. 그는 탐정가지만 강력 사건을 다루는 형사라는 것이었다.

"사또 마사노부 손자가 일으킨 살인입니다."

모리모토의 주장은 강경했다.

"마사노부는 이미 38년 전에 죽었고 손자가 없었습니다."

유키 검사의 질문은 송곳처럼 날카로웠다. 검찰과 경찰의 대결이었다.

"김강민이 살아있었어요."

유키 검사가 밝혔다.

"김강민이 범인이라는 증거가 있나요?"

모리모토 사토시 탐정이 물었다.

"토모유키가 자기 아버지 김현준을 죽였다고 생각하고 있었어요."

"그것은 증거론 빈약합니다."

모리모토가 강하게 몰아붙였다.

그리고 사또 이와시가 범인이라는 증거를 이야기하였다. 당시 필립핀 14군단 사령관이었던 토모유키 중장은 작전에 실패한 사또 마사노부를 몹시 추궁했는데 사또는 홧김에 애매한 조선인 학도병 김현준 대위를 폭행하였다. 그런데 그날 밤 김현준 대위는 어디론가 사라져 버렸는데 김강민은 토모유키가 자기 아버지 김현준을 죽였다고 생각하였다.

"그런데 사또 마사노부가 김현준을 죽였습니다."

"사실을 왜곡하지 말아요."

"모리모토 탐정님. 그딴 소릴 지껄이면 당신을 체포할 것입니다."

유키 검사가 화를 버럭 냈다. 모리모토 사토시는 빙긋이 웃었다. 김강민이 범인이 아니고 이노시가 범인이라는 주장을 굽히지 않았다. 그렇게 두 사람의 설전은 일단 끝났다.

어느 날 사토시 탐정이 김상혁 작가를 찾아왔다. 상혁은 그에 관한 소식을 듣고 있었지만, 그의 방문은 의외였다.

"저의 부친이 범인이 아니라는 증언을 해주신 것에 감사를 드립니다."

"사실이니까요."

"저를 만나자고 한 이유가 뭡니까?"

상혁이 물었다.

"김 작가님의 부친이 범인이라는 단정은 일본 검찰이 만든 가짜뉴스입니다."

"그렇다면 사또 이로시가 범인이라고 단정하는 이유는 뭡니까?"

"전문 탐정가의 예리한 추리죠. 내가 범인을 잡아 유키 검사의 주장을 무색하게 할 것입니다."

어쨌든 일본의 여론은 태평양전쟁 때 피해를 본 한국인 후손이 저지른 일이라고 단정하였다.

"김상혁 씨, 정말 부친의 행방을 모릅니까?"

갑작스런 질문에 상혁은 당황하였다.

"20년 전에 집을 나갔어요. 그리고 죽었는지 살았는지 몰라요."

"할머니 정애심 씨가 정신대에 다녀오셨지요?"

그는 상혁을 울분케 하였다.

"맞아요. 저의 할머닌 일본군의 성노예였어요."

상혁은 진정하며 말했다.

"미안해요. 아픈 가슴을 건드렸군요."

"왜 저를 도와주려고 하십니까?"

"일본의 양심입니다. 그보다 당신 조부와 내 조부 간의 인연 때문입니다."

"어떤 인연이데요?"

"당신의 조부 김현준 씨가 우리 조부를 살렸어요."

모리모토 사토시가 정색하고 말했다. 그는 일본의 유명한 형사답게 완전범죄라고 일축하는 대사건을 예리한 추리력과 탐정으로 시원하게 해결해 내는 전문가였다.

"형사님의 조부님과 저의 조부님 관계를 알고 싶습니다."

"다음에 말씀드리죠. 그리고 김 작가님 혼자 일본을 상대로 응징하겠다는 생각은 무립니다. 잘못하면 보복을 받습니다. 내가 당신의 아버지 명예를 회복시켜 줄 테니 잠자코 있어요."

"글쎄요, 제 입장에서 참을 수가 없습니다."

그는 명함을 주고 떠났다. 상혁은 당황하고 있었다. 지금 자신의 소설 '사무라이의 무도'가 일본인의 관심을 끌고 있었다. 사소한 일에 칼을 빼 드는 사무라이들의 무모한 충성의 작태와 일본의 두 얼굴을 그린 것이었다. 진정 칼날을 휘둘러야 할 때와 그렇지 않을 때를 구분 못 하고 칼을 들이대는 난센스를 말해주려고 하였다. 일본인은 하찮게 모기를 상대로 칼질을 하는 성급함을 지니고 있었다. 그런데 제2탄으로 대동아전쟁의 실상을 고발하는 소설 '망각의 유산' 출간을 앞두고 일본 정부가 긴장하고 있었다.

상혁은 일본 우익의 수장 가스토시를 죽인 범인이 아버지란 주장에 분개하고 있었다. 그건 어쩜 그에게 가해지는 무언의 압력으로 작용하고 있었다. 상혁은 지우인 고지선을 찾아갔다. 그녀는 일본의 '강제징용 보상청구' 연구소장이었다. 상혁과 대학 동기로 그를 가장 잘 이해하는 여인이었다.

"어떻게 왔어?"

"힘들어서 왔지."

"소식 들었다. 일본 검찰이 너를 미행한다면서?"

"응, 아버지 때문에 나를 추적 감시하는 거야."

"20년 전에 돌아가신 유령이 나타나서 어떻게 살인 방화를 한단 말이냐?"

지선은 애써 그를 위로 하였다. 그녀는 심각한 것도 가볍게 이야기하는 여자였다.

"모리모토 형사는 아버지가 범인이 아니고 사또 이와시라고 하거든......."

"그런데 일본 검찰이 너를 주시하고 있으니 조심해야겠다."

"한편으론 아버지가 살아있다는 소식 같아서 반갑지."

"글쎄, 일본 검찰이 긴장하는 것은 그 사건보다 새로 나올 제2탄의 너의 소설 '망각의 유산'의 내용에 신경이 쓰이는 것 같아."

그것은 당연한 처사였다. 차기에 나올 '망각의 유산'이 대동아전쟁의 강제징용을 다룬다고 매스컴에서 광고했었다. 징용자 학대는 사후라도 보상이 걸린 문제기에 일본 정부가 긴장을 안 할 수 없었다. 더군다나 '징용자 보상청구 위원회'를 운영하는 고지선 회장이 강하게 일본 정부를 압박하고 있었다.

"소설 제2탄의 구상은 잘 되어가고 있나?"

"재구성해야 할 것 같아, 태평양전쟁의 현장을 돌아보고 써야 할 것 같아"

"좋아, 일본인의 심곡을 찌르는 글을 쓰란 말이다."

"그건, 그렇고 우리 술 한잔할까?"

상혁이 제시하였다.

"대낮부터 무슨 술이야? 그래, 마시자, 넌 술을 마셔야 진정성이 보이지."

"나의 진정성은 네가 왜 결혼을 안 하는 걸까 하는 거야."

"또 헛소리할 거야."

"그래, 노처녀 걱정되면 네가 데리고 가라."

"선머슴아 같은 여자는 싫어, 어디 여성다운 데가 한 군데라도 있어야지?"

"꼴값 떠네. 네 주제를 생각해라. 유머라곤 눈곱만큼도 없는 좀팽이 같은 놈이 무슨 소리야? 넌 15번이나 선봤다가 퇴짜맞은 위인이잖아."

고지선은 상혁의 심사를 건드려 놓고 말았다. 상혁은 말의 본전도 못 찾고 얼버무렸다. 아버지가 살아계신다는 것, 게다가 누명을 쓰고 있다는 모리모토 형사의 말을 상기했다. 그런데 유키 검사는 아버지가 범인이라고 단정하고 있었다. 아무튼, 살아계신다니 보고 싶었다. 그러나 차마 할머니에겐 말할 수가 없었다.

일제는 평화로운 가정을 산산조각 내 버렸다. 할아버진 결혼을 하자마자 학도병으로 끌려가고 할머닌 혼자 유복자를 낳았는데 불행은 연생되어 할머닌 정신대로 끌려갔다. 일본군 위안부로 고통을 받다가 병영을 탈출하였고 해방이 된 한참 후에야 고향으로 돌아왔다. 뒤늦게 돌아온 할머니는 유복자를 찾아 잘 키웠다. 아버진 두 분의 아픈 역사를 울분으로 삭이며 가슴에 한을 품고 살았다. 그런 아버지가 원수를 갚겠다고 일본으로 떠난 지 20년이 지났다. 행방불명이 되었다.

할머닌 늘 아버지의 그림자에 갇혀 사셨다. 그런 자식을 바라보는 할머니 표정엔 언제나 슬프고 우울한 잔영이 그늘져 있었다. 남편에 대한 그리움과 아들에 대한 미안함이 일본에 대한 복수심으로 이글거렸다. 그 암울한 그림자를 차마 볼 수 없었던 아버지는 어느 날 할머니 앞에 꿇어앉았다.

'어머니, 일본으로 가렵니다. 일본에 왜 가? 아버지를 죽인 원수를 찾아 어머니의 한을 풀어드리겠어요. 아서라. 네가 나서서 될 일이 아니다. 아닙니다. 내 손으로 아버지를 해친 자들을 찾아 죽일 것입니다. 죽었는지 살았는지도 모르잖아, 그런 생각은 버려라. 허무한 짓은 삼가라.' 할머니가 노발대발하셨다.

그러나 아버진 할아버지를 죽였다고 생각하는 군벌을 찾아 일본으로 떠났다. 그리고 행방불명이 되어버렸다. 할머닌 늘 아버지를 걱정하는 불편한 심기의 표정엔 언제나 근심이 깃들어 있었다. 어쩌다가 쾌청한 날씨엔 가을 들판의 찬란한 햇빛을 받고 풍성하게 자라는 곡식처럼 화색이 밝았다가도 옛일이 생각나면 어느새 먹구름 같은 우울함이 엄습하여 곧장 굳어져 버리고 말았다. 습관적인 불만이 늘 우울로 그늘져 있었다. 그렇게 밝은 표정 뒤에 갑자기 엄습하는 우울한 기억은 항상 할머니의 마음을 쓰리게 하였다.

그것은 지난날 위안부 성노예로 살았던 슬프고 무서운 잔영 때문이라는 것을 알았다. 할머닌 왜정의 서슬 퍼런 시대에 일본군 위안부로 끌려가서 청춘을 송두리째 유린당한 분이셨다. 할머닌 지난날의 악몽이 회상될 때마다 몸부림을 쳤다. 그것은 할머니뿐 아니라 일제 강점기 때 위안부로 끌려갔던 모든 여인의 참혹한 고통이었다. 인간 살육의 학대와 고통의 몸부림이었다. 그때 회상되는 잔영은 절대로 지워지지 않은 악몽으로 할머닐 늘 괴롭히고 있었다.

"상혁아, 할아버지를 네가 찾아야 한다. 살아있을지 몰라."

"네, 태평양전쟁 터를 찾아갈 것입니다."

"일본 육군 소령, 야스야마 고도시는 절대 죽지 않았을 거야."

할아버진 태평양전쟁 때 징용병으로 갔다가 희생당했다. 할머닌 망각의 후유증을 지우려고 해도 잠재된 후유는 지워지지 않고 늘 할머니를 괴롭히고 있었다.

1941년 18세의 나이로 결혼한 이듬해 남편은 학도병으로 징용되고 유복자 아들을 낳은 다음 해에 할머닌 정신대로 끌려가서 일본군 위안부가 되었다. 그런데 해방을 맞아 고국으로 돌아왔으나 남편은 돌아오지 않았다. 유복자 아들은 시고모님이 잘 길러줬다. 할머니닌 아들에게 늘 죄인이었다. '미안해, 강민아', 그런데 동네 사람들이 수군거렸다. '저 여자, 위안부였대, 일본군인 접대부였대.' 그럴 때마다 할머닌 얼굴을 내밀지 못했다. 사람들의 눈초리가 매섭고 사나웠다. 일본놈의 색시였다고 비웃고 멸시하며 대면을 꺼렸다. 할머닌 늘 왕따였다. 창피해서 어떻게 살아, 어떻게 사느냐고 늘 입에 발린 말이었다. 그 소린 아들을 괴롭혔고 손자인 상혁의 귀에도 들려왔다. 초등학교 6학년 때 할머니에게 따졌다.

"할아버지는 일본군 군인이었고 할머닌 일본군의 색시였다면서요? 아이들이 친일파라고 놀려요?"

할머닌 눈을 부릅뜨고 나를 나무랐다.

"누가 그래...... 상혁아, 아니란다. 우린 친일파가 아니란다."

"사람들이 모두 내게 친일파 위안부 손자라고 놀려요."

"내 말을 잘 들어, 남들이 뭐라고 해도 난 친일파가 아니다."

"그런데 할아버지는 왜 안 돌아왔어요?"

"대동아전쟁 때 행방불명이 되었어. 어쩌면 태평양의 어느 섬에 살아있을지 몰라."

할머닌 할아버지를 간절하게 그리고 있었다.

진저리쳐지는 전쟁의 회오리 속에서 할아버진 학도병으로 끌려가서 일본군 장교가 되었다. 할아버진 일본군 장교, 할머닌 일본군을 상대로 한 위안부였다는 것이 믿어지지 않았다. 사람들은 할머니가 일본군을 상대한 갈보라고 떠들어댔다. 아버진 그 소리가 듣기 싫어서 할아버지를 찾아 집을 나갔다. 할머닌 늘 내게 말했다.

'일본놈들이 조선인을 개 취급했단다. 선량한 백성을 전쟁의 소용돌이에 몰아넣고 죽였어, 수만 명의 학도병과 징집군인, 정신대, 그

리고 군속과 노동자들이 전쟁터에서 죽었단다. 나도 그중의 한 사람이었다.'

전쟁의 가혹한 폭행에 학살과 공포 속에서 죽은 자와 산 자의 명암은 달랐다. 죽은 자는 말이 없지만, 산자는 할 말이 많았다. 세상이 바뀌어 독립했으나 고통은 연생 되었고 그들의 생사와 그 고통을 해결해 줄 사람은 없었다. 한 시대를 잘못 만난 사람들이 가해자였고 피해자였다. 친일파들이 애국자로 둔갑하여 날뛰는 바람에 죽은 자나 살아서 돌아온 자들 가족의 고통은 더해갔다.

친일파 놈들이 나라를 팔아먹고 백성은 지옥 같은 고통을 겪어야 했다. 그런데 한국 사람들은 일제 치하의 생지옥의 고통을 의식하지 못하는 것이다. 마치 그들은 외계인처럼 말한다. 왜 일본을 싫어하는지 모르겠어. 그 시대는 그랬다고 쳐, 지금은 아니잖아. 피해자의 후손들까지도 한 세기 동안에 일어났던 조부들의 이야길 우리가 왜 의식해야 하는 거냐고 말한다. 문제는 그때의 이야길 해주는 사람이 없다는 것이다. 친일파들이 슬픈 역사를 만들었다. 상혁은 그 사실을 너무 잘 알고 있었다. 친일파들이 망친 역사를 국가도 방관했고 지도층의 무지 때문에 왜곡의 역사는 진정한 역사로 변했다. 진실이 왜곡되어 가족 간의 견해도 제각각이다. 할머니는 울부짖었다.

'왜곡의 역사를 믿으라고. 이 무슨 개만도 못한 인간들의 망동이란 말인가, 100년이 채 지나지 않았는데 민족과 가족이 겪은 고통과 아픔을 외면하고 사는 것이 후손으로 취할 태도인가.'

역사는 그렇게 왜곡되고 조작된 연극을 즐기며 사라지고 있었다. 일제는 36년간 수많은 조선의 젊은이들을 전쟁의 포화 속에 처넣고 죽였다. 그러나 간신히 목숨을 구해 살아와서 그때 이야길 하는 사람들을 정신병 환자나 치매 노인으로 취급해 버렸다. 할머닌 자신이 겪은 고통보다 과거를 잊어버린 사람들의 행각이 가슴을 아프다고 하였다.

해방되어 귀국했으나 할머닌 전쟁이 남긴 상처로 피폐한 인생을 공포로 사셨다. 그리고 일본이 망하길 기다렸고 상처받은 아픔을 보상받으려고 노력했지만 국가의 실수로 한 세기가 지나도록 그 바람과 소원은 이루어지지 않았다. 일본군의 위안부였다는 창피스러운 불명예 때문에 거의 은둔의 암흑 속에서 헤어나지 못했다. 그 잔영은 평생 할머니를 괴롭혔다.

"상혁아, 너의 할아버지 김현준은 학도병으로 갔다가 죽었는지 살았는지 생사조차 모른다. 네 아비는 할아버지를 찾으러 갔다가 행방불명이다. 기회가 되면 할아버지와 아버지를 찾아보아라."

"행방불명은 죽은 거잖아요."

상혁이 말했다.

"아니다. 두 분 다 살아계실 것이다. 그렇게 생각한다. 그리고 난 기필코 일본이 무너지는 것을 보고 죽을 것이다. 화산이 폭발하고 지진이 일어나서 열도가 쪼개지던지 해일이 쓸어 가라앉길 기다린다. 내 생전 그 일이 이루어지지 않으면 죽어서 하늘을 동원할 것이다."

상혁은 할머니의 비망록을 보고 깜짝 놀랐다. 할아버지에 대한 그리움이 절절하게 그려져 있었다. '미안해요, 현준 씨, 그놈의 짓이죠? 내가 사또 마사노부를 찾아 당신의 원한을 갚아줘야 하는데 그놈은 죽었는지 살았는지 알 길이 없어요. 정말 미안해요. 그러나 죽는 날까지 그놈을 찾을 겁니다.'

할머니의 비망록을 읽고 아버지는 할아버지를 위험에 빠뜨린 사또 마사노부을 찾으려고 일본으로 갔다가 행방불명이 된 것이다. 상혁은 할머니가 그토록 일본을 증오하는 것을 알았다. 그것은 지금의 일본이 아니고 일정시대의 일본, 그 시대에 일본인이 조선인에게 저지른 핍박과 울분이었는데 처음 난 그 깊은 사연이나 고통을 이해하지 못했다. 상처, 한, 가슴에 맺힌 울분이 폭발할 때마다 울부짖는 할머니의 소리가 있었다.

'네놈들은 망해야 한다. 이 지구상에서 사라져야 한다. 어떻게 인간이 자국의 영달을 위하여 이웃 나라를 괴롭히고 인간을 짓밟는단 말인가.'

할머니가 비망록 속엔 그토록 몸서리치며 울분했던 아픔이 있었다. 일제 강점기는 치욕 속에 사는 조선과 조선인의 삶을 짓밟아버렸다. 전쟁의 상처는 엄청났다. 강제 징집으로 수백만 조선인의 삶이 망가져 버렸는데 우리는 왜 그것을 용서하려고 하는가. 친일파들을 척결하지 못한 것이 천추의 한이었다. 해방 후에 마땅히 처단되어야 할 친일파들이 위장의 탈을 쓰고 선량한 식자로 둔갑하는 바람에 역사는 꼬이고 말았다. 대한민국 정부가 수립되면서 이승만 대통령이 그들을 이용하여 쉽게 정권을 잡았던 것이 화근이었다. 친일파들이 새 정부의 일원으로 등장하였다. 조선인 출신 총독부 인사들은 조선의 청년들을 강제징용하였고 위안부 모집에 앞장을 섰고 군속과 학도병을 차출하였으며 노동자를 징집하여 일본총독부에 충성한 결과 훈장을 받았다.

할머닌 일본군 정신대 위안부로 끌려가서 해방 후에 돌아왔으나 그 후유증으로 거의 공황 상태의 인생을 사셨다. 누구를 원망하며 누굴 증오할 것인가, 국가는 백성의 자유와 인권을 지키지 못하고 앞서 짓밟아버린 우를 범하고 말았다. 일제는 조선인을 무참하게 식민 노예로 부려먹었고 전쟁터로 몰아 죽였는데 한 점 뉘우침이 없었다. 그 고통을 일본은 외면했고 한국 정부도 보상은커녕 언급조차 안 했다. 할머니의 뇌리에 그 악몽이 점철되어 있었다.

할머닌 1925년에 대구에서 사대부가의 여식으로 태어났다. 친정 아버지 정태춘은 독립군에게 군자금을 댔다는 이유로 총독부 형사들의 감시를 받으면서 몰락의 길을 걸었다. 천석꾼 집안의 몰락은 엄청난 상처였다. 총독부의 감시에 못 이겨 정태춘은 만주로 피신을 하였다. 그리고 1941년 태평양전쟁이 발발하던 그해 딸인 할머닌 18세의 나이로 할아버지와 결혼을 했고 결혼한 다음 해 아이를 낳고 할아버진 학도병으로 끌려갔고 할머니 역시 아버지 정태춘의 죗값을 상계 받는 조건으로 정신대에 징집되어 버마의 일본군 군영에 파견되었다.

기구한 운명의 주인공이었다. 그러나 미얀마의 위안소에서 탈출하여 태국을 거쳐 인도네시아 보르네오 정글에서 고통을 받다가 해방을 맞았는데도 귀국선을 타지 못하고 6년 동안 숨어 살다가 한국전쟁이 끝난 후에 고국으로 돌아왔다. 세상은 친일파의 농간에 휘둘리는 요지경으로 변해 있었다. 할머닐 위안부로 떠밀었던 조선총독부 친일파 공무원들은 화려하게 부상하여 독립된 조국의 지도자로 등장했다.

'미친 새끼들, 왜 저들에게 정권을 주었는가⋯⋯' 할머닌 분개했다. 그 많던 정씨가의 재산들이 모조리 증발하고 말았다. 그들은 토지개

혁이란 명목으로 어마어마한 땅을 강탈해 갔다. 그 앞잡이가 총독부 조선인 부통감 민사식이었다. 그는 정태춘의 재산을 사유화하였다. 아버진 만주로 가서 행방불명 되었고 가족들은 떨어진 잎사귀처럼 산산조각 흩어져 버렸다.

민사식은 정씨가의 재산을 독식하고 여식을 꼬여 정신대로 보냈다. '정애심, 잘 들어라. 아버지가 독립운동가니 살길이 없다. 네가 살 길은 정신대를 지원하는 것이다. 내가 왜 정신대로 가요? 그 길만이 네가 살 길이라고 했잖니.' 그렇게 할머닌 태평양전쟁 때 정신대로 끌려가서 일본군 위안부가 되었다.

정애심(아유미)은 버마 랑군, 인도네시아 자카르타의 일본군 병영에서 위안부로 고통받다가 귀국했는데 민사식이 집과 재산을 강탈해서 잘살고 있었다. 그자의 권세가 하늘에 달했다. 이승만의 실수였다. 친일파 숙청을 안 하고 그들에게 정권을 맡겼으니 고양이 앞에 생선을 맡긴 격이었다. 친일파들이 위장의 가면을 쓰고 득세하여 새 정부를 구성하는 공무원으로 등장했다. 할머니 가슴은 열불로 타기 시작하였다. '이놈들이 다시 나라를 망치는구나.' 어느 날 할머닌 아들을 불렀다.

"조선총독부 부감 민사식이란 놈이 우리 집안을 망하게 하고 우리 재산을 다 강탈해 갔어. 그 재산을 찾아야 한다."

"걱정하지 마세요. 어머니, 제가 다 해결하겠습니다."

"강민아, 아버지를 찾아보아라. 야마시타 토모유키 대장을 만나면 알 것이다."

"글쎄요. 그분은 전범으로 죽었어요."

"혹시 그분의 후손을 만나면 아버지 소식을 들을 수 있지 않을까?"

어느 날 아버진 나를 불러놓고 말하였다.

"상혁아, 아버진 할머니의 한을 풀려고 일본으로 간다. 내가 돌아오지 못할 수도 있다. 만약에 내가 돌아오지 못하면 네가 할머니를 잘 돌봐드려야 한다."

아버지가 할아버지를 찾아 일본으로 간 것은 일본 남방군 16군과 사령관을 지낸 야마시타 도모유키 후손을 만나는 것이었다. 그러나 아버지가 떠난 지 20년이 지나도 돌아오지 않았다. 상혁은 할아버지와 아버지를 찾아 나섰다. 아무리 찾아보아도 일본군 소령 김현준의 흔적을 찾을 수가 없었다. 심지어는 전범 처벌 명단에도 없었다. 할머닌 야스야마 고도시, 남편 김현준 소령을 가슴에 묻고 울부짖었다. 그런데 희망적인 소식을 접했다.

할아버지 김현준 소령이 일본 해군의 가이텐 조종사란 기록을 발견하였다. 그러니까 할아버지가 제주에서 활약한 가미가제와 가이텐 전사였다. 짐작되는 것은 할아버지가 제주도 방어전에서 전사한 것 같았다. 상혁은 끈질기게 미군과 일본군의 제주도 교전사를 들추어 보았다.

2차대전 말기 태평양함대와 미군 B29 폭격기들이 제주도를 향하여 날아가고 있었다. '제주를 폭격하여 일본 본토 지원의 숨통을 끊어라.' 태평양 함대와 연합군 폭격기들이 제주도로 날아온다는 정보를 입수한 일본군 사령부에선 제주도 주둔 육군과 해군, 공군에게 필살의 전투태세를 갖추라고 명하였다. 가미가제와 가이텐 전투대가 결전을 다짐하고 있었다.

'가미가제와 가이텐에게 명한다. 신풍과 회천을 일으켜 적함을 부수고 거룩하게 사라져라.'

일본은 태평양전쟁에서 패하고 오키나와마저 무너진 빈사 상태에서 홋카이도와 제주도로 병력을 옮겨 본토 방어망을 구축하였다. 제주도 분해 작전은 본토를 보호하고 제주도에서 시간을 벌자는 의도였다. 관동군과 중국, 동남아에 나갔던 군대가 제주도와 홋카이도로 퇴각하여 본토수호 방어망을 구축하였다.

가고시마의 잠수함 기지가 제주도로 옮겨오고 상하이 육군 항공대가 제주로 이동하였다. 제주도는 일본 본토수호의 전진 기지가 되었고 미군은 오키나와에 병력을 집결하여 제주도를 박살 낼 작전 구상을 마쳤다. 제52 가미가제 특공대 마쓰이 히데오 소령은 전투단을 이끌고 하늘로 올랐다. 잠수특공대 가이텐 27함대도 모슬포항을 떠났다. 야스야마 고도시(김현준) 소령은 인간어뢰 폭탄 가이텐 9호에 몸을 묶었다. 죽어서라도 조국을 구하자는 결연한 각오를 하였다. 미군 함정과 일본함정 간 격전의 순간이 다가오고 있었다. 어느새 하늘에선 미군기와 일본 공군이 불붙는 공격을 퍼부었다. 마쓰이는 미군 공군기에 공격을 가격하였다. 그러나 미국의 위력을 당할 수가 없었다. 야스야마는 인간어뢰 폭탄을 싣고 미군 함정을 향하여 돌진하였다. 순간 어뢰와 부딪친 함정이 두 동강이 나면서 함정은 화염에 휩싸여 바다 밑으로 가라앉았다. 화염과 폭음 속에 전투는 한동안 계속되었다. 가미가제와 가이텐들이 하늘과 바다에서 산화되었고 마쓰이와 야스야마도 화염 속으로 사라졌다.

제주도가 불바다가 될 찰나였다. 그런데 어찌 된 일인지 전투에 가담한 항공기와 함대들이 제주 폭격을 중단하고 하늘을 빙빙 돌더니 갑자기 일본 본토로 기수를 돌렸다. 그리고 한 시간 후에 일본 본토에 원자폭탄이 떨어졌다. 미군은 제주 주둔군을 무력화시키고 일본으로 날아가서 원자폭탄을 투하하였다.

태평양전쟁이 끝나고 일본이 항복하고 한국이 해방되었다. 해방

된 조국은 마냥 기쁘고 행복한 것은 아니었다. 36년 동안 일제하에서 징용된 700만 명 동포들은 대부분 죽었고 일부는 전쟁포로가 되거나 전범으로 처형 되었다. 한스러운 것은 징용 간 사람들이 조국으로 돌아오지 못하고 현지에서 떠도는 영혼이 되었다.

도쿄 검찰청 아사이 유키 검사가 전화를 하였다. 불길한 예감이 들었다.

"김상혁 소설가님, 김현준 일본군 소령이 조부이고 김강민 씨가 아버지더군요."

"맞습니다. 그래서 나를 잡아넣겠다는 건가요?"

"무슨 말씀을, 저명하신 소설가를 왜 잡아넣어요? 할 말이 있어서 저 부산에 왔어요. 좀 만났으면 합니다."

"만나고 싶지 않습니다."

"꼭 전해 줄 이야기가 있어요. 잠시만 시간 내주세요."

상혁은 그녀가 기다리고 있는 카페로 찾아갔다. 빨간 머플러를 두르고 파란 재킷을 입은 뒤태가 너무 아름다운 40대의 여인이었다. 전혀 검사티가 나지 않는 평범한 인상이었다. 작은 키에 아담한 얼굴, 유난히 큰 눈이 예리한 지성을 느끼게 하였다. 상혁은 그녀 앞에 나섰다. 앞에서 보는 그녀의 모습은 예쁜 인형 같았다. 일본 여인의 특유한 미모가 아름다웠다.

"놀랐어요. 내가 추적하는 범인이 김 작가님의 아버님인 줄은 몰랐어요."

"절미하고 본론이나 말해보세요."

"할머니는 잘 계시죠? 사건 보도 이후에 놀라시지 않던가요?"

"네, 그런데 20년 전에 행방불명 된 아버지가 왜 범인입니까?"

"김상혁 작가님, 당신의 아버지 김강민 씨는 살아있어요."

"뭐라고요? 치사하게 방화사건과 연관 지으려고 별궁리를 다하는 군요."

상혁은 몹시 불쾌한 표정으로 그녀를 바라보았다.

"제가 꼭 아버지를 만날 수 있게 할 겁니다."

"20년 전에 행방불명 된 분이 방화했다는 것이 말이 되는 소리냐고요?"

"그래서 협조 말씀은 언제라도 소식이 오면 제게 곧장 알려달라는 겁니다."

"모리모토 탐정은 사또 이와시가 가시토시 회장을 죽였다고 확신하고 있어요."

"추론입니다."

모리모토 형사는 야마시타 토모유키 사령관과 사또 마사노부가 군 시절에 사이가 안 좋았다는 것으로 그 손자가 범인이라고 추론한다는 것이었다. 모리모토 형사가 사또 이와시를 범인이라고 추적한 것은 불이 나던 날 그가 죄책감으로 가시토시 집 앞 개천에서 자살했다는 것이었다.

"의문이 있습니다. 전후 야마시타 토모유키는 전범 처벌을 받았는데 왜 사또 마사노부는 전범 처벌을 받지 않았나요?"

"전범 색출 때 군영을 탈출하여 깊이 잠적을 했지요. 미 군정이 떠난 후 돌아와서 일본군 영웅으로 추대받고 의원으로 활동했답니다."

"어떻게 그런 분을 전쟁 영웅으로 추대해요?"

아사이 유키 검사는 사또 마사노부에 관한 정보를 자상하게 말해주었다. 사또 마사노부는 미 군정의 전범 재판을 받지 않은 영웅으로 돌아온 이야기였다. 그는 '학살의 참상'이란 자신의 태평양전쟁의 추억을 엮은 책을 써서 인기가 되는 바람에 작가로 부상하여 정계에 진출했고 1961년에는 참의원 선거에 당선되어 의정 활동을 했었다. 그런데 그는 어느 날 그가 숨어 살던 라오스 여행 중에 행방불명이 되었다. 그 가족들은 그를 행방불명자로 사망신고를 했다.

비로소 모리모토 형사와 유키 검사가 맞대응하는 이유를 알았다. 유키 검사는 한국인 김강민을 의심하였고 모리모토 사토시 형사는 사또 이와시를 의심하였다.

미군은 태평양전쟁의 주범으로 사또를 꼽았는데 그는 잠적해 버렸다. 그는 일본이 대동아 공존의 맹주가 되는 것을 구상하고 도조 사령관을 꼬드겼다.

"만주 점령을 포기하십시오. 소련의 군사력이 만만치 않습니다. 빨리 포기해야 합니다."

만주를 포기하면 일본의 시베리아 정복은 영영 끝나는 거라고 도조가 시큰둥하였다.

"대안은 뭔가? 대동아공영권을 거머쥐십시오."

"대동아공영권이라며 동남아시아를 차지하라는 말인가?"

"동북아의 조선과 대만, 중국을 아울렀으니 동남아로 손을 뻗으십시오."

사또 마사노부는 대동아 공영 계획으로 '욱일승천기'를 내놓았다. 일본의 대동아 태평양 제국 깃발이었다. 일본이 태양의 빛이 되어 16개국으로 뻗어 나가는 형상을 욱일승천기로 표현하였다. 일본의 기상은 아시아 16개국을 통합한 대공영의 맹주가 된다는 뜻이었다. 훗날 일본군은 욱일승천기를 높이 달고 태평양 전투에 임했다.

"정말 그럴까? 자네의 구상이 타당한 전략으로 보이긴 하네."

"성공할 수 있습니다. 먼저 중국을 좇아하는 영국을 몰아내고 베트남에서 프랑스를 내쫓고 인도네시아에서 네덜란드를 내쫓으면 됩니다."

도조는 그의 계획안에 솔깃한 작심을 하였다. 그리고 그의 기획안에 따라 시베리아를 포기하고 만주와 조선, 중국, 대만을 거머쥐고 동남아로 진출하는 대동아전쟁을 상상하였다.

"구체안을 말해보게."

"현재 관동군은 주둔지 군만 남기고 병력을 남방으로 집결시키세요."

"관동군을 빼내면 소련이 만주를 칠 것인데......."

"그건 염려 안 해도 됩니다. 소련은 그런 힘이 없습니다."

도조는 그의 말을 듣고 마침내 관동군을 남방군으로 빼서 새로운 남방군을 창설하였다. 일본의 대동아공영권은 중일전쟁 발발이었다. 남방군이 난징에 집결하여 영국을 내쫓는다는 핑계로 중일전쟁을 일으켜 난징 대학살을 유발하였다. 유키 검사의 이야긴 진지했다.

"사또가 그런 인물이군요."

"그의 머리로 대동아공영의 일본제국이 탄생하게 되었어요."

"악랄한 인간이군요."

"유키 검사님, 정말 내 아버지가 가시토시를 죽였을까요?"

"사실은 추측이고 가정입니다."

"뭐라고요? 그런데 왜 나를......."

그런데 왜 아버지가 사또 이와시를 죽였을까. 미스테리였다. 전후 연합군은 사또를 미군포로를 잔인하게 학대하였던 전범 제1호로 꼽았는데 그는 미꾸라지처럼 탈출하여 전범 처벌을 받지 않았다. 사또 마사노부는 윤봉길 의사가 상하이 홍커우 공원에서 폭탄을 투척했을 때 재빠르게 윤봉길을 체포하여 공을 세운 인물이기도 하였다.

아사이 유키 검사는 아버지를 체포하려는 수단으로 상혁의 주변을 감시하였고 모리모토 형사는 상혁을 방어해 주려고 노력했다. 그는 일본의 대동아공영권은 동아시아를 하나로 단결한 제국이라고 말해주었다. 일본 남방군은 난징 대학살을 계기로 홍콩과 싱가포르를 점령하고 말레이시아, 인도네시아, 필립핀, 미얀마, 태국, 뉴기니아 태평양의 제도를 점령해 나갔다. 욱일 태양의 16개 햇살 무늬는 바로 16국이 하나 된 일본제국을 의미하였다.

남방군 총사령관은 천황의 친척인 데라우치 히사이치 대장이었고 작전 참모는 사또 마사노부로 그가 태평양전쟁을 준비하는 일본 남방군의 배치와 작전 기획안을 짰다. 제14방면군은 필립핀에 주둔하고 제15방면군은 태국. 제16방면군은 싱가포르, 제38방면군은 인도네시아, 제25방면군은 말레이시아, 제37군은 보르네오, 홍콩, 버마에 주둔하였다.

할아버지 김현준은 남방군 제38방면군에 소속되었다. 남방군은 거센 파도처럼 무자비하게 동남아를 장악하였다. 홍콩에서 영국과의 교전에서 승리하고 싱가포르에서도 네덜란드와의 전투에서 승리하여 인도네시아를 차지하였다. 그리고 미국이 개입하자 태평양전쟁을 일으켜 미국 하와이를 공격하고 남양군도의 태평양 제도를 모조리 장악하였다. 가장 피해를 많이 본 나라는 영국과 네덜란드와 미국이었다.

할머니의 비망록 속에 기재된 남방군 학살사건은 너무나 잔혹하였다. 1941년부터 45년까지 4년 동안 연합군 포로 20만 명을 잡아 10만 명 이상이 학살당했다고 적혀 있었다. 마닐라의 미군 포로 대학살 사건은 너무나 처참했다. 1942년 미군이 대패한 필립핀 바탄반도에서 잡은 포로를 '죽음의 대행진'으로 이동시켰다. 미군과 필립핀군 7만 명이 일본군의 포로가 되었는데 이들이 바탄에서 오돈넬 포로수용소까지 이동 행군 중에 5만 명의 포로들이 굶주림과 학대로 죽었다.

일본군은 굶주림에 도태하는 포로들을 착검한 장도로 찔러 죽였다. 당시 필립핀 주둔 14군사령관은 혼마 마사하루 중장이었다. 그러나 총사령관은 모르는 일이었다. 모두 사또 마사노부 대령의 행위였다. 필립핀 포로수용소장인 한국인 출신 무토 아키라(홍사익) 중장도 그 사실을 몰랐다.

혼마 마사하루 중장이 국방상으로 전출되고 홍사익 중장이 오돈넬 포로수용소장 겸 14군 지역방어를 담당하였다. 포로들이 수용소로 왔을 땐 아비규환이었다. 수많은 포로가 죽어 바다에 버리고 생매장하는 사태가 벌어졌다. 미군과 필립핀군, 민간인 10만 명이 학살당했다. 사령관 무토 아키라의 허락으로 사또 마사노부가 실행한 잔인한 학살이라고 미군들이 증언하였다. 전쟁 후 전범재판소에서 마사하루 사령관과 무토 아키라(홍사익)는 포로 학대 A급 전범으로 사형에 처했는데 정작 학살을 자행한 사또 마사노부는 도망을 가버려서 벌을 받지 않았다.

할머니의 비망록엔 더 많은 일본 남방군이 저지른 학살사건이 있었다. 1944년 8월 스리랑카의 잠수함 대학살 사건은 너무나 처참했다. 스리랑카 콜롬보에서 네덜란드 함선을 공격하고 선상에 올라 수부 103명을 망치로 쳐 죽여 물에 던지고 갑판에서 300명을 학살하였다. 그리고 1944년 2월엔 싱가포르를 점령하고 저항하는 중국인과 민간인 군인 6,000명을 죽인 '싱가포르 대학살'사건과 일본군 순양함 토네가 영국 상선 비하르호를 침몰시켜 영국군을 죽인 사건은 소름이 끼치는 학살이었다.

뉴기니아에서 독일과 네덜란드 포로를 교수형에 처한 사건과 구축함 아키카제 대학살이며 나 우르 선에서 호주 민간인 1,000명과 한센병 환자를 집단 처형한 사건이며 팔로와를 점령하여 미군과 주민 2,000명을 학살하였고 2차로 팔라완섬에서 미군 포로를 한곳에 묶어 불구덩이에 던져 죽이고 미군과의 교전에서 잡은 포로 489명을 집단사살한 사건도 있었다. 그리고 알렉산드르 병원과 싱가포르 병원에서 수많은 환자를 일본도로 죽인 사건이며 731부대에서 실험 인간 학살사건으로 한국인 3,000명 중국인 1,500명이 희생당했다. 상혁은 할머니의 비망록 속의 사건들과 밝혀진 학살을 일목요연하게 정리하였다. 아버지는 할아버지가 참전한 현장을 찾아갔을 것이다. 그래서 행방불명 된 아버지를 찾아 그 현장을 찾아가기로 하였다.

위안부 수첩

4월의 어느 날, 봄비가 추적추적 내리고 있었다. 고지선 원장이 광화문 가로길을 지나다가 상혁에게 전화를 하였다.

"광화문 위안부 소녀상 앞에서 어떤 할머니 한 분이 비를 맞고 있다."

"비 맞는 것이 뭐가 이상하다는 거야?"

"할머니가 애처롭게 보여서 그래."

"오지랖이 넓네. 별걸 다 간섭이야? 가서 사연을 물어봐라."

"네가 가서 물어와 봐."

그녀는 바쁘다며 전화를 끊었다.

택시를 타고 광화문으로 달려갔을 때 수성동 일본대사관 앞 공원의 위안부 동상 옆 의자에 미동도 안 하고 앉아있는 노인을 발견하였다. 만발한 벚꽃이 빗물에 떨어지고 있었다. 80세 고령의 노파가 손수건으로 떨어지는 꽃잎을 쓸어내고 비에 젖은 위안부 소녀상의 얼굴을 닦으면서 흐느끼고 있었다. 노파의 흐느낌은 곧 작은 곡성으로 울려 나왔다. 소녀상을 붙들고 울고 있는 노파는 마치 소녀상 같았다. 무슨 사연이 있어서 저렇게 슬피 울까, 할머닌 소녀상을 껴안고 한창 울다가 먼 하늘을 바라보며 소녀상처럼 굳어 있었다.

"할머니, 왜 비를 맞고 소녀상 앞에 앉아 계셔요?"

상혁은 가상스러운 표정으로 물었다.

"저 소녀상이 내 모습 같아서요. 나는 일본에서 왔답니다."

"무슨 사연이라도 있나요?"

"네. 나도 정신대 위안부였답니다. 하루꼬라고 해요."

"그렇군요, 저의 할머니도 할머니처럼 소녀상 앞에서 울곤 한답니다."

"댁의 할머니도 위안부였다고요. 그래서 유심히 나를 봤군요?"

"네."

"할머니 이름이 뭐예요?"

노파는 일본 말로 물었다.

"아유미란 위안부였어요."

"외로울 겁니다. 많이 위로해 드려요."

할머닌 다시 소녀상의 빗물을 손수건으로 닦고 가지고 온 꽃다발을 소녀상 앞에 놓고 일어났다. '잘 있어. 울지 말고' 그 할머니 모습이 바로 상혁의 할머니 모습이었다. 언젠가 할머니가 광화문 위안부 소녀상을 보고 싶다기에 모시고 왔을 때 할머니도 흐느끼면서 자신의 슬픈 잔영을 그려내고 있었다.

"상혁아, 저기 서 있는 소녀가 내 모습 같다."

할머니가 울먹이며 말했다.

"네, 할머니의 아픈 추억을 그린 소녀상이 맞아요."

"그래, 나도 죽지 않고 영원히 저렇게 앉아서 왜놈들을 저주할 것이다."

위안부 진상규명 협회에서 할머니를 상징하는 소녀상을 세웠을 때 할머니의 말이었다. 그리고 할머닌 가끔 광화문에 나와서 위안부 동상을 보곤 하였다.

상혁은 노파를 모시고 인근 카페로 들어갔다. 차를 마시면서 할머니 이야길 들었다. 할머니는 자신을 위안부였다고 소개하였다. 하루꼬 할머니는 정신대로 끌려갔던 유선옥이라는 위안부다. 한국에 살 수 없었던 그녀는 일본에 살면서 70년 만에 그리운 조국의 혈육을 찾아온 것이다. 그러나 한국엔 그녀를 반길 사람은 아무도 없었다. 바로 소녀상은 자신의 모습 같아서 울고 있었다. 곱고 예쁜 소녀상의 얼굴에 빗물이 흐르고 늙고 주름진 노파의 얼굴엔 눈물이 흐르고 있었다. 한쪽은 소녀상이고 한쪽은 노파였지만 앉아있는 모습이 닮았다. 소녀상은 한국에 있지만, 그녀는 한국인이면서 한국에 살 수 없는 슬픈 여인이었다.

하루꼬 노파는 숨을 몰아쉬며 덧없는 세월의 환(患)을 이야기하였다. 그토록 그리운 고향이지만 찾지 못한 슬픈 사연이 있었다는 것이다. 보슬비가 굵은 빗방울로 변했다. 하얀 벚꽃이 빗물을 머금고 있었다. 어제만 하여도 도톰한 몽우릴 활짝 웃고 있던 예쁜 꽃잎이 빗물을 머금은 채 작은 바람에 떨어지고 있었다. 할머닌 부모 형제를 찾아 70년 만에 고국을 찾았다. 가슴에 저미는 추억들, 자꾸만 봄기운 서리는 고향의 풍경이 반가운데 아무도 그녀를 반길 사람이 없었다. 어쩔 수 없이 다시 일본으로 돌아가야 한다고 생각하니 더욱 더 슬펐던 모양이다. 그래서 자신의 처지와 같은 위안부 소녀상을 붙들고 울었던 것이다.

"전 도쿄 야스쿠니 신사 앞에서 한국의 위안부 할머니들과 일본 정부를 향한 명예회복 시위를 돕고 있어요."

"일본에서 그런 일을 한다고요? 참 장하십니다."

"언제 시간 되면 도쿄 시위 현장에 한 번 나오세요."

"그래요, 한번 나갈게요. 전 오키나와에 살고 있어요."

그녀는 자신의 신상이 적힌 명함을 건네 주었다.

"네. 하루꼬 할머니, 일본에 가면 꼭 연락을 드릴게요."

"꼭 연락해 줘요."

하루꼬 노파는 일본으로 돌아갔다. 오키나와의 봄, 석정의 아침이 밝았다. 늦잠을 자고 있는데 수양딸 나오미가 따끈한 차를 끓여 들고 어머니 방으로 들어왔다.

"어머니, 한국 여행이 힘드셨나 봐요?"

"그래, 나이는 어쩔 수 없나 보구나."

"가족은 찾아봤나요?"

"찾지 못했어, 이젠 포기를 해야할 것 같아. 내 생각이 틀렸어."

"기다리면 만날 수 있을 겁니다."

나오미는 어머니를 위로했다.

"글쎄다. 서울은 참 아름답더라. 사쿠라가 광화문 거리에 만발했었어. 그곳에서 친구를 만났어, 위안부 소녀상 말이다."

"위안부상을 봤군요."

"화사한 벚꽃 속에 앉은 그녀가 너무 아름다웠어. 소녀가 꼭 내 모습 같았어."

벚꽃이 피면 후지마가 생각났다. 후지마가 간지 벌써 다섯 해가 지났다.

"눈물이 많아지는 것을 보니 나도 이젠 죽을 날이 왔나 보다."

"무슨 말씀을 그렇게 하셔요. 어머닌 오래오래 사셔야 해요."

언제 보아도 믿음직한 딸이었다. 나오미는 석정石鼎의 게이샤였다. 그녀는 예쁘고 마음씨 착해 나오미를 양녀로 키웠다. 하루꼬와 후지마는 동업하는 친구였다. 그녀들이 석정이란 식당을 창업하여 오늘날 오키나와 최고의 요정으로 키웠던 것은 정신대 위안부였던 한을 달래려는 몸부림이었다. 나오미는 두 분을 어머니라고 불렀다. 후지마가 죽은 후 하루꼬가 석정의 주인이 되었다. 어느 날 아침이었다.

"어머니, 텔레비전을 보세요. 한국의 위안부 할머니들이 시위하고 있어요."

그녀는 벌떡 일어나서 TV를 켰다. 도쿄 시내 지요다구의 야스쿠니 신사 앞에서 몸조차 지체 못 하는 한국의 할머니들이 휠체어를 타고 울부짖고 있었다.

'일본은 조선의 처녀들을 정신대 위안부로 강제 징집하여 군인들의 성노예로 만들었는데 전혀 그런 일이 없다고 발뺌을 하는 것은 천인공노할 야수의 탈을 쓴 만행이다. 일본 정부는 사죄하고 위안부들의 인권을 회복시키고 그 죗값을 보상하라.'

90세 고령의 위안부 할머니들이 죽기 전에 명예회복을 해달라고 눈물 어린 호소를 하고 있었다. 일본인들은 안타까운 시선으로 노인들의 울분을 지켜보고 있는데 갑자기 우익단체들이 몰려와서 외쳤다.

"무지한 한국 노인들이 억지를 쓰고 있으니 이들의 말을 믿지 마라."

"일본인은 사람의 탈을 쓴 악마다. 사람으로 태어났으면 사람의 구실을 하라. 어떻게 있는 사실을 없다고 하느냐?"

며 할머니들이 반발했다.

"일본은 정신대 위안부를 징집하지 않았다. 망령든 한국의 할머니들이 보상금을 받으려고 새빨간 거짓말을 하고 있다. 사악한 조선인을 몰아내라."

일본의 극우파들이 외치며 한국의 할머니들에게 침을 뱉었다. 그러나 양심 있는 일본 시민들은 극우파들에게 일본군이 저지른 만행을 인정하고 사죄하며 그에 상응하는 보상을 하라고 충고하였다. 사태는 심각해져서 우익들은 위안부 할머니들에게 계란을 던지고 심지어는 휠체어를 엎어버리는 난동을 부렸다.

"한국이 잘 살게 만든 것은 일본이다. 오히려 발전시켜준 대가를 내라."

그때 한국의 김상혁 소설가가 그들 앞에 나섰다.

"조선을 잘 살게 해줬다고? 36년 동안 한국인 2,000만 명을 징집해서 전쟁터나 노동군으로 보내 죽였다. 우리의 재산을 수탈하였고 꽃다운 처녀들을 전쟁터로 몰아 성노예로 짓밟았다. 도저히 인간이 할 짓이 아니란 것을 반성하라."

"네놈이 '일본의 두 얼굴'이란 소설로 할머니들을 자극한 놈이구나."

"그렇다. 난 일본의 악행과 비행을 세계만방에 알리려고 소설을 썼다."

"저 새끼를 죽여 버려라."

우익단체가 달려들어 김상혁 작가를 구타하였다.

하루꼬 노파는 TV에서 야스쿠니 신사 앞에서 굴욕당하는 위안부 할머니들과 매 맞는 김상혁 작가를 지켜보면서 두 주먹을 불끈 쥐었다.

"아니 저 사람은...... 내가 한국에서 만난 작가분이야. 어떻게 인간이 저럴 수가 있어? 죽일 놈들, 내가 나설 것이야. 증언자로 나설 거야."

"어머니 진정하세요. 화내면 건강이 더 나빠져요."

"나오미, 저기 매 맞는 한국 청년 작가 이름이 뭐랬지?"

"김상혁이랍니다. 할아버진 학도병으로 갔다가 죽고 할머니는 위안부로 갔다가 돌아왔답니다."

"안다. 서울에서 만났던 청년이야. 그분의 할머니가 위안부였다는
구나. 도쿄에 가면 그분의 할머닐 만날 수 있을 것 같아."

"어떻게 만나요?"

"할머니가 나 같은 위안부였다고 하더라. 할머니 이름이 뭐라더
라? 그래, 아유미라고 했어. 아유미…… 정애심? 이제야 기억이 나
는 이름이야."

"저분이 아유미의 손자라고요? 어머니가 항상 부르던 정애심이잖
아요."

"그래. 나오미, 당장 도쿄로 가자. 내가 아유미를 만나야겠다."

"내일 가요. 그러니 오늘은 주무세
요."

자정이 지난 시각이었다. 상혁은 외
출에서 늦게 돌아와서 목욕하고 잠자리
에 들려고 하였다. 그때 나오미가 김상
혁 작가에게 전화를 하였다.

"한국에서 온 김상혁 작가입니까?"

"네. 그렇습니다."

"전, 오키나와 나하시 후텐마 미군기지
에서 '석정'이란 요정을 경영하는 게이샤
나오미입니다."

"게이샤요? 어떤 일로 제게 전화를 걸었나요?"

"저의 어머니가 선생님께 전화하라고 해서죠. 선생님의 할머니가
위안부였던 아유미, 한국명은 정애심이 맞나요?"

"네, 맞습니다. 그런데 당신의 할머니가 저의 할머니를 안다고 그

래요?"

"저의 어머니가 서울에서 선생님을 만났고 선생님의 조모님 이름이 기억이 났나 봐요. 아유미를 잘 안답니다."

"저의 할머닐 기억한다고요?"

"네, 저의 어머니를 바꾸어줄게요."

나오미는 하루꼬에게 전화를 넘겼다.

"반가워요. 전 하루꼬 입니다. 한국 이름은 유선옥이고요."

"압니다. 헌데 저의 할머니를 안다고요?"

"네. 기억이 났어요. 아유미, 아니 정애심이 김 작가의 할머니라고요?"

"맞습니다. 정애심 씨는 저의 할머니십니다."

"그래요. 정애심은 내 친구였어요. 우린 인도네시아에서 헤어진 후 소식을 몰랐습니다. 반가워요. 할머닐 만나고 싶어요."

"저희 할머닌 지금 도쿄에 와 계셔요."

"그래요, 그럼 내가 도쿄로 갈 겁니다."

야스쿠니 신사 앞에서 한국의 위안부 할머니들이 휠체어를 타고 시위를 하고 있었다. 상혁의 할머니 정애심도 휠체어를 타고 참가하였다. 그때 하루꼬 노파가 시위대 앞으로 나오며 외쳤다.

"일본은 천벌을 받을 것이다. 내가 증인이다. 내가 진실을 밝힐 것이다."

노파는 소리를 지르다가 그만 졸도를 해버렸다. 상혁은 쓰러진 그녀가 하루꼬 노파임을 알았다. 할머닐 부축하여 병원으로 모시고 갔다. 할머니는 곧 의식을 회복했다.

"김 작가, 정애심 씬 어디 있어요?"

"선옥아, 나 여기 있다."

정애심 할머닌 하루꼬의 손을 잡고 울먹였다.

"네가 아유미, 살아있었어? 정애심...... 지금 몇 살이야."

"90세다."

할머니가 말했다.

"그렇게 되었지. 반갑다. 살아있구나. 남편은 살아왔었니?"

"아니야, 안 왔어."

두 분은 미얀마와 인도네시아 위안소에서 견딜 수 없는 수모와 고통에 못 견뎌 위안소를 탈출하면서 헤어졌다. 그렇게 알게 되어 하루꼬 할머니와 할머닌 도쿄 호텔에 숙소를 잡고 매일 같이 야스쿠니 신사의 시위대열에 끼어 위안부 명예와 보상을 요구하는 시위를 벌였다.

"정애심, 오키나와의 우리 집으로 가자."

"아니야, 난 이곳을 지켜야 해."

그런데 하루꼬 할머닌 더 이상 버티지 못하고 오키나와로 돌아가셨다.

어느 날 아침 뉴스 시간이었다. 하루꼬 할머니가 뉴스를 경청하고 있었다. 전직 관방장관인 마사오가 나와서 앵커와 대담한 자리에서 증언하였다.

'야스쿠니 신사 앞에서 시위하는 한국의 위안부 할머니들의 주장은 얼토당토않은 거짓 망언이며 정신대 위안부는 조작된 유령 단체이다.' 앵커는 그와 입을 맞추어 떠들어대고 있었다.

"마사오 장관님은 태평양전쟁 때 참전한 장교였지요?"

"네, 군의관으로 근무했습니다."

"위안부들의 성병을 치료했다니 누구보다 실태를 잘 알겠네요. 군부가 위안소를 설치하고 직접 관리했나요?"

"아닙니다. 한국인을 비롯한 현지 민간인 업주들이 돈을 벌기 위하여 군부대 앞에 사창가를 만들어 공창으로 운영한 위안소였습니다."

"일본 정부가 정신대 위안부를 만들었다는 말은 진실이 아니군요."

"네, 정신대와 위안부는 관계가 없습니다. 정신대는 군수물자를 만드는 근로 여성 대원이지 위안부는 아닙니다."

"그런데 장관님은 왜 부대 밖에 있는 위안부들의 성병을 치료해줬나요?"

"군의관으로 우리 군인들의 건강을 위하여 그녀들의 병을 치료해줬어요."

"대민봉사 차원에서 일본군의 건강을 위해서 봉사했군요?"

"네, 절대 일본군은 위안소를 설치한 일이 없습니다. 모두 자생 단체입니다. 그녀들 스스로 위안소를 만들어 일본군을 상대로 돈을 벌었지요."

"그래서 보상해 줄 이유가 없다는 것이죠?"

"네, 보상은 무슨 보상입니까?"

앵커는 덧붙여 부연 설명을 하고 결론을 내렸다.

마사오 군의관의 증언은 한국의 위안부 할머니들이 주장하는 일본 군부가 위안소를 관리했다는 것과는 상반된 이야기였다. 그는 군부대 위안소는 개인이 운영하는 공창이라고 하였다. 지켜보고 있던 하루꼬 할머니가 소릴 질렀다.

"네놈이 그딴 소릴 하면 내가 증언해야지."

노파는 몸을 부르르 떨었다.

"어머니, 왜 이러세요?"

나오미가 달려와서 물었다.

"저 미친 새끼가 나를 화나게 했어. 우리가 성노예가 아니라고?"

하루꼬 노파는 울분을 토하다가 또 쓰러졌다. 병원으로 이송되어 치료를 받고 다음 날 아침 돌아와서 딸 나오미를 불렀다.

"내일 귀한 손님을 맞을 것이니 준비를 해라."

"대체, 어떤 손님이 오시는데 준비를 잘하라고 하십니까?"

나오미가 물었다.

"마사오, 전직 장관을 모실 것이다."

"네? 정신대 위안부 징집은 거짓 조작이라고 증언을 한 분을 모셔요?"

"맞다. 옛날 군의관으로 있을 때 나와 후지마를 돌봐 줬던 분이었어."

마사오는 태평양전쟁 때 상하이와 동남아에서 군의관으로 근무하면서 정신대 위안부들의 성병을 관리했던 장교였다. 하루꼬 할머닌 그의 비겁한 증언을 뒤엎어 창피를 줄 생각이었다. 하루꼬 할머니가 김상혁 작가에게 전화를 걸었다.

"김 작가님, 내가 기자회견을 하려고 하니 꼭 저의 집으로 와 주세요."

"네, 알겠습니다. 오키나와로 가겠습니다."

상혁은 비행길 타고 오키나와로 가서 석정으로 달려갔을 때 벌써 내외신 기자들이 많이 모여 있었다. 하루꼬 노파는 몸을 정갈히 닦고 화장을 마친 후 종업원과 게이샤들을 집합시켰다.

"오늘은 귀한 손님들을 모시게 되었으니 예절을 갖추어라. 그리고 최고의 기예를 뽐내보라. 가무는 물론 의상과 차림새에 신경을 더 써라. 기모노는 맵시 있게 입고 절대 속옷을 입지 말고 침실의 유카

타는 정갈하게 준비하라."

마침 오키나와의 후텐마 미군기지엔 기지 이전 문제로 현 정부 요원들과 미군이 석정에서 회담하고 있었다. 하루꼬는 이날을 이용하여 마사오 장관을 초대하고 기자 회견을 준비했다. 외신 기자들도 회담을 취재하려고 모였다. 상혁도 기자 회견장에 나갔다. 회의실과 밀실에 도청 녹음기를 설치하였다. 마사오는 전직 동료들을 데리고 석정으로 왔다. 하루꼬는 그를 VIP 손님으로 모셨다.

"어서 오십시오. 석정의 주인장 하루꼬입니다. 제가 장관님을 초청했습니다."

"하루꼬? 글쎄...... 누군지?"

"일본군 위안부 하루꼬라면 아시겠지요."

"위안부 하루꼬! 후지마의 친구, 하루꼬란 말이지요?"

"네, 맞습니다. 며칠 전에 TV 증언을 봤어요. 지난 추억이 생각나서 소령님을 초대했습니다. 죽기 전에 소령님을 모시게 되어 영광입니다."

"하루꼬 얼굴을 보니 세월의 무상함을 알겠구면. 많이 늙었네요."

"세월이 얼마인데요. 오래 살다 보니 소령님을 만나는군요."

"난 하루꼬가 한국으로 간 줄 알았는데?"

"고향에 갔더니 위안부는 화냥년이라고 쫓겨났답니다. 그래서 일본에 뼈를 묻기로 했어요."

"참 기구한 운명을 타고났군요."

"소령님, 왜 정신대 위안부에 관하여 거짓 증언을 하셨습니까?"

"거짓 증언이라니?"

그가 긴장하며 물었다.

"정신대 위안소는 현지 민간인 개인이 경영하는 집창촌이라고 하셨잖아요."

"사실이니까."

위안소는 일본 군부에서 경영했고 그는 위안부 성병 관리관이었다. 일본군은 강제적으로 잡아 온 처녀들을 집단 수용해 놓고 밤낮없이 몸을 굴리게 하였다. 그는 위안부를 총괄했던 포주였다.

"산 증인이 앞에 있는데도 거짓말을 하는군요? 다시 진실을 정정하십시오."

"하루꼬, 우리끼리 말인데 군부가 위안부를 관리한 건 사실이야. 그런데 현 정부가 부정하는데 어떻게 진실을 말할 수 있겠나? 난 시킨 대로 말했을 뿐이야."

"일본 정부의 압박이 있었군요. 그렇다고 거짓 증언을 해요?"

"사실을 왜곡했으니 마음이 편하지 않아요. 양심의 가책을 받고 있어요."

"그런데 왜, 거짓말을 해요? 지금이라도 진실을 밝히세요."

"일본 정부의 입장이니 난들 어떻게 하나......."

"내가 말할까요? 내가 일본군이 설치한 위안소에서 성노예였다고 말입니다."

"그런 말을 한다고 무슨 소용이 있겠어. 일본 정부가 부정하는데......"

마사오 소령은 먼 산을 바라보고 말했다. 갑자기 기요시 간호 장교 말이 떠올랐다. '내가 위안부 성노예 내막을 밝히지 못했으니 자네가 꼭 밝혀야 하네.'

"기요시 대위가 그런 말을 했다고?"

"네, 난 소령님이 위안소 관리 장교라고 폭로할 거예요."

"말 삼가라. 지껄이다간 죽을 수 있어."

"소령님도 죽어요. 그러니 정신대 위안부는 일본이 징집했다고 말하세요."

"군의관으로 군인들의 건강을 위해서 위안녀들의 성병을 관리해줬을 뿐이야."

하루꼬는 그 앞에 기요시 대위가 위안부 관리 내용을 적어둔 수첩을 보여주었다.

"정신대 위안부를 관리하는 수첩이에요. 그 내용을 폭로할 것입니다."

"하루꼬, 날 협박하는 거야?"

그들이 아방궁에서 나눈 대화 내용이 스피커를 통하여 전 석정에게 퍼져 나갔다. 회담장의 정부 인사들이 하루꼬와 마사오의 대화를 듣고 깜짝 놀랐다. 기자들은 특종을 잡았다고 흥분하고 있었다.

"마사오 소령님. 당신은 나쁜 인간이에요. 우린 강제로 징용당하여 일본군의 성노예가 되었고 수많은 군인에게 성 접대를 하다가 병들어 죽었어요. 그런데 일본은 아니라고 발을 뺐고 당신은 거짓 증언을 했어요."

"아무리 떠들어도 소용이 없는 일이야. 일본 정부는 꼼짝도 안해."

"소령님, 그렇다면 내가 증언할 것입니다."

"그건 안돼."

"다시 한번 부탁드리겠습니다. 거짓 증언이라고 말해주세요."

"번복하라고, 난 그럴 수 없네."

"그렇다면 내가 당신을 응징하는 수밖에요."

하루꼬는 마이크를 들었다.

"야정에 계신 내외신 기자님들께 알립니다. 지금부터 마사오의 증언이 있을 것입니다. 밀실로 오십시오.”

기자들이 석정의 밀실로 모여들었다. 김상혁 소설가가 마이크를 들었다.

“전 한국의 소설가 김상혁입니다. 하루꼬 할머닌 마사오 장관의 거짓증언을 반박하려고 여러분을 불렀습니다. 할머니의 억울한 심경을 들으세요.”

“일본은 위안부를 징용한 적이 없는데 거짓 증언을 하는 하루꼬와 김상혁 작가를 구속하라.”

그 소린 그대로 석정 안에 퍼져 모든 손님이 경청하였다. 하루꼬는 일본의 두 모습을 가진 그들을 지켜보라고 외쳤다.

“여러분 가슴에 끓어오르는 분노를 참을 수가 없어서 마사오를 죽입니다.”

그녀는 가슴엔 품은 칼을 빼 들고 기자들이 보는 앞에서 마사오 전직 장관의 가슴에 꽂았다. 비명을 지르며 마사오가 쓰러졌다.

“너 같은 놈 때문에 조선의 청년들이 목숨을 잃었고 우리 같은 위안부는 사람대접을 받지 못했다. 내가 너를 죽이는 이유이다.”

하루꼬가 소리쳤다. 그 광경을 목격한 게이샤들은 숨을 죽이고 있었다. 기자들이 아방궁으로 몰려들었다. 마사오는 칼을 맞고 피를 흘린 채 싸늘한 시체로 굳어 있었다. 나오미는 환히 미소 짓는 어머니 모습을 바라보았다.

“당신은 살인자다.”

경찰이 하루꼬를 연행해 갔다.

다음 날 신문과 뉴스에서 마사오 전직 장관이 오키나와 석정에서 의문의 죽임을 당했다고 보도하면서 범인을 잡지 못했다는 것이었다. 예상한 대로 경찰은 마사오의 살인사건을 축소하였다. 경찰은

이 사건으로 인하여 위안부 문제가 세상에 알려지면 골치 아픈 일이 벌어지기 때문에 은폐하였다. 다음 날 나오미는 경찰서로 어머니 면회를 갔더니 하루꼬가 심장마비로 죽었다는 것이었다. 진위를 따지고 물어도 더 이상 답변이 없었다. 사악한 일본인의 본 모습이었다. 나오미는 김상혁을 찾아가서 전했다.

"어머니가 죽었습니다."

"왜 죽어요. 폭행을 당했나요?"

"연행해 간 저녁에 심장마비로 죽었답니다. 경찰이 폭행한 것 같아요."

"경찰이 죽였어. 사악한 놈들."

상혁은 게이샤들과 하루꼬 할머니 장례를 조용히 치렀다. 그녀의 죽음으로 마사오 살인사건은 미궁으로 사라졌다. 나오미는 견딜 수 없는 분노에 젖었다. 그리고 파란만장한 인생을 살았던 어머니 하루꼬의 명예를 회복시켜 드리겠다는 각오를 하였다. 그녀는 하루꼬의 비망록과 기요시의 비망록을 정리하였다.

하루꼬는 17세 때 위안부로 끌려가서 성 학대를 받다가 해방을 맞아 돌아왔다. 한국 이름은 유선옥, 정신대로 잡혀 와서 상하이 제12 병참 사령부 육군 7737부대 오락소의 위안부가 되었다. 상하이 오락소엔 300여 명의 한국인 위안부들이 있었다. 일본 군인들은 이곳을 '삐야'라고 불렀다.

위안소 삐야엔 주야로 일본군이 드나들었다. 두 평 남짓한 방 하나에 한 명씩의 위안부가 거처하며 병사를 받았다. 잠자는 7시간을 제외하고는 오전에 10명, 오후에 10명, 저녁에 10명을 받았다. 성에 굶주린 군인들은 야생마처럼 짓궂은 섹스로 혹사했다. 견디지 못해 저항이라도 하면 사정없이 짓밟고 때렸다.

그런 어느 날이었다. 술 취한 일본군 소위가 성병을 옮겼다는 이유로 하루꼬의 음부에 칼을 꽂았다. 그녀는 하혈로 의식을 잃었는데 간호장교 기요시가 부대 내 의무실로 옮겨 마사오 군의관에게 치료를 받게 하였다. 의무실엔 또 한 명의 위안부가 치료를 받고 있었다. 후지마란 일본 여인이었다. 기요시 간호장교는 하루꼬와 후지마를 극진히 돌봐주었다.

"어떻게 인간을 이 지경으로 만들어?"

기요시 간호장교가 투덜거렸다.

"죽고 싶어요. 간호장교님"

하루꼬가 울부짖었다.

"참아라. 이곳에 너 같은 여자가 많단다. 내가 도와줄게."

기요시는 그녀를 위로하며 별실로 옮겨 치료해주면서 후지마를 소개해 주었다. 후지마는 악성 매독을 치료받고 있었다.

"하루꼬, 난 악성 매독이란다. 어쩌면 죽을지 몰라."

"후지마, 힘을 내라. 여기 있는 위안부들 성병에 안 걸린 여자가 없어."

하루꼬도 그녀를 위로했다.

"성병을 치료받고 나가면 다시 시달릴 생각을 하니 미치겠어."

"우리 죽어버릴까?"

"그래, 차라리 죽으면 이 고통을 덜겠지."

두 소녀는 서로 붙들고 울었다. 후지마는 오키나와에서 잡혀 온 일본인 정신 대원이었다. 그렇게 후지마와 하루꼬는 병원에 있으면서 기요시의 치료를 받으며 친구가 되었다. 다행히 하루꼬의 상처는 아물었고 후지마의 매독도 나아갔다. 그런 어느 날이었다.

"후지마, 하루꼬 내가 미얀마로 전출을 가게 되었는데 너희들을 어쩌나?"

"우리를 데리고 가 주세요."

"나도 그러고 싶은데 쉽지 않을 거야. 그러니 용감하게 살아야 한다. 살아서 반드시 고향에 가야 한다. 꼭 그날이 올 거야. 절대 다른 짓을 해서는 안 된다."

기요시 간호장교가 신신당부하였다.

미얀마 혁명 투사 아웅산은 영국의 식민지로부터 독립하기 위하여 일본을 끌어들여 영국과 전투를 벌였다. 일본은 미얀마에 대대적인 병력을 투입하여 영국군을 몰아내고 동인도네시아에서 네덜란드를 몰아내고 대동아공영 남 차이나 본부를 세우고 병사들의 욕정을 푸는 위안소를 세웠다.

기요시 간호장교도 마사오 군의관을 따라 미얀마 위안소로 전출하게 되었다. 부대가 이동하면서 상하이 위안소에 있던 한국인을 비롯하여 일본, 중국인 위안부 600여 명이 미얀마 위안소와 수마트라 위안소로 전출한다는 말을 듣고 기요시는 마사오 소령에게 하루꼬와 후지마를 데리고 가자고 하였다. 마사오는 그렇게 허락하여 그녀들이 미얀마로 전출하였다. 미얀마 위안소는 새로 온 위안부들로 채워졌는데 그녀들이 처음 입소하여 임신하기 시작했다. 현지 사령관의 불벼락이 떨어졌다.

"강제 낙태를 시켜라."

마사오 군의관과 기요시 간호장교는 낙태 방법을 놓고 고심하였다.

"기요시 대위, 방법이 없겠소?"

마사오가 물었다.

"글쎄요."

"태아에게 수은(Hg)증기를 쏘이고 산모에게 수은 액을 먹이면 어떨까?"

"안됩니다. 수은은 독극물이라 산모가 위험합니다."

기요시가 반대했다.

"낙태시킬 수만 있다면 그 방법이라도 써야겠다."

마사오 소령이 주장했다.

"우린 사람을 죽인 살인자라고요."

기요시가 적극 반대하였다.

"낙태하다가 죽어도 어쩔수 없지. 어차피 그녀들은 전쟁의 소모품이야."

마사오 소령의 답변은 단호했다.

'아이를 가진 여자들에게 수은을 먹이고 수은 증기를 태아에 쏘여 낙태를 시켜라.' 그러나 불상사가 일어났다. 죽은 태아를 낳지 못해 산모가 죽었다. 일본군은 시체를 어디론가 싣고 가서 버렸다. 덩달아 악성 매독이 번졌다. 기요시는 환자들의 음부에 살리실산과 606 주사를 투입하였다. 그리고 군의관들은 여인의 질 속에 수은을 집어넣고 먹였다. 수은 중독으로 수십 명이 죽어갔다. 미얀마의 '미치나' 기지엔 20개의 위안소 (삐야)가 있었다. 그녀들은 날씨는 덥고 몸은 아파서 죽을 지경인데도 수십 명의 군인을 받아냈다. 하루꼬 역시 고통을 참아야 했다. 그렇게 미얀마에서 1년 동안은 고통의 연속이었다. 그런데 1945년 8월 미 공군이 미얀마의 미치나 일본군 기지를 폭격하였다. 일본군은 스타케이드로 후퇴하면서 위안소를 불태우고 위안부를 소개했다. 연방 퍼붓는 공중폭격에 미치나 일본 군영은 불바다가 되었다. 수십 명의 위안부가 불에 타 죽었다. 후지마와 하루꼬는 폭격 속에서 허둥대고 있는데 기요시가 찾아왔다.

"나를 꼭 따라와라. 빨간 깃발을 보고 따라와라. 놓치면 죽는다."

"네, 깃발을 보고 바짝 따라가겠습니다."

기요시는 포탄이 떨어지는 전장을 뚫고 달렸다. 후지마와 하루꼬도 그녀 뒤를 따라 달렸다. 그들이 다다른 곳은 부두였다. 큰 군함에 일본인들이 타고 있었다.

"일본이 미국에 항복했어, 이제 전쟁은 끝났다. 고향에 돌아갈 수 있단다."

그때서야 기요시가 실토하였다.

"정말인가요?"

하루꼬가 감격에 벅찬 소리로 물었다.

"그렇단다. 전쟁은 끝났어. 일본이 패망했단다."

"만세, 대한독립만세"

하루코가 큰소리로 만세를 부르자 깜짝 놀란 기요시는 하루꼬와 후지마를 배 안으로 밀어 넣었다. 군함은 곧장 패잔병을 싣고 부두를 떠났다. 미얀마를 탈출한 배는 밤낮으로 달려 규수 시모노세키에 도착하였다.

"하루꼬, 후지마 이젠 살았다. 하루꼬는 조선으로 가거라."

"네. 간호장교님, 고맙습니다."

마사오와 기요시는 부대를 따라가고 후지마와 하루꼬는 부두에 남았다.

"후지마, 정애심은 어떻게 되었을까?"

"모르지, 위안소를 탈출했으나 잡혔을 거야."

"그렇다면 죽은 거로 봐야지. 고향에 그렇게 가고 싶어 했는데."

후지마와 유선옥은 정애심을 걱정하였다. 위안소를 탈출하다가 잡힌 여인들은 모두 처형당했다. 후지마는 오키나와로 가고 하루꼬는 부산으로 가는 배를 탔다. 얼마나 그립던 조국인가, 감격의 눈물

이 쏟아졌다. 하루꼬는 현해탄을 건너 부산에 도착하였다. 한국에
온 그녀는 곧장 시가를 찾아갔다. 시가는 전라남도 여수였다. 고향
에 와서 차마 얼굴을 내밀 수가 없었는데 남편이 징용에서 돌아왔다
는 것이었다. 그런데 남편은 그사이에 새 아내를 맞아 살고 있었다.
청천벽력이었다. 그녀는 주막으로 남편을 불러냈다. 오랜 이별의 서
먹함이 그들의 간격을 좁히지 못했다. 누구의 잘못이라고 말할 수
없는데 그녀도 남편도 선뜻 말을 꺼내지 않았다. 하루꼬의 눈에 눈
물이 맺혔다. 그리고 조용히 입을 열었다.

"어떻게 나를 두고 재혼을 해요?"

그녀가 울부짖었다.

"당신이 정신대로 지원해 갔다고 해서 결혼을 했어요."

"머저리 같은 인간, 내가 왜 지원을 해요. 강제로 잡혀갔어요."

"어차피 비틀어진 인생인데 새 출발을 하세요."

"난 안 갑니다."

그때였다. 시어머니가 그녀를 보자마자 소리쳤다.

"갈보가 우리 집엔 왜 왔어? 더러운 년 같으니 돈 벌려고 일본 군
인을 상대하는 창녀가 되었다면서? 그런 더러운 몸으로 어떻게 여
길 찾아와?"

"어머니, 제가 자청한 것이 아니고 남편이 없다고 잡혀갔어요."

"헛소리 마라. 네가 자청해서 갔다고 이장이 그러더라."

"절대 그런 것이 아닙니다."

"아무튼 넌 우리 집과 인연이 끊겼으니 돌아가라."

"어머니…… 전 조강지처입니다."

"세상 사람들은 너를 일본군 창녀라고 불러. 창피하니 당장 떠나."

그녀는 친정으로 돌아왔다. 친정어머닌 딸을 붙들고 통곡을 하였다.

"너를 보고 갈보라고 하는데 어떻게 이곳에서 살아. 멀리 떠나거라."

"어머니, 시집도 친정도 날 밀어내면 난 어딜 가요?"

"아무데나 보이지 않는 곳으로 가라."

부모 형제까지 창녀라고 욕하는 것을 참을 수가 없었다.

1942년 결혼을 막 하고 남편은 일본군에 징집되어 가고 남편 없는 집에서 시모의 시집살이가 고추보다 매웠다. 남편은 언제 돌아올지 모른다. 고달픈 시집살이가 눈물과 콧물의 세상이었다. 그런 어느 날, 일본의 군수공장에서 여자 종업원을 모집한다고 이장이 찾아왔다.

"유선옥 씨, 남편도 없는데 정신대에 가서 돈이나 벌어요."

"전 갈 수 없어요. 남편이 곧 돌아올 텐데요."

"징용 간 사람이 어떻게 돌아와요? 새댁은 처녀나 다름없으니 돈이나 벌어요."

"전 싫어요."

"우리 동네에서 3명의 처녀가 정신대로 가는데 유선옥 씨가 뽑혔어요."

"지원을 안 했는데요."

"경찰이 뽑았지."

저녁에 경찰이 와서 그녀를 데리고 군청으로 갔다. 면에서 징집된 100명의 처녀들과 부산으로 가서 배를 타고 곧장 오키나와로 갔다. 그곳에 일본인 처녀 150명과 한국인 처녀 350명이 와 있었다. 그런데 그곳은 공장이 아니고 군부대였다. 오키나와 해군 기지에서 위안부 소양 교육을 1주일간 받고 동남아 각국으로 파견되었다.

그녀는 친정집을 나와 방황하다가 후지마를 찾아 일본으로 가려고 했으나 일본과 통행이 막혀버렸다. 여수항에서 큰돈을 주고 일본행 밀항선을 탔다. 일본으로 가서 후지마를 찾아 오키나와로 가는 배를 탔다.

"하루꼬, 어떻게 온 거야?"

"후지마, 갈 곳이 없어서 왔다."

"잘 왔다. 나도 부모가 맞아주지 않아서 집을 나와 산단다."

"뭐라고? 너도?"

"더러운 몸을 가진 창녀라니 억울해서 못 살겠어."

"하루꼬, 남편은 만났니?"

"응, 징용 갔다 와서 재혼했더구나."

"아주 나쁜 사람이군, 정식 혼인을 한 부인인데 재혼을 했다고?"

후지마 역시 집에서 내쫓긴 상태였다. 그런데 반가운 소식이 있었다. 기요시가 제대를 하고 후텐마 미 공군기지 병원의 간호사로 있다는 것이었다. 그녀들은 병원으로 기요시를 찾아가서 사정 이야길 하였다.

"집을 나왔다고? 앞으로 뭘 먹고살 거니?"

"모르겠어요. 닥치는 대로 무슨 일이든 해야죠."

하루꼬가 말했다.

"내가 미군 부대 옆에 카페를 열어 줄 테니 장사를 해봐라."

"염치없지만 고맙습니다. 돈 벌면 은혜는 크게 갚을게요."

기요시는 가련한 후지마와 하루꼬를 위하여 작은 가게를 얻어 주었다. 오키나와 나하시 후텐마 기지 앞에 '석정石鼎'이란 미군을 상대로 하는 술집이었다. 사업은 날로 번창하여 돈을 많이 모았다. 후지마는 게이샤들을 데리고 요정을 경영하겠다고 기요시에게 말했다. 기요시는 승낙했고 자금을 대주었다.

그날부터 석정이란 요정에서 후지마와 하루꼬가 같이 일하게 되었다. 하루꼬는 주방에서 막일을 하였다. 사업이 번창하여 석정은 큰 요정으로 변신하였다.

일본에도 2만여 명의 위안부들이 돌아왔으나 대부분 갈 곳이 없어서 술집으로 전전하는 실태였다. 후지마는 정신대로 갔다가 버림받은 여인들을 불러 석정의 게이샤로 만들었다. 석정은 잘되어 10년 만에 오키나와 최고의 요정으로 성장했고 엄청난 돈을 벌었다.

기요시는 천사 같은 여자였다. 그녀는 일본 정부에 꽃다운 아가씨들을 전쟁터로 내몰아 죽이거나 몸을 망친 책임을 지고 보상을 해줘야 한다고 주장하였다. 그러나 일본 정부는 그녀의 주장을 외면했다. 그런데 불행하게도 그녀가 독한 매독에 걸려 죽고 말았다. 사실 그녀는 말이 간호장교지 전쟁터에서 고급 장교들의 위안부였다. 간호장교로 있으면서 장성들의 위안부였다.

마사오의 죽음과 기요시 죽음은 그렇게 묻혀갔다. 정부와 언론이 협잡한 사건의 종결이었다. 나오미는 기요시와 후지마 그리고 하루꼬의 죽음을 지켜보면서 양식 없는 일본 정부를 규탄했다. 그녀는 어머니 죽음을 규명하려고 정식 기자회견을 자청하였다. 한국의 위안부 할머니를 초청하여 진실을 밝히는 특별한 기자회견장이었다. 지구촌 각 곳에서 내외신 기자들이 모여들었다. 일본 정부와 극우들이 신경을 곤두세웠다. 회견은 연회 만찬을 겸하였다. 맛있는 식사와 술자리가 한참 익어갈 즈음에 석정의 새 여주인 나오미가 단상으로 올라왔다.

"제가 여러분을 모신 것은 억울하게 돌아가신 정신대 위안부였던 저의 양어머니 후지마와 하루꼬의 한을 풀어주려는 것입니다. 두 분은 일본군의 성노예였습니다. 일본은 태평양 전쟁을 일으키면서 이웃 나라 여인들을 강제로 징집하여 군인들의 성노예로 만들었습니다. 지금 도쿄에서 시위를 벌이던 한국의 위안부 할머니들의 주장이 옳습니다. 양어머니 하루꼬는 바로 정신대 위안부로 끌려갔던 장본인입니다. 분명히 일본군이 위안소를 운영했으면서 개인 사업자들이 자발적으로 만들어진 위안소라고 하는 것은 새빨간 거짓말입니다. 그래서 내가 기자님들에게 일본군 간호장교 기요시의 수첩을 공개하려고 합니다."

"일본군이나 일본 정부가 정신대를 강제 모집했다는 증거는 어디에도 없는데 기요시 간호사의 수첩에 적혀 있다고요?"

기자들의 질문 공세가 거세졌다.

"위안소 성노예의 실상이 적혀 있습니다. 어머니 하루꼬는 이 수첩을 공개하려다가 타살당했습니다."

"마사오 장관을 죽인 살인죄로 취조를 받다가 심장마비로 죽은 거로 압니다."

"아닙니다. 경찰이 마사오 죽음을 은폐하려고 어머니 하루꼬를 죽였어요."

그녀의 말에 좌중이 웅성거렸다.

"마사오의 죽음을 은폐하다니요? 무슨 증거로 그런 말을 하십니까?"

"양어머니 하루꼬 씨가 위안부의 진실을 폭로했다고 죽였습니다."

"일본이 위안부를 차출했다는 증거가 기요시의 수첩 속에 정말 있나요?"

"네, 기요시 장교는 위안부로 끌려간 내용을 수첩에 적어뒀습니다. 그녀 역시 간호장교지만 고급 장교들의 위안부였습니다. 마사오는 정신대 위안소에서 하루꼬의 성병을 치료해준 의사인데 거짓 증언을 했기에 그를 죽였습니다."

"사실입니까?"

"네, 기요시가 하루꼬에게 석정을 만들어 줬습니다. 저는 전쟁고아로 게이샤가 되었는데 양어머니 후지마와 하루꼬가 잘 길러줘서 사장이 되었습니다."

그녀는 기요시의 수첩에 적힌 위안부 속 사정을 상세하게 진술하였다.

"기요시의 수첩 속에 위안소에서 성병을 치료한 기록이 있습니다."

"일본 군의관이 위안부를 관리했다는 기록을 공개해 주십시오."

"성병에 걸리면 성기 세척제로 과망간산 칼륨이나 수은액이나 증기로 소독을 했습니다. 그리고 심한 경우에만 606 살바르산 테라마이신 주사를 놓아줬어요. 위생관들은 성병 검사를 하고 위안소 방 앞에 표시를 해뒀습니다. 흰 천을 붙이면 주의하라는 뜻이고 분홍색은 요주의, 붉은색은 위독한 여자라고 표시했어요."

그런데 군인들은 성병에 걸린 여인을 폭행하고 심지어는 질을 찢기도 하였고 나무토막이나 돌멩이를 쑤셔 넣기도 하였다. 일본은 전쟁에서 패하고 미군이 위안부 진상을 조사하자 위안소를 불태우고 증거를 없애버렸다. 그리고 살아있는 위안부들을 죽이거나 소개시켜 현지 미아가 되게 하였다.

극우파들이 석정으로 몰아닥쳤다.

"함부로 지껄이면 너를 죽일 것이다."

"손가락으로 하늘을 가릴 수 없다. 난 일본의 양심을 말하는 것이다."

나오미의 주장은 완강했다. 기자회견을 끝내고 그녀는 하루꼬의 유골을 들고 한국의 남편을 찾아갔다. 그러나 남편은 그녀의 유골도 거부했다.

"바다에 버리든 땅에 묻든 마음대로 하시오. 난 알 바 없습니다."

불손한 창녀라서 받아드릴 수 없다는 남편의 말에 분노를 느끼며 자리에서 일어났다. 나오미는 하루꼬의 유골을 들고 다시 일본으로 건너왔다. 나오미는 후지마의 무덤 옆에 하루꼬를 심었다.

조선총독부의 매국노

　김상혁 작가와 고지선 회장이 만나 향후 위안부 할머니들의 도쿄 시위를 논의하고 있었다. 일본이 식민지배를 했기에 조선이 열강에 먹히지 않는데 시위는 왜 하느냐고 친일파 후손들이 떠들었다. 상혁은 일제의 포악성을 뒤돌아보았다. 일제보다는 총독부의 비호를 받은 친일파들이 더 잔혹하게 민중을 괴롭혔다.

　"친일파들을 단죄시키는 방법이 없을까?"

　"사람은 단죄 못 하지만 착복한 재산은 빼앗아야지."

　고지선의 주장이었다.

　"민족 자본을 독식한 무리들의 재산을 몰수하는 것은 당연하다고 봐."

　고지선은 친일파의 재산을 몰수하는 운동을 벌이겠다고 나섰고 상혁은 인권을 짓밟은 친일파의 행각을 단죄해야 한다는 생각을 갖고 있었다.

　친일파들은 조선독립을 방해하였다. 그러나 독립운동의 시작은 1919년 2·8독립 동경 유학생 100여 명이 히비야 공원에 모여 이달을 회장으로 추대하고 독립운동 지도부를 구성하고 독립선언서를

발표하려 했으나 경찰이 사전에 이들 대표 13명을 체포하였다. 이들
은 출판법 제27조 위반으로 2월 10일 도쿄 지방재판소 검사국에 송
치되었다. 다시 백남규가 회장이 되어 '조선독립청년단'을 결성하고
23일 변희용·최재우·장인환 등이 조선청년독립단 민족대회 촉진부
취지서를 인쇄하여 히비야 공원에 배포하고 시위운동을 벌였다. 백
관수가 독립선언문을 낭독하고 김도연이 결의문을 낭독하였다. 그
런데 경찰이 대표 27명을 체포하고 해산시켰다. 다시 일본 도쿄 유
학생 11명이 '독립선언문'을 작성하여 여러 나라의 대사관과 공사
관, 일본 정부와 국회, 조선총독부, 그리고 각 신문사와 잡지사, 학
자들에게 우편으로 발송하였다. 1919년 3월 1일 고종황제 시해 사
건이 발생하자 전 국민이 시위운동에 참여하기 독립을 부르짖었다.
그 후 독립운동은 계속되었다.

　중일전쟁이 발발하던 1937년 여름, 경성역 귀빈실에서 몇 명의 대
학생들이 식사를 하고 있었다. 잘생긴 선남선녀 인텔리젠트였다. 동
경제대를 다니는 김현준과 영국 유학에서 돌아온 이상우, 그리고 도
쿄 음대를 다니는 한문선과 일본 프롤레타리아 문학 동인(NAPF)인
김용민이 만났다. 네 사람은 일제의 만행을 규탄하는 독립운동을 모
의하려고 모였다.

　김현준은 대구의 영남 갑부의 아들이었고 이상우는 조선 이왕가의
자손이며 김용민은 충청도 출신 공산주의 문학도였고 한문선 역시
경성의 재벌가 딸이었다. 한문선과 이상우는 연인관계였다. 김용민
은 일본에서 카프 작가 운동을 하다가 쫓겨왔다. 그는 간도 파르티잔
의 시를 노래로 만든 마키무라와 같이 NAPF(나프)작가로 활동하다
가 사회 교란죄로 3년 형을 살고 조선으로 추방당한 인물이었다.

　한문선과 이상우는 오랜만에 만나 진한 포옹을 하였다. 한문선은

눈물을 글썽이며 상우의 품에 안겨 한참 울먹였다.

"참 보기 좋다. 얼마 만에 만난 거야?"

김용민의 질투하는 말투였다.

"1년이 넘었지."

이상우는 밝게 웃으면 말했다.

"언제 봐도 사랑스러운 연인이야. 니들 언제 결혼할 거니?"

김용민이 물었다.

"나라가 어지러운 데 결혼은 무슨...... 김용민, 너 일본에서 추방당했다메."

"내 인생은 끝났어, 일본에서도 조선에서도 어떤 활동을 할 수 없단다."

그는 일본의 프롤레타리아 문학단체로 활동하다가 사회 교란죄로 3년 형을 살고 한국으로 돌아가는 조건으로 석방되어 고향 음성에서 묻혀 지내고 있었다.

"김현준, 너의 집안에 큰 사고가 있었다메?"

이상우가 물었다.

"아버지가 독립운동을 하는 바람에 집안이 쑥대밭이 되었어."

"큰일이구나."

"일본경찰과 밀정들이 우리 가족을 몹시 괴롭히고 있단다."

"우리 왕가도 쑥대밭이 되었다."

"앞으로 우리들의 앞날이 개운치 않겠네."

한문선이 울먹였다.

"그럴 것 같아, 경찰과 밀정들이 우릴 쫓아다닌단 말이야."

김용민이 낮은 목소리로 말했다.

"누군가 우릴 미행하는 것 같아 자리를 옮기자."

김현준이 귓속말로 전했다.

"아무래도 불안해, 오늘은 헤어지고 내일 만나자."

이상우가 제안했다.

"그래, 내일 명동 '해선'에서 저녁 7시에 만나자."

신문을 보는 척하는 사나이가 그들을 지켜보고 있었다. 경찰이나 밀정 같았다. 그렇게 약속하고 자리에서 일어났다. 현준은 효자동 집으로 향하였다. 아내가 어두운 표정으로 그를 맞았다. 현준은 아내의 심기를 건드리지 않으려고 침묵했다.

"여보, 조심하세요. 당신이 귀국한 것을 경찰이 알고 있어요."

"조심해야지. 헌데 어딜 가나 우리가 입신할 곳이 없네."

"불안해요. 한 치 앞도 볼 수 없는 안갯속 같은 미래가 불안해요."

"여보, 우리 만주로 망명할까?"

현준이 아내에게 물었다.

"안 돼요. 빼앗긴 우리 집 재산을 찾아야 한답니다."

"무슨 수로 찾아, 총독부 놈들이 수탈해 간 재산을 어떻게 찾느냐고?"

"목숨을 걸고 찾을 겁니다."

영남 재벌의 가문이 풍비박산 나 버렸다. 게다가 조선총독부에서 그의 재산을 압류해 버린 상태였다. 아내의 집안도 대구의 재벌이었다. 그녀 집 역시 모든 재산이 조선총독부에서 압류당한 상태였다. 그 재산은 이미 친일파 놈들의 아가리로 들어간 상태였다.

"여보, 이대로 못 살겠어. 우리 만주로 망명합시다."

"난 목숨 걸고 내 아버지의 재산을 찾을 겁니다."

아내가 입술을 깨물었다.

"목숨을 건다고 될 일은 아닙니다. 그러다간 정말 큰일을 당해요."

"그 많은 재산을 빼앗겼는데 어떻게 포기해요?"

현준은 답답한 심정을 달랠 길이 없었다. 저녁에 친구들을 만나러 명동으로 나갔다. '해선'은 명동 성당의 뒷 골목에 있는 선술집이었다. 이곳에서 민족운동을 하는 지식인들과 예술인들이 몰래 만나는 장소였다. 대부분이 아나키스트였다. 그가 해선으로 갔을 때 상우와 한문선, 김용민이 나와 있었다. 그들은 벌써 얼큰하게 취한 상태였다. 결혼을 앞두고 혼란스러운 심기를 감추지 못하고 있었다. 현준이 오자 술상이 다시 차려졌다. 술잔을 나누면서 총독부를 습격할 계획을 논의하였다.

"김현준, 그 계획은 다 세웠나?"

이상우가 물었다.

"총독부를 폭파하고 만주로 망명하자."

"그런데 성공할 수 없어요."

김용민이 배신의 표정을 지었다.

"무슨 소리야, 너 변심했어. 배신자가 되겠다는 거야?"

김현준이 화를 냈다.

"사실은 난 조선총독부에 들어가기로 했어."

김용민이 더듬거리며 말했다.

"배신자, 우리가 한 말을 뭐로 들었던 거야. 총독부에 들어간다고? 민족을 수탈하겠다는 거야?"

이상우가 소리쳤다.

"내가 살 길은 그 길뿐이야, 아무튼 난 빠지겠다."

"개새끼."

이상우가 거칠게 쏘아붙였다.

"누가 너를 받아준다고 했니?"

김현준이 조용히 물었다.

"아내 편으로 총독부에 아는 사람이 있어."

그의 아내는 일본에서 공산주의 문학을 같이하던 일본 여인이었다.

"넌 일본에서 반정부주의자로 형을 산 놈이야. 그런데 받아준다고?"

"아내가 손을 썼지."

"배신자, 개새끼 그럼 넌 빠져."

이상우가 욕설을 퍼부었다.

"미안하다. 난 빠지겠어. 그러나 총독부에 들어가서 친일파 놈들을 때려잡을 거야. 도움이 필요하면 언제라도 말해."

김용민의 변명엔 미안함이 서려 있었다. 세상은 무섭게 일본화되어 가고 있었다. 조선총독부는 조선어 말살로 조선 민족혼을 빼앗고 있었다. 창씨개명을 하고 한국말을 없애고 한국 역사를 없애버리는 정책이 척척 들어맞고 있었다. 이러다간 조선은 완전히 사라지고 일본의 조선으로 변질되는 비극을 맞게 될 것이다. 김현준이 가장 두려워하는 일이었다. 그런데 김용민이 그런 수탈의 야수가 들끓는 총독부로 들어간다는 것이다.

"앞으로 조선은 말이 없고 역사가 없으니 정체성은 사라졌고 경제권을 빼앗겼으니 살아갈 힘이 없고 창씨개명마저 했으니 조선은 없어진 거야."

현준은 올먹이고 있었다. 조선총독부는 점점 강압적으로 조선 민족의 정기를 말살시켰다. 문제는 친일파들이 앞장을 서서 일본인보다 더 강하게 민족을 약탈하였다. 모두가 일본에 빌붙어 마치 일본인처럼 행세하였다.

"김용민, 빠져라. 거사는 우리만 하겠다. 부탁인데 우리 일을 방해하진 마라."

"물론이지."

"큰일이다. 점점 지식인들이 친일 행각을 하고 있으니 이 나라가 걱정이다."

이상우는 울분을 토했다. 그러나 메아리 없는 분노였다. 조선총독부는 더 강하게 조선을 약탈할 강경 정책을 폈다. 더욱더 뼈아픈 것은 조선총독부의 조선인 관리들이 민족 수탈 작업에 앞장을 서고 있었다. 김용민도 그 소굴 속으로 들어가겠다는 것이다. 김용민 때문에 폭파 작업은 이제는 진전할 수 없었다. 그리고 며칠 후 김용민이 조선총독부에 입성하여 총독부 문화 예술 수장이 되었다.

"빌어먹을 새끼. 결정하고서 연막을 쳤구먼."

김현준이 흥분했다.

"그 자린 문인들을 앞장세워 민족정기를 말살하는 곳이란다."

"그자가 우리의 비밀을 다 알았으니 걱정이다."

"두고 보자고, 그러나 경계는 해야할 거야."

사람의 마음은 알다가도 모르겠다. 일본 군국주의에 저항하던 NAPF 작가가 그렇게 변신할 줄은 몰랐다. 그것은 삶과 존재의 편린에 추종하는 인간의 추한 내면이었다. 김용민 때문에 총독부 폭파 계획은 접어야 했다.

1910년 경술국치 후 1945년까지 일본은 조선총독부를 두고 조선의 재산과 정신적 자산을 수탈하였다. 조선총독부는 사법, 행정, 의회 등 절대적 무소불위의 권력을 행사하는 식민통치 정부로서 조선 민족운동 탄압과 경제적 약탈과 민족 문화 말살 정책을 추진하였다.

조선총독부 조직은 일본인과 한국인이 1/2로 배분되었다. 상위 지배층은 일본인이었고 하위 실무팀은 조선인이었다. 편제는 행정국,

내무국, 재무국, 식산국, 농림국, 법무국, 학무국, 경무국 8국을 두었다. 공무원 수는 15,000명인데 중앙행정에 5,700명, 지방행정에 9,000명 정도였다.

총독부 의회는 자문기관으로 중추원을 두고 의장, 부의장, 고문, 참의원, 부참의 등 70여 명으로 구성되었고 의장은 일본인 정무 총감이고 부의장은 한국인 부총감이었다. 중추원은 한국사 말살 정책을 주 업무로 결성되었다. 법원은 각도에 고등법원을 두고 재판을 하였다.

김용민은 학무국 소속의 조선 문화 말살 공무원으로 들어갔다. 그곳은 민족 문화를 고사시키는 반민족 특위 자리로 친일 골수들이 판치고 있었다. 조선총독부의 친일 행각은 절대 권력이었다. 그리고 경찰 업무를 수행했는데 1943년 헌병이 8,500명인데 일본인 5,000여 명에 한국인 3,500여 명이었다. 그리고 밀정을 별도로 두었는데 조선인 밀정은 3,000여 명이었다. 바로 조선총독부 조선인 밀정, 경찰, 헌병들이 매국노 수준의 친일 행각을 하였다.

총독부 지시로 중추원에선 조선인 약탈 법을 만들고 사법부에선 약탈 친일 위배자를 가차 없이 처벌하는 법을 만들었고 경찰 헌병들은 항일 조선인을 구속 구금 처형하는데 앞장을 섰다. 총독부는 조선인 징용법에 따라 노동과 재산을 약탈하고 노동, 농업, 임산, 수산, 광산자원, 문화재, 개인재산을 수탈하는 친일 인재를 양성하였다.

조선총독부의 역대 총독들은 모두 일본 군부 실세들로 강압 식민통치 역량을 발휘하였다. 이들 총독은 10대에 걸쳐 조선을 수탈하는 데 앞장을 섰다. 그들의 행적은 상상을 초월하는 추악한 작태로 군림하였다. 김현준과 이상우는 김용민의 배신으로 점점 사라져가는 조선의 맥을 걱정하며 허탈한 나날을 보내고 있었다.

"학도병 징집 명령이 떨어진다는데 두 분은 어떻게 할 거요?"

한문선이 걱정스런 표정으로 물었다.

"큰일이군요, 독립군 자녀를 먼저 잡아간답니다."

"잡히기 전에 망명해야겠어."

이상우가 말했다.

"조심하세요. 밀정들이 깔렸대요."

"빨리 중국으로 가야겠어요."

"맞아. 서둘러야겠다."

김현준이 동조했다.

이윽고 조선총독부에선 조선의 국토와 문화를 유린하는 10대 역점 사업을 발표하였다. 그 사업의 착안자가 김용민이었다. 조선의 언어 말살, 문자 말살, 역사 왜곡, 일본식 개명, 토지수용, 지하자원 수탈, 공출과 농지 수탈, 철도부설 사업, 항구건설과 항만사업, 인력 징발(병력, 노무자, 정신대, 위안부) 등의 수탈과 민족 말살 정책이었다. 그들은 역사 왜곡이란 추악한 정책으로 조선사를 말살하여 내선일체의 일본 동화라는 기치를 내걸었다.

"이런 개새끼. 정말 죽여버려야 해."

조선의 왕손 이상우가 분개했다.

"녀석이 문화 말살 정책에 앞장을 설 줄이야. 사악한 배신자를 그냥 둘 수 없단 말이야."

김현준이 입술을 깨물었다. 총독부는 총칼로 침탈하던 만행을 온유책으로 바꾸었다.

일본은 조선사 편수회를 만들어 수천 년이 앞선 조선 역사를 왜곡하여 일본 역사에 편입시켰다. 1906년부터 한국사 말살 기획안을 추진하는 조선사 편수회를 만들고 취조국을 만들어 1910년 11월부터 14개월 동안 조선의 관습과 제도를 조사한다는 미명 아래 헌병을 앞세워 역사서를 포함한 무려 51종, 20여만 권의 책을 압수하여 소각, 폐기하고 일부는 자국으로 빼돌렸다. 이는 진시황의 분서갱유에 버금가는 조선의 책과 역사서 등 고유 사서를 소각하였다.

"삼국유사와 삼국사기까지 왜곡하였어요."

한문선이 언급하였다. 일본은 우리의 역사 개조작업을 완료하고 1938년 새로운 35권의 조선사를 편찬하였다. 이 역사책을 출간하는데 경성제대 사학과 교수 '이마니시류'와 조선인 제자들이 앞장서서 그 사업을 완수하였다.

"그 제자 중에 핵심 인물이 이병도란 놈입니다."

"뭐라, 이병도가 주관하여 35권의 왜곡 조선사를 만들었다고?"

이상우와 김현준이 격분하였다.

초대 총독 데라우치 마사타케(1852~1919)는 영구적인 일본화 사업은 역사의식의 변화에서 이루어진다며 조선인들에게 일본 혼을 심어 주어야 한다고 주장하였다.

'조선의 서적을 모두 불태우고 일본화된 조선사 편찬을 서둘고 금서 정책으로 조선의 역사, 전기, 족보, 만세력 등의 출판을 금지해라.'

이렇게 조선의 인문, 지리, 풍습에 관한 책을 없애고 민족혼을 말살한 것도 모자라서 제3·5대 조선총독부 총독인 '사이도 마사로'는 강력한 경찰 전제정치로 일본화 교육정책을 폈다.

'조선인의 얼과 역사와 전통을 알지 못하게 하라. 그들의 민족혼과 민족 문화를 상실케 하고 조선의 청년들에게 그들의 조상이 무능하며

사악하다는 교육을 해라. 조선의 청년들이 그들의 조상을 경시하고
멸시하는 감정을 일으키며 자국의 역사적 인물과 사적에 부정적인 지
식을 갖게 될 것이고 실망과 허무에 빠져 외래 종교와 외래 사상으
로 눈을 돌릴 것이다. 그때 일본문화, 일본의 우수한 사상을 교육하여
그 문화를 고습하여 조선인을 일본인으로 만들어라.'

무서운 세뇌 교육이었다. 일제는 통치 방향을 무단정치에서 문화
정치로 바꾸었다. 편찬위원회를 발족하여 중추원 산하에 두었던 역
사편찬 업무를 조선총독부 직속 '조선사편찬위원회'로 이관하여 이
완용, 권중현 등이 앞장서서 역사를 썼다.

일왕의 칙령으로 조선사 편수회로 개편하고, 조선총독부 직할 독
립 관청으로 승격하였다. 일본의 과학자 핫토리 우노, 키치, 구로이
다가 쓰니, 히야마 히기로시를 위촉하고 조선인으론 친일파 이완용,
권중현, 박영효, 이윤용을 앞세웠다. 조선사 왜곡 역사 작업은 도쿄
제국대학 교수이던 구로이다 쓰니가 총괄하고, 조선사 권위자인 이
나 봐 이와키치가 간사로, 경성제국대에서 조선사를 강의한 이마니
시 류가 합류하여 조선사 편수회를 이끌었다. 그 사업에 참여한 조
선인 학자는 이능화, 이병도, 신석호, 최남선 등이었다. 그리고 조선
의 역사와 관련된 중국, 일본, 조선의 사료를 시대별로 모은 총37권
2만4천 쪽에 이르는 방대한 사료집을 일본어로 정리한 조선의 역사
서가 탄생하였다.

그들은 단군 관련 기록을 삭제하고 한국과 일본은 같은 뿌리라는
동조동근론과 조선인은 열등하고 일본인은 우수하다는 인식을 갖게
하는 역사서였다. 조선사 간행은 민족 정체성을 뿌리째 뽑아 한민족
을 일본왕의 충실한 신민으로 전락시키려는 황국신민화 정책이었다.

일본은 영국의 동인도회사를 모방하여 1908년 대한제국의 토지와 자원을 수탈할 목적으로 동양척식회사를 세웠다. 일본 의회에서 동양척식회사법을 통과시키고 대한제국 정부에 자금을 투자하였다. 그리고 이주 희망자에게 각종 특혜를 주어 1926년까지 조선의 농민 약 30만 명을 북간도로 이주시켰다.

동양척식회사는 가혹한 착취로 세력이 확대되자, 1917년 본점을 도쿄로 이전하고 몽골·러시아·중국·필립핀 및 말레이반도까지 확장해 대륙 침략자금을 조달하였다. 1926년 12월 28일 의열단원 나석주 열사가 조선의 경제를 수탈하는 동양척식주식회사에 폭탄을 투척하였다. 그는 경성의 식산은행에 들어가서 폭탄 1개를 던지고 권총을 난사하여 수명의 사원과 경기도 경찰부 경무부장을 사살하고 스스로 자결을 하였다.

▮조선총독부 역대 총감(1대부터 10대)은 누구인가?

- 제1대 총감 데라우치 마사타케 (1852~1919)는 1910년 친일내각으로부터 경찰권을 넘겨받고, 조선을 군사적 지배하고 8월 22일 합방조약을 강요했다. 언론을 탄압하고 강력한 무단 식민정책을 펴서 제국주의 정책을 시행하였다.
- 제2대 총감 하세가와 요시미치(1850~1924)는 메이지유신의 종군 장군으로 청·일전쟁, 러·일 전쟁 때 한국 주둔군사령관(참모총장)을 지냈고 1914년 원수가 되었다. 16~19년 임기 중에 무단정치로 한민족에 대한 압박을 철저히 하다가 19년 3·1운동에 의해 물러났다.
- 제3대 총감 사이토 마코토(1858~1936)는 서울역에서 강우규의 폭탄 습격을 받았으나 죽음을 면하였다. 종래의 무단정치를 지

양하고 형식상의 문화정치를 표방하여 한국 민족에 대한 회유책을 썼다. 27년 제네바군축회의에 일본의 전권위원으로 참여하였고, 29년 제5대 조선총독으로 재차 부임하였다. 32년 내각 총리 겸 외무장관 때 만주국을 건설한 파시스트다.

• 제4대 총감 우가키 가즈시게(1868~1956)는 육군사관학교와 육군대학을 졸업하고 독일에 유학 후 육군차관을 거쳐 1924년 기요우라 게이고 내각의 육군 장관이 되었다. 경제개발정책을 표방하고 조선어 조선민족문화 말살 정책을 폈다.

• 제5대 총감 야마나시 한조(1864~1944)는 제1차 세계대전 때 칭다오 공위군 참모장, 1918년 육군차관, 21년 육군 장관(대장)이 되었다. 간토 대지진 때 간토계엄사령관 겸 도쿄 경비사령관을 지냈고, 27년에 조선총독에 임명되었으나 29년에 신병으로 사임하였다. 조선의옥 사건에 연루되었으나 재판에서 무죄를 받았다.

• 제6대총감 사이토 마코토 1929년 8월 17일 재임.

• 제7대총감 우가키 가스시게 1931년 6월 17일 재임.

• 제8대총감 미나미 지로(1874~1955)는 육군사관학교·육군대학교 졸업 후 육군부 군무국 기병과장, 중국주둔군사령관·참모차장 등을 거쳐, 1929년 조선군 사령관이 되었다. 30년 대장, 34년 관동군사령관, 36년 2·26사건으로 예편한 뒤 같은 해 8월 조선총독이 되었다. 창씨개명·내선일체·지원병제도 등의 탄압정책으로 민족말살정책이 극에 이르렀다. A급 전범으로 종신금고형 판결을 받았다.

• 제9대 총감 고이소 구니아키(1942년 5월 29일)는 국방력의 확충 강화를 위해 근로자·기업 최고 간부·관리 등 전 한국인을 동

원하는 국민 총동원령을 전개하였다. 1942년부터는 국민 동원 계획을 세워 근로 보국대라는 이름으로 수많은 한국인을 일본 각지의 탄광·광산·군수 공장·비행장 등의 군사 기지 공사에 강제로 연행하였다. 1943년 8월에는 의무 병역의 징병제를 실시하여 적령기에 이른 한국 청년들을 모두 전선으로 보냈고 1944년 1월에는 학병제를 실시하여 대학생들도 강제 소집하였다.

• 제10대 총감 아베 노부유키(1875~1953)는 육군사관학교·육군대학 졸업 후, 독일·오스트리아에 파견 근무를 하였고 그 뒤 참모본부장, 육군차관, 타이완군 사령관 등을 지냈다. 1933년 대장으로 승진하고 39년 총리가 되었으나 인플레이션 악화, 무역부 설치안의 실패, 관리신분보장제 철폐안의 실패, 미·일통상항해조약 계속 교섭 실패에 따라 4개월 반 만에 물러났다.

일제는 1938년 조선어 교육을 폐지하고, 일본어의 사용을 강행하였다. 그 중앙에 조선인 김용민이 서 있었다. 김용민은 총독부에 들어가서 조선 문학회를 만들어 조선의 문인들을 압박하였다. 그는 앞장서서 동아일보·조선일보 등 한글로 발간되는 신문과 한글로 된 잡지를 전면 폐간시켰으며, '조선어학회' 사건을 조작해 조선어학회 간부들을 모두 잡아들였다. 그는 조선 문인협회를 발기하여 조선의 작가들을 일본 결전 찬양 강사로 활용하였다. 김현준과 이상우, 한문선, 정애심은 배신자 김용민을 살해하려고 나섰다.

그는 조선의 모든 작가는 황국신민화 정책에 모범을 보이라고 외치며 작가들에게 황국신민의 서사문 제창, 신사 참배 등을 강연하라 일렀다. 그는 조선인에게 대일본 제국의 신민이 된 것은 행운이며 따라서 일본 천황에 충성을 맹세하였다.

'조선의 청년들이여, 황국신민의 의무인 징병과 징용에 응하라.'

그는 조선 민족혼을 근본적으로 말살하기 위해 어용학자들을 동원해 일선동조론을 주장했다. 이것은 일본 민족과 조선 민족의 조상이 같다는 동조동근론이었다.

어용학자들은 조선이 합병되었던 합병의 당위성을 정당화하기 위하여 국민계도 선전에 앞장을 섰다.

김용민이 조선 민족과 일본 민족은 같은 뿌리이니 친일화로 하나 되어야 한다고 조선의 어용학자와 예술가, 문필가들에게 일렀다. 그는 작가들을 거리로 내몰아 황국신민의 자극을 갖도록 찬양 선전을 하라고 종용하였다.

'조선의 젊은이들이여, 스스로 학도병 지원과 군속 및 위안부 징용에 응하라. 그것만이 우리가 황국신민의 의무를 다하는 것이다.'

친일 작가인 서정주, 모윤숙, 이병도, 노천명, 김병로, 이광수, 노수현이 앞장을 섰다.

일본의 조선 민족의 말살 정책으로 가장 치욕적인 것은 일본식 창씨개명이었다. 조선총독부에서 1939년 11월 조선민사령을 개정하여 1940년 2월부터 이를 시행하였다. 조선 사람의 성과 이름을 일본식으로 바꾸어 부르게 한 것이다. 창씨개명을 하지 않으면 각급 학교에 입학이 허가되지 않았고, 각 행정관청에서 사무 취급이 거부되었으며, 더 나아가 식량과 그 밖의 다른 물자를 배급을 받을 수 없었다. 친일파들이 앞장서서 계몽하였다. 어느 날 김용민이 김현준을 찾아왔다.

"비굴한 자식, 쓰레기 같은 인간, 네가 어떻게 총독부 공무원이 되어 민족 수탈을 종용하는 개새끼가 되었냐?"

현준이 그를 질책하였다.

"미안하다. 내가 살 수 있는 최선의 길이었어."

"너 잘살자고 민족을 괴롭혀, 더러운 매국노 새끼야......."

"알았다. 그런데 김현준, 너 이곳을 떠나라. 네게 수배령이 내렸어."

"뭐, 수배령?"

"그래서 내가 알려주려고 왔다. 아내와 같이 조선을 떠나라."

"날 위해서라고...... 난 죽으면 죽었지 도망은 안 간다."

"내 말을 들어라. 죽을 수가 있어."

김현준은 수배령이 내려졌다는 말을 듣고 당황하였다. 아버지가 독립운동을 하다가 만주로 도주한 후 밀정들은 김현준을 미행하였다. 곧장 김현준은 이상우와 한문선을 불렀다.

"김용민이 나더러 조국을 떠나란다. 우리에게 수배령이 내렸대."

"수배령, 우리 만주나 상해로 가자."

이상우가 동조했다.

"그래, 어차피 우린 이곳에서 살 수가 없어."

"전 안 갑니다. 난 이곳에서 독립운동을 할 것입니다."

한문선이 거절하였다.

"문선 씨 이곳은 위험해요. 잡히면 죽는다고요."

상우가 그녀를 설득했다.

"싫습니다."

슬픈 운명이었다. 부모님이 독립운동을 했다는 이유로 그들은 조선에서 살 수가 없었다. 현준과 아내는 만주로 탈출을 기도했고 이상우도 그를 따라가기로 하였다.

"상해는 위험해. 차라리 연해주로 가자."

상우가 제의하였다.

"좋아, 상해로 가든 연해주로 가든 일단 조선을 탈출하자."

그런데 국경통제가 강화되어 탈출이 힘들게 되었다. 현준은 집으로 가서 아내 정애심을 설득하였다.

"여보, 우리 부모님을 찾아 상해로 가자."

"상해로? 탈출이 쉽지 않을 텐데요. 관동군이 증파되어 살벌하대요."

"그런다고 우리가 이곳에선 살 수 없잖아요."

"그래요. 가요. 갑시다."

아내는 수긍하였다.

1940년 2월, 아직 추위가 가시지 않은 날씨였다. 약속한 시각에 김현준과 정애심 부부와 이상우, 한문선 연인이 경성역에서 기차를 타고 신의주로 가기로 하였다. 만주로 가면 지청천 장군이 도와주기로 하였다. 그런데 한문선이 경성역에 나오지 않았다. 그때 이상한 사나이들이 그들을 미행하였다. 밀정이었다. 마침내 기차가 출발할 시간인데도 한문선은 오지 않았다. 그들이 기차에 오르자 뒤따라 밀정과 경찰이 기차에 올랐다. 한문선이 빠지고 세 사람은 경성발 신의주행 기차를 탔다. 무사히 개성을 빠져나와 신의주에 도착하였다. 기차가 종점 역에 멎자 미행하던 일본 경찰과 밀정들이 그들 앞으로 다가섰다.

"당신들을 국경 탈출자로 체포한다."

"왜, 우릴 체포해요?"

김현준이 따졌다.

"너희는 독립군 스파이다."

"우리가 왜 독립군 스파이입니까?"

"만주에 왜 가는데...... 독립군 부모를 찾아가는 것 아냐?"

"아닙니다."

이상우가 잡아뗐다.

"우린 너희들의 신상을 다 알고 있다. 김현준, 동경제대 법학과 3학년, 이상우는 이왕가의 왕손으로 옥스퍼드대학 졸업, 정애심 도쿄대학 중퇴. 그리고 너희들 부모님은 독립운동을 하는 무리들이다."

김용민의 짓이었다. 그가 고자질하여 밀정과 경찰이 붙어 세 사람을 체포하여 다시 경성으로 데리고 왔다. 그리고 서대문 형무소에 가둬 버렸다. 그들은 재판만 기다리고 있었다.

"김용민이 밀고한 거야."

김현준이 울분했다.

"이 새끼. 만나기만 해봐라. 찢어 죽이고 말 거야."

이상우는 주먹으로 벽을 내리치고 있었다. 누구에게도 연락하지 못하고 꼼짝없이 서대문 형무소에 갇혀 죽게 생겼다.

강제징용 노예

국경을 탈출하려다가 잡혀 온 김현준과 이상우, 정애심은 서대문 형무소에 갇힌 채 기약 없는 날을 보내고 있었다. 일제는 전쟁 준비를 위해 더 잔인하고 치욕적으로 조선인을 압박하고 재산을 수탈하였다. 세 사람은 각 방에 따로 갇혀 서로의 소식을 모르고 있었다. 어느 날 교도관이 그들을 불러냈다.

"이상우, 김현준, 정애심은 나를 따라오라."

세 사람은 간수를 따라 형무소장실로 갔다. 일본군 정복을 입은 사납게 생긴 소장이 긴 칼을 옆에 차고 다가왔다.

"너희를 석방하겠다. 대신 학도병으로 지원하라."

"학도병이라고요?"

"그래야만 면책을 받는다. 감방이냐? 석방이냐 하나를 택하라."

현준은 정애심을 바라보았다. 이상우가 고갤 끄덕였다.

"네. 지원하겠습니다."

김현준이 대답하였다.

"좋다. 두 사람은 학도병으로 지원하고 정애심은 석방이다."

"그런데, 저희를 석방해 준 사람이 누굽니까?"

"총독부의 명령이다."

"총독부요......."

김용민의 짓이었다. 병 주고 약 주는 녀석이었다. 그러나 그에겐 민족적인 양심은 있었다. 당장 두 사람은 징용되어 부산으로 내려갔다. 그런데 그곳에 한문선이 잡혀 와 있었다.

"한문선, 어떻게 된 거야?"

이상우가 물었다.

"정신대로 잡혀 왔어."

"뭐라고, 정신대?"

이상우는 한문선을 붙들고 그만 슬픔을 쏟아내고 말았다

1940년 3월 28일, 제25차 강제징용으로 1만여 명의 청년들이 부산에 징집되어왔다. 국가 동원령으로 징집된 1만 명 중 노무징용자가 7,000명, 군무징병자가 4,000명이었다. 이곳에서 소양 교육을 받고 각처에 배치되는 것이었다. 대원 중에 유수한 청년들이 많았다. 동경제대를 다니다가 징집된 김현준과 박현수, 그리고 옥스퍼드 대학을 나온 이상우 등 유학생들이 많았다. 여성 정신노동대중에 서울 정신여학교를 다니던 강순아와 일본 교토 음대를 다니던 한문선 그리고 유선옥도 있었다. 이들 조선 청년들은 전쟁 소모품으로 끌려가는 것이었다. 교육과 훈련은 주로 군국주의 교육과 현지 파견 적응 임무 수칙이었다. 교육 도중에 탈출하다가 잡혀가는 친구들도 있었고 병들어 돌아가는 친구들도 있었다.

어느 날 교육과 훈련을 마치고 휴게실에 12명의 징용자가 모여 담화를 하였다. 이곳에서 만나 훈련 중에 사귄 친구들이었다. 훈련을 마치고 떠나는 전야, 12명의 청년들이 비밀리에 만나 다짐을 하였다. 동안 자주 만나는 사이에 국가 의식이 한결같은 청년들이었다.

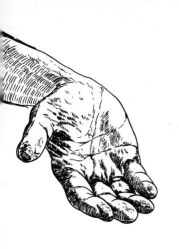

동경제대를 다니던 김현준이 모임을 주도하였다.

"여러분, 곧 우린 각기 다른 임무지로 떠납니다. 가기 전에 우리의 우의를 다집시다. 반듯이 해방의 날이 올 것입니다. 우린 어떤 악조건이 있어도 참고 살아서 돌아와야 합니다. 다시 만나는 그날, 우리는 조국을 위하여 뭔가 큰일을 합시다."

김현준이 열변을 토했다.

"우린 결속한 형제입니다."

동경 제대를 졸업한 박현수가 강변하였다.

"고맙습니다. 우리 꼭 다시 만납시다."

한문선이 눈물을 글썽이며 말했다.

"조선이 독립하면 이 자리에서 만나요. 꼭 약속을 지켜야 합니다."

이상우가 재다짐하였다. 출항 일이다. 이윽고 징용자를 태울 거대한 함선이 하마처럼 입을 벌리고 다가섰다. 배가 육지에 접안하자 징용자들이 각기 분야별, 행선지별로 타기 시작하였다. 산업 일꾼은 홋가이도와 일본의 지방 탄광 광산으로 가는 배를 탔고 징용병들은 오키나와로 떠났고 위안부는 규수의 정신대 여성 노동소로 떠났으며 군속들은 직접 남양군도의 일본 군영으로 떠났다. 그들은 포로 감시원으로 차출 된다는 것이었다. 징용자들이 모두 배에 태워졌다. 함정은 요란한 경적을 울리며 출항을 하였다. 떠나는 뱃전에서 통곡의 울음이 터졌다. 이제 가면 돌아오지 못한다는 절규였다.

고국을 떠나는 징용자들을 애도하는 듯 파도는 거세게 해변에 몰아쳐 오르고 있었다. 고동 소리가 점점 멀어져 가는데 징용자를 실은 함정들은 대양으로 기수를 돌렸다. 징용자들은 뱃전에 나와 멀어져가는 고국 부산의 육지를 바라보며 하염없는 눈물을 흘리고 있었다. 일본의 인력 총동원령은 죽음으로 가는 행진이었다.

오키나와로 가는 징병선에서 김현준과 이상우가 만났다.

"상우야! 꼭 살아서 돌아와야 한다. 먼 훗날 조국을 위하여 큰일을 하자."

김현준이 이상우를 껴안고 말했다.

"고맙다. 우리 꼭 살아서 거사를 치르자."

그렇게 결속하고 떠났다.

그런데 해방이 된 후에 아무도 돌아오지 못했다. 상혁은 그 점이 억울하고 애처로웠다. 학도병으로 잡혀간 할아버진 전투 중에 돌아가신 것 같았다. 저녁에 할머니가 상혁에게 물었다.

"아버지 소식은 들었냐?"

"아직 모릅니다. 알아보고 있습니다."

"죽었는지 살았는지 답답하구나."

"할머니, 아버지가 할아버지 거처를 알고 찾아갔나요?"

"아니다. 그냥 무작정 떠났단다. 아비 때문에 자식을 잃었어."

할머닌 속으로 울먹이고 있었다. 언제나 슬픈 표정의 할머니를 보면 가슴이 아팠다.

유키 검사가 전화를 하였다. 상혁은 짜증스럽게 전화를 받았다.

"김 작가님, 저 부산에 와 있어요."

"유키 검사님, 도대체 내게서 무엇을 얻겠다고 미행입니까?"

"야마시타 가스토시 집 방화사건은 아직 미결상태입니다."

"그 사건의 범인이 사또 이와시로 판명되었다면서요?"

"아닙니다. 이와시를 죽인 범인이 김강민이라는 사실이 새로 밝혀졌어요."

"뭐라고요, 아버지가 이와시를 죽였다고요?"

"김강민 씨가 방화하는 것을 목격했거든요. 그래서 그를 죽였어요."

"이젠 죽은 사람을 별 걸로 다 엮는군요."

"만납시다."

상혁은 불편한 심기로 그녀를 만나러 나갔다. 부산항 제1부두 찻집이었다. 갈매기가 구슬프게 울어대고 있었다. 둘은 한동안 찻잔을 놓고 멋쩍게 바다를 바라보고 있었다. 서먹한 분위기가 굳어가고 있었다. 거친 파도가 오륙도 끝에서 출렁이는데 화물을 가득 실은 배들이 떠나고 있었다. 화물선은 섬 사이로 난 푸른 바다 뱃길을 따라 멀어졌다. 현해탄을 건너 일본으로 가는 화물선 같았다.

가물가물 멀어지는 화물선은 마치 75년 전에 징용자를 싣고 가는 배 같은 느낌이 들었다. 상혁은 그날의 비극을 상기하는 듯 침묵에 젖어 있었고 유키 검사 역시 말이 없었다. 도대체 저 여자는 왜 내게 집착하는 걸까? 과거의 조선인이 당한 악몽은 아랑곳없고 사건에 맹종하는 그녀의 모습이 가증스러웠다.

"김 작가님, 김강민 씨를 라오스에서 봤다는 사람이 있어요."

"뭐라고요? 저의 아버지를 봤다는 사람이 있다고요?"

"가짜뉴스라고 생각은 하지만 그래도 심증이 가요."

"왜, 아버지가 그곳에 계셔요?"

"사또를 죽이려고 간 것 같아요."

"사또! 이사이 조부 말예요?"

"네, 김 작가님이 도와주셔야 합니다."

"어떻게요?"

"잠자코 계시라는 거죠. 위안부 충동이나 징용자들의 근로보상 청구에 바람을 넣지 말라는 것입니다. 사건이 마무리될 때까지요."

"뭐요? 협박으로 들리네요. 그 사건과 그 일이 무슨 상관입니까?"

"작가님 이름이 세간에 떠돌면 사건의 본질이 바꾸어 지거든요."

그녀는 상혁이 강제징용자들의 임금을 지불하지 않는 일본 기업의 행태를 비판한 데 대한 경고 및 응징으로 방화사건과 연관하여 압박하는 것 같았다.

"그건 유키 검사가 관여할 사안이 아니네요. 난 할아버질 태평양 전쟁에서 잃었고 내 할머니는 일본군의 위안부였어요. 그래서 보상을 요구하는 것입니다."

상혁은 버럭 소릴 질렀다. 이성도 감성도 없는 사악한 검찰이었다. 그녀는 그것을 핑계로 위안부 보상과 징용자 보상청구를 주장하는 상혁의 입을 막으려는 압박이었다. 일본 정부는 1965년에 한일 청구권 보상으로 모든 것이 마무리되었다고 주장하였다. 그리고 그 당시 징용은 한일합병국의 국민이기에 의무적인 국가 징병령이었고 산업역군이나 광산 탄광 노동자 임금은 이미 지불했다는 것이었다.

"유키 검사님, 난 야마시타 토모유키 대장이 당신의 증조부라는 것을 압니다."

"그래요. 그럼 죽은 야마시타 가스토시가 저의 부친인 것도 압니까?"

"뭐라고요? 죽은 가시토시가 아버지라고요?"

"네, 토모유키 대장의 손녀입니다. 아무튼 한·일은 합병된 국가라는 것을 인정하고 터무니없는 주장은 하지 마세요. 경거망동하면 다

칩니다."

그녀의 발언은 강경했다. 얄궂은 운명의 주인공들이 만났다. 조부를 죽였다고 가정하는 야마시타 토모유키는 그녀의 증조부였고 가스토시가 그녀의 아버지라는 것에 놀랐다.

"우리의 젊은이들이 강제징용 전선에서 죽었고 우리 노동자들이 전투용역으로 착취당하고 죽었습니다. 희생과 보상과 노력한 대가만큼 임금을 받아야죠."

"그 임금은 이미 지급했습니다."

"뻔뻔스러운 일본인의 근성이 나오는군요. 국가 간의 관계는 그렇다 칩시다. 개인적인 채무는 변상해야죠. 왜 임금을 떼먹습니까, 그래서 노동한 대가와 착취한 보상을 개인적으로 지급하라는 것입니다."

상혁은 흥분하고 말았다.

"미안해요. 우리가 마치 국가를 대표하는 외교사절 같군요."

그녀는 말머리를 돌리려는데 상혁은 흥분을 진정 못 하였다. 그녀는 미소를 지으며 말했다.

"김 작가님, 이곳이 징용자가 떠난 항구라면서요?"

그녀는 화제를 바꾸었다.

"네, 징용자가 떠난 항구이며 대륙 침략의 모항이에요."

부산항은 일제 36년 동안 10억 명이 드나들었던 항구였다. 그만큼 물류와 인적 교류가 많았다. 강제징용으로 700만 명이란 조선의 청장년들이 이 항구를 통하여 떠났으나 대부분 돌아오지 못했다. 일본은 1938년 4월 1일, 국가총동원법을 제정 공포하고 5월 5일부터 한반도에 조선총독부 칙령 제316호를 발표하여 당장 징용을 실시하였다. 이미 노동력을 동원하기 위해서 노동의 양과 질, 소재에 관한 실태를 파악하고 각종 직업 능력을 조사하였다.

"동원인력은 어떻게 분류했어요?"

"징용자와 징병자로 구분했는데 징용자는 노동인력이고 징병자는 군인과 학도병이에요."

"700만 명이나 징용되었다고요?"

"네. 국제연합에 보고한 통계에 의하며 36년 동안 대략 648만 명의 조선의 청장년을 전쟁터로 보내거나 탄광과 광산, 군수공장으로 징용하였답니다."

그러나 해방되어 돌아온 사람은 300만 명이고 350만 명은 어디론가 사라져 버렸다. 일본은 식민지 국민을 자국인처럼 끌고 가서 죽이고 보상은커녕 그들의 죽음마저 확인하지 않았다. 더 가슴 아픈 것은 대한민국의 정부도 그 아픈 사연을 일본 정부의 탓으로 돌릴 뿐 아무 대책을 세우지 않았다. 정말 참기 어려운 분노였다. 어떻게 자국의 백성이 그렇게 죽어 사라졌는데 70년 동안 한국 정부는 아무 말도 못 하다가 이제 와서 문제 삼으니까 일본은 발뺌하는 것이다. 일본 정부는 징용된 조선인의 실태를 알 수 있는 자료가 있음에도 불구하고 모르쇠로 일관했다.

"전쟁 보상 차원보다 인권 차원에서 책임을 져야죠."

"1965년 한일 청구권 보상으로 국가 간의 보상은 이미 끝났잖아요."

"국가는 그렇다 치더라도 개인적인 보상은 안 했지요."

죽은 자는 말이 없다는 논리였다. 위안부 문제도 그랬다. 억울한 고통을 받은 사람들이 모두 늘어 사라지길 바라고 있었다. 상혁은 유키 검사에게 처참한 그때의 상황을 보여주려고 하였다. 경마장으로 발길을 옮겼다. 바로 조선 침략 일본군 사령부가 있던 곳이었다.

"일본군 통치 사령부가 있었던 곳입니다."

"조선총독부 주둔군은 용산에 있는 것으로 아는데요."

"이곳에 총사령부가 있었어요."

부산 경마장 터는 일본군 북방침략과 조선의 방어 사령부가 있었던 곳이었다. 일본 경찰이 전국에서 강제 징집한 조선인 청년들이 학도병, 일반병, 군속, 산업역군, 정신대로 분류되었다. 간단한 신체검사를 받은 후 업종별 기능별로 분리시켜 일본으로 보냈고 일본에선 다시 재분류 교육시켜 본토와 홋카이도 남방, 만주, 중국 등으로 보냈다. 유키 검사는 아무 말 없이 파란 바다를 바라보았다. 이곳이 일본의 병참 본부였고 강제징용자를 실어 날랐던 항구라는데 어떤 감회가 이는 것 같았다.

"김 작가님, 강제징용이 아니고 국가 총동원령으로 일본인은 누구나 징집되어 갔어요. 조선은 합병국이기에 당연히 응해야 했던 거요."

"일본의 강압으로 합병을 한 것이지, 우리의 의사가 아니었습니다."

"내선일체, 조선은 일본국이니 당연히 동원령에 응했던 것입니다."

그녀는 자기 생각을 굽히지 않았다.

"군국주의 극우파 군인의 증손녀이기 때문에 생각이 다르군요."

"연관 짓지 마세요. 난 일본 사회를 바로 세우는 검찰관입니다."

"한·일이 동일 국가라는 것은 일본의 입장이죠. 우린 식민국가였어요. 일본은 700만 명이란 조선인을 강제 징용하여 350만 명을 죽였어요."

1944년 일본군 병력 150만 명 중에서 조선 병력은 75만 명이었고 군속은 40만 명이었다. 그리고 강제 징병은 60만 명 중에 학도병은 18만 4천 명이었다. 전쟁으로 사망 및 행방불명은 50만 명이고 귀환은 31만 명이었다. 그리고 여성 근로정신대 20만 명이 있었다. 죽은 자와 돌아온 자들은 아무런 보상도 못 받지 못했다. 상혁은 이국만리에서 돌아가신 모든 분의 억울한 죽음까지 보상을 받아내고 명예를 회복시켜드려야 한다는 다짐을 하였다.

그녀는 해변 식당에서 아귀찜으로 점심을 한 후 일본으로 떠났다. 상혁은 그녀가 한국에 온 이유를 알 수가 없었다. 그녀를 보내고 경마장 주변과 해변을 돌아보며 75년 전에 이곳을 떠난 할아버지의 숨결을 의식하였다. 할아버진 민족주의 성향이 강한 동경 유학생이었다. 대구에서 명문대가의 자식으로 태어났으나 증조부가 독립군 군자금을 대줬다는 이유로 총독부의 감시를 받다가 중국으로 망명하였고 자식들은 강제징용 당했다.

상혁은 강제징집자 보상청구 연합회에서 연구관으로 있는 고지선 박사의 도움을 많이 받았다. 대학 동기동창인데 나이 40에 발랄한 청춘이라고 착각하는 미스였다. 훤칠한 키에 한 인물 하는 섹시한 여인이었다. 일정 때 친일 고등법관을 지낸 친일 골수의 손녀인데 조부의 추악한 행태를 반성하는 의미에서 이 일을 시작하였다. 발길은 그녀의 사무실로 옮겨졌다.

"어쩐 일이야, 네가 나를 보러오고?"

"부탁이 있어서 왔다. 일제에 징집된 숫자와 명단을 보여줄 수 있지?"

"나를 보러 온 것이 아니고 일을 하러 왔구면."

"둘 다지. 더 예뻐졌어. 아주 섹시한 미모야."

"여자로 보인단 말이지. 그런데 어디에 쓰려고?"

"유키 검사가 찾아왔었어. 내 속을 뒤집어 놓고 갔다. 그녀의 기를 꺾으려면 많은 자료가 필요해서다."

"지금도 너의 아버지를 살인자라고 치부하는 거야?"

"응, 그래, 끝까지 싸울 거야."

"그래, 싸워야지. 내가 도와줄까?"

상혁은 조선의 입장에서 낸 통계를 요구하였다. 역사 비평가이며 강제징용 보상청구연합회 소장이며 친구인 고지선 박사가 자료를 꺼내 자세한 설명을 해주었다.

"억울한 것은 일본의 패전 이후에 그들은 BC급 전범으로 처형 되었다는 거야."

"뭐, 전범? 징용자가 전범이 되었단 말이냐?"

"30여만 명이 산화되었고 20여만 명이 전범으로 처벌을 받았다."

1938년 처음 국가총동원법이 제정 공포되어 종전 시까지 일본은 전쟁 수행을 위해 만주사변을 필두로 본격적인 징집을 시작하였다. 1937년 중일전쟁 땐 군수물자의 보급과 노동력을 공급하기 위해서 국가통제가 이루어지고 군인, 노무자, 군무원, 위안부로 나누어 징용하였다.

"독립운동가 자손들이 제1착이었지."

"수구 친일파는 바로 너야. 총독부 합의였고 고등법관인 너의 할아버지가 징집에 앞장을 섰잖아."

"제발 그 소리 그만해라."

"강제징용은 어떤 종류였나?"

상혁이 물었다. 그녀는 자상하게 설명해 주었다. '노동력 동원과 병력 동원으로 크게 대별되었고 준 병력 동원, 여성동원, 군속, 학생 동원과 조선농업 보국청년대가 있었다. 그리고 징병은 현역군인으

로 입대하였다.'

"국가 총동원령에 따라서 19세에서 30세의 청년들이 징병자였고 40세까지가 노동 인력으로 징용되었지."

"징용자에겐 임금을 지불했나?"

"바로 그 점이야. 일본은 임금을 지불 했다고 말하는데 그것은 새빨간 거짓말이었어. 하긴 기본급은 지불했던거야."

"대체 어떤 기업들이니?"

"일본의 대표적인 기업으로 신일본제철, 미쓰비시 등 10여 개 기업이지."

국가는 이들 기업에게 무제한으로 노동력을 제공해 줬고 기업은 노동자에 지불할 임금과 노임을 착취했었다. 말은 지원 모집이었다.

1939년 내무성과 후생성은 조선인 노무자의 국내 이주에 관한 법을 공표하고 조선총독부는 각 도지사 앞으로 '조선인 노동자 모집 요강'을 통보하였다.

총독부는 강제동원이란 인식을 불식시키고 조선인 스스로 지원받는다면서 강제징용을 하였다.

석탄, 광산, 토건업에 종사하는 사업주가 일본 정부에 노동력 청원 신청서를 내면 조선총독부가 허가해주고 지정하는 지역에서 사업주가 노동자를 모집하는 방식이다. 조선 8도의 각 고을에 책임 있는 대리자를 선정하여 모집하고 이들 대리자가 집단으로 인솔하여 일본의 고용주에게 인계하였다. 사업주는 간단한 신체검사와 신원 조사로 명부를 작성하였다. 그리고 관청의 알선 모집은 말 그대로 조선총독부가 사업주로 지정하고 관청에서 각 도에 통보하며 각 도는 읍면에 인원수를 할당하여 노무자를 징집하는 방식이다. 즉 총독부가 직접 노무자를 징집하였다.

"징발자 명단은 읍면에서 작성하였군."

"그렇지. 빽 있는 자는 빠지고 힘없는 자와 반골들이 잡혀갔어."

이렇게 관 알선은 더욱더 많은 조선인 노동력을 수급하려는 목적에서 마련되었다. 전쟁이 막바지에 접어든 1944년 조선총독부는 국민징용령을 발포하였다. 이에 따라 모든 조선의 젊은이는 징용대상이 되었고 길에서 마구잡이로 청장년을 잡아가거나 한 마을을 습격하고 청장년을 연행하는 방식을 취하였다. 연행을 거부하면 국가총동원법에 따라 1년 이하의 징역에 처하였다. 태평양전쟁 전선의 확대로 병력이 부족하자 조선인을 육·해군 구별 없이 현역 또는 제1보충역으로 강제동원하였다. 이탈을 막기 위하여 황민화 교육을 강화하였다.

"지원병만 모집했다면서?"

"지원병이 뭐야? 강제동원이라니까. 육군특별지원병, 해군특별지원병, 학도지원병, 소년지원병, 해군징모병으로 동원하였지."

일본 정부는 각 도에 인원을 할당하고 경찰력과 국민정신 총동원 연맹 단체를 통해 선전하거나 회유하여 징용하였다.

처음 1938년에는 육군 특별 지원병령에 따라 조선의 청년들을 특별지원병으로 동원했고, 1944년엔 국가 징병법으로 강제 징집하였다.

"주로 그들은 어디로 갔나?"

"한반도·일본·만주·중국·대만·동남아시아·중서부 태평양의 섬 등 일제가 전쟁을 수행하는 모든 전선에 파견되었지."

학도병 징집은 전문학교 재학 이상 대상자를 징집하였다. 상혁의 할아버지 김현준은 장교로 차출되었고 김용민은 군속이지만 포로수용소 감시원으로 입영하였고 이상우는 영어와 일본어를 잘한 수재여서 통역장교로 입영하였다. 전쟁터에서 필요한 인력은 군인만이 아니고 각종 노무동원력에서 충당하였다. 따라서 일본 군부는 준 병력 동원을 군속이라는 명목으로 동원하였다.

1939년부터 1945년까지 약 36만 명이 강제 징집되었는데 일본 정부는 공식적으로 군속 동원 수는 육군 7만 명, 해군 9만 명 등 총 16만 명이라고 발표하였다. 이들은 주로 시베리아와 동남아 지역에 파견되었다. 군속들은 남방의 비행장이나 철도 건설현장, 군 관할의 군수공장 노동자, 운수요원, 포로수용소의 감시요원으로 사역하였고, 일본의 패전 이후에는 이들은 BC급 전범으로 처형 되었다.

"위안부 동원은 어떻게 하였나?"

"여성 노동정신대로 동원하였지."

"여성 노동정신대란 군수공장에 취업하는 산업 여성 노동자잖아."

"그렇게 속여 징용하고선 일본군 위안 부대를 만들어 파견했던 거야."

여성동원은 근로정신대로 징집하였다. 노동동원이지만 처음부터 징집한 용도는 달랐다. 노동동원 근로정신대를 종군 간호부라고 속여 파견하였다. 조선에 근로정신대가 실시된 시기는 1941년이었다. 일본군 위안부 동원은 일본이 본격적으로 중국과 동남아시아 각지에서 대동아 침략 전쟁을 전개하면서 군을 위로하는 위안부대가 필요했다. 일본군 위안부는 일본의 화류업계와 군부가 공동으로 추진하였다. 그것이 일본이 정부 책임론을 수용하지 않는 근거가 되었다.

"통역관 모집은 어떻게 된 거야?"

"일본어나 영어를 잘하는 조선의 청년들을 군속 통역병으로 모집하였지."

상하이 임시정부의 광복군 지청천 사령관은 이 기회를 이용하여 해외 유학생들을 불러들여 일본의 통역관으로 응모케 하였다. 이들이 스파이 활동을 하였다. 상혁은 오랜만에 고지선을 만나 차를 마시며 장시간 대화를 나누었다. 언제봐도 상혁은 매력 있는 남자였다. 고지선은 그를 사랑하였다.

"너 얼굴 좀 다듬어라. 계집애가 화장도 안 하고 그게 뭐니?"

"예쁘다메, 이젠 딴소리네. 솔직히 말해서 누가 봐줄 사람이 있어야 화장을 하고 교태를 부리지. 너란 놈은 영감 냄새 안 나는 줄 알아."

"영감 냄새난다고. 넌 할머니 냄새가 난단 말이야."

"승냥이처럼 여자 냄새만 맡고 다니는군."

"지선아, 난 말이야, 태평양 전장의 현장을 답사하려는데 같이 갈래?"

"뭘 얻겠다는 거야?"

"돌아오지 않은 영혼을 찾아가는 여행이야."

"쉬운 일은 아니야. 어떻게 너 혼자 그들의 영혼에 햇빛을 보이게 한 단말이냐. 아직도 일본 경찰과 검찰이 너를 미행하고 있는데."

"답답해서...... 할아버지 행적을 찾아보려는 거야."

"아서라. 태평양 바닷속에서 시신 찾기야. 아무 자료도 없이 어떻게 전장을 찾아가. 그건 일본을 자극하는 일이야. 일본의 우익들이 너를 노리고 있단 말이다."

"나의 신념은 변하지 않아, 그분들의 죽은 현장을 찾아봐야겠어."

"작품을 쓰기 위한 로드킹이라면 그만둬라."

"꼭 그것만은 아니야. 너 그런 말을 할 때 마귀할멈 같아."

"뭐라고 이 자식이 날 망령 든 노파로 보네."

"말투가 그렇잖아, 고지선, 망령 들기 전에 시집이나 가거라."

"이 자식이, 그럼 나랑 결혼할래?"

그녀는 그의 눈치를 보며 말했다. 상혁은 그녀를 잘 알고 있었다. 강제징용자의 명예와 보상을 거부하는 일본에 강한 메시지를 보내는 여자였다. 강제징집자 보상청구 연합회장으로 있는 한 일본의 보상을 반듯이 받아내겠다는 결심을 하고 있었다.

"고지선, 나를 도와줘라. 난 일본의 근성을 세계만방에 알리고 징용자 보상을 꼭 받아 낼 거야."

"도와주지. 헌데 너 말이야. 제발 나를 여자로 좀 봐줘라. 치워달란 말이다."

"너 같이 못생기고 멋대가리 없는 여자를 누가 데려가니?"

"또 지랄이네. 하지만 미워도 미워할 수 없는 남자라니까."

고지선은 가운뎃손가락을 높이 들어 보였다.

난징학살과 노몬한 전투

모리모토 사토시 형사는 자주 한국에 나와 위안부 할머니들의 이야길 귀 기울여 듣곤 하였다. 그는 방화 살인사건의 범인으로 누명을 쓴 김강민의 혐의를 벗겨주려고 노력하였다. 그가 한국에 왔다가 상혁을 만났다.

"사또 이와시를 죽인 범인을 잡았나요?"

"심증은 있으나 아직 확신을 갖지 못해요. 꼭 밝힐 것입니다. 그건 그렇고 오늘 일본 신문에 난 기사를 봤어요?"

"무슨 기사인데요?"

"난징학살의 주범으로 황족을 고발한 사건 말예요."

"황족이 학살의 주범이라고요?"

조간신문 기사는 일본 열도를 발갛게 달구었다. 난징학살의 주범으로 처형 된 차이사 이사모 대령의 가족이 황족을 고발하였다. 세상 사람들은 난징학살의 명령자는 마쓰이 이와네 중장이라고 알려져 있었는데 황족인 아사카 야스히코가 학살 명령을 내렸다고 증언하였다.

"그것을 사람들이 믿을까요?"

"정식 고발을 했으니까 검찰이 진위를 밝히겠죠."

모리모토는 희열에 찬 미소를 지었다. 난징학살의 주범인 관동군 총사령관인 마쓰이 이와네 장군은 바로 모리모토 형사의 증조부였다.

"그럼, 마쓰이 이와네 대장이 누명을 쓴 거군요."

"네. 어쩌면 조부의 명예가 회복될 수 있어요."

사실은 마쓰이 이와네 중장은 난징학살을 반대했던 장군이었는데 그가 주범이라고 누명을 쓰고 있었다. 뉴스를 듣고 그를 아는 사람들은 그의 인간적인 품격이 밝혀진 것이라고 위로를 하였다.

"차이사 이사모 대령의 가족이 왜 그런 증언을 했을까요?"

"그는 황족인 아사카 야스히코 사령관의 참모이며 학살을 집행한 장교였어요."

"그러니까 총사령관이 명령하고 엄청난 사건의 책임을 증가시켰군요."

당시 토모유키 소장은 아사카 야스히코 중장의 부관이었고 차이사 이사모 대령은 참모였다. 토모유키가 황족의 편을 들어 차이모 이사모 대령을 곤경에 빠뜨렸다. 상혁은 이제야 모리모토 형사와 유키 검사가 대적하는 이유를 알 수 있었다. 증조부들의 원한으로 두 가문이 원수가 된 것이다. 그러니까 아사카 야스히코 총사령관과 토모유키 부장이 와쓰이 이와네 장군과 차이사 이사모 대령에게 전적인 학살 책임을 지게 했다는 것이다. 결국 차이사 이사모 대령만 책임을 지고 처형을 당했다.

1937년 중일전쟁이 발발하였다. 7월 7일, 베이징 교외의 노구교에서 총탄 오발로 인하여 중국군과 일본군 사이에 무력 충돌이 일어났다. 마침내 7월 28일, 일본은 베이징을 공격하여 중일전쟁을 일으켰다.

전쟁 발발 1개월 만에 베이징과 톈진 이북을 점령하고 빠른 속도로 중국을 점령해 오자 국민당과 공산당 팔로군이 협력하여 장제스를 육해공군 총사령관으로 합동작전을 펼쳤다. 일본은 속전속결로 8월 4일에 베이징을 점령하고 계속 남하하여 중국의 여러 도시에 무자비한 폭격을 가하여 중국의 주요 해안과 상하이를 점령하고 12월 13일에는 난징까지 점령하였다.

중국 국민당은 수도 난징을 포기하고 충칭으로 천도하여 가까스로 버티고 있었다. 일본군은 난징 외곽 양쯔강에서 격전을 벌여 난징으로 입성하였다. 중화민국 사령관 당생지는 결사 항전을 다짐하고 난징 시민에게 명령했다.

"난징 시민들은 모두 외각으로 피난하라."

그러나 110만 명의 시민이 시내를 빠져나가기 전에 일본군의 포위망에 갇히고 말았다.

"투항하라, 그렇지 않으면 무고한 난징 시민이 희생당한다."

마쓰이 이와네 일본군 사령관이 중국군에게 투항을 권고하였으나 난징성을 방어하는 중국 군대가 15만 명이나 되었으므로 투항을 거부하였다. 그런데 무능한 지휘관의 작전 실패로 난징이 무참히 무너졌다. 결사 항전을 주장하던 사령관 당생지는 성안에 60만 명의 난징 시민들과 휘하 부대를 남겨둔 채 양쯔강을 건너 도망쳤다. 난징은 공황 상태에 빠지게 되었다. 일본군 사령관 마쓰이 이와네는 일본군에게 명령을 내렸다.

"곧 일본군이 난징에 진입한다. 그러나 절대 약탈을 하지 말고 민간인을 죽이지 마시오. 만약에 강간, 방화, 살인하는 병사는 엄하게 벌할 것이다."

그는 헌병들에게 불법 행위자를 엄단하라고 일렀다. 선량한 지휘관의 말에 일본군도 감탄했다. 그런데 마쓰이 이와네 장군이 전쟁에 지쳐 그만 쓰러졌다. 폐결핵이 악화된 것이다. 갑자기 장군이 후방으로 이송되고 대신 일본 황족 출신의 장군 아사카 야스히코(소장) 왕자가 새로운 사령관으로 부임하였다.

"승리가 눈앞에 다가왔다. 저항하는 중국인은 모두 다 죽여라."

새 사령관의 명령에 비로소 난징학살이 시작되었다. 학살령이 떨어지자 일본군의 행동은 경거망동했다. 무자비하게 중국인을 보는 대로 학살하였다. 참모 차이사 이사모 대령이 앞장서서 악명 높은 난징 대학살을 2개월 동안 자행하였다. 일본군은 남녀노소 가리지 않고 학살을 하였다. 상상을 초월할 정도로 중국인들이 죽었다. 일본군은 6주 동안 성 안에서 저항하는 중국 민간인들과 군인들을 무차별적으로 살육, 방화, 강간하였다. 일본인 장교들은 저항하는 중국인들을 줄 세워놓고 일본도로 목 베기 시합을 하였다. 영국의 기자들이 이 참상을 세상에 알렸다.

'일본군은 민간인의 목을 베는 살인마다.'라고 세상에 알려지자 일본 본영에서 조치 명령이 내려졌다.

"학살을 명령한 자와 학살 책임자를 잡아내라."

"학살은 없었다. 일본군의 사기를 떨어뜨리려는 비방은 삼가라."

아사카 야스히코 장군이 항변하였다. 일본이 난처한 입장에 처하자 본영에서 학살을 명한 범인을 잡아내라고 하였다. 야스히코 사령관은 차이사 이사모 참모를 주범으로 몰아 형장에 세웠다.

"네놈이 학살을 자행한 놈이었어. 네가 벌린 일이니 책임을 져라."

"장군이 시킨 일이잖아요."

차이사가 저주의 눈빛으로 야스히코를 바라보았다.

"네놈이 한 짓이란 것을 만인이 다 안다."

"내가 죽으면 영혼이 되어 당신을 응징할 것입니다."

이 말을 남기고 차이사 대령은 난징학살의 책임자로 총살당했다. 외신기사는 일본군의 난징 대학살로 60만 명이 죽임을 당했다고 보도했지만, 전후 극동 국제군사 재판에서는 난징 대학살의 희생자는 12만 명이라고 판결했다. 일본군 가혹행위자 500명을 즉결 총살하였다.

당시 일본군이 난징을 점령했을 때 난징 시민의 수는 약 110만 명에 60만 명이 죽었는데 일본 종군 기자들은 30만 명이 죽었다고 증언하였다. 난징을 점령하고 일본은 1938년 광저우를 점령한 데 이어 무한까지 점령했다. 일본은 1938년 당장 병환 중인 마쓰이 이와네 중장을 본국으로 소환하여 책임을 물었다.

"사건의 전말은 모두 아사카 야스히코 왕자가 저지른 것입니다."

"당신이 사령관이었소, 야스히코는 당신의 후임 사령관이요."

"내가 병원으로 후송된 후에 일어난 일입니다."

일본 정부는 마쓰이 이와네를 처형하고 야스히코에게 아무런 책임을 묻지 않았다. 난징을 점령한 일본군은 중화민국의 임시 수도인 한커우을 공격하였고 8월에는 4만여 명의 병력으로 영국령 홍콩으로 상륙시켜 관동지역을 점령했다. 1938년 말까지 일본은 중국의 해안 주요 도시들을 거의 장악하였다. 모리모토 형사는 할아버지가 처형당한 난징 학살 사건의 진상과 내막을 자상하게 이야기해 주었다.

"김 작가님, 당신의 조부 김현준 소령에 관한 이야기 들어봤나요?"

"모릅니다."

"그럼, 조선 출신으로 일본군 장교인 홍사익 장군의 이야긴 아나요?"

"대충은 압니다."

"그분에 관한 정보 속에 김현준 소령의 정보가 있을 수 있어요. 아니면 이상우 소령에 관한 정보를 알면 생사를 알 수 있을 것입니다."

모리모토 형사는 모호한 이야길 던지고 떠났다.

상혁은 홍사익 장군과 이상우 소령의 행적을 더듬어 보았다. 1939년에 관동군에서 근무하던 조선인 출신 홍사익 육군 소장이 상하이 주둔 전투사령관으로 발탁되었다. 홍사익은 마쓰이 이와네 장군 휘하에서 난징학살 사건의 주력부대로 상하이시를 점령하였다. 난징 사건이 수습되고 마오쩌둥의 팔로군이 봉천에서 폭동을 일으키자 홍사익 장군은 팔로군을 진압하러 관동군으로 회귀하여 봉천으로 떠났다.

한편 신병으로 관동군 523연대에 배속된 이상우는 군대 사정을 전혀 모른 채 막사에서 대기하고 있었다. 그때였다. 홍사령관의 참모가 그를 불렀다.

"야마모토 소위, 새로 온 무토 아키라 사령관이 너를 부른다."

"사령관이 저를 부른다고요?"

"그렇다. 따라와라."

야마모토(이상우) 소위는 사시나무 떨듯이 몸을 떨었다. 대체 사령관이 누군데 무슨 이유로 부르는 걸까? 이상우는 얼음이 되어 일본인 부사관을 따라 사령관실로 들어갔다. 권좌에 앉아 긴 일본도를 찬 장군이 그를 바라보았다.

"야마모토 소위를 대령했습니다."

"이리로 앉게 하라."

부사관은 자릴 잡아주고 나갔다. 이상우는 부동자세를 취하고 있었다. 무토 아키라 장군이 미소를 지으면서 그 앞으로 다가섰다.

"이상우 소위, 우리 연대로 전입된 것을 축하한다."

"부름을 받아 영광입니다."

"마음 편하게 가져라. 난 일본인이 아니고 조선인이다."

"몰랐습니다."

"옥스퍼드대학을 나왔다고?"

"네, 맞습니다."

"광복군 대장 지청천 장군을 만났다. 지 장군이 귀관과 김현준을 소개하더라. 조선의 왕족이라고 들었다."

"네. 맞습니다. 아나키스트 대원이었습니다."

"김현준 소위는 어디로 갔나?"

"남방군으로 갔습니다."

"그렇군, 귀관을 내 부관으로 임명한다. 통역관으로 특채하는 거다."

홍사익 장군은 그가 이왕가의 왕손이라 보호하는 차원에서 자신의 부속실 통역관으로 임명하였다. 홍사익 연대는 모택동의 팔로군 색출을 위하여 항도에서 봉천으로 옮겼다. 이상우는 연대를 따라 봉천으로 이동하였다. 홍사익 장군은 대령 때 이곳 관동군에서 근무한 경력이 있었다. 홍사익 장군은 전 연대를 투입하여 팔로군 색출에 나섰다. 작전 중에 홍사익 장군은 난관에 부닥쳤다. 바로 팔로군에 조선의 의용대가 참가하여 작전을 펴는 바람에 곤욕을 치렀다. 장군은 고민했다. 항일 투사로 나온 의용군이 조선인인데 어찌하나. 내 손으로 내 동포를 죽인단 말인가. 그러나 어쩔 수가 없었다. 관동군 사령부 작전 장교 사또 마사노부 대령과 공동으로 펼쳤다.

봉천의 항성산에서 맹렬한 전투가 벌어졌다. 홍사익 소장과 사또 대령이 마주 앉아 작전을 짜고 난 후 조촐한 술자리를 마련했다. 그 자리에서 홍사익은 통역병인 이상우를 사또에게 소개하였다.

"자네에게 유능한 인재를 소개하겠네. 자네와 성격이 잘 맞을 걸세."

"이상우 소위입니다."

그가 굳은 채 거수경례를 하며 말했다.

"반갑네. 이상우 소위, 학도병이군. 옥스퍼드 출신이라고? 앞으로 나와도 같이 많은 일을 할 날이 올 걸세."

사또 마사노부 대령은 활짝 웃으며 말했다.

"영광입니다."

1939년 중국은 만주의 일본군 점령지구, 충칭을 중심으로 하는 중화민국 정부의 점령지구, 옌안을 중심으로 하는 공산당의 점령지구 등 3개 지역으로 분할되었다. 전선이 고착되고 전쟁이 장기화하면서 마오쩌둥의 중국 공산당 세력이 점점 커졌다. 팔로군은 110만 명의 병력을 갖고 있었다. 1940년 8월부터 시작된 화북 허베이성 백단전투에서 팔로군 40만 명과 일본군 27만 명이 붙어 팔로군은 일본군 2만5천여 명을 사살하는 성과를 보였다. 이에 홍사익 연대가 투입되어 팔로군을 단숨에 제압하고 2천 명의 포로를 잡았다.

백단전투에서 홍사익의 연대는 팔로군에 가담한 조선 의용군 350명을 포로로 잡았다. 그리고 길림성 왕창현 소왕청리 숲에서 진격하여 작전 중에 죽은 일본군 시신 한 구를 발견하였다. 이력을 확인해보니 일본군 중위 이다 스케오였다. 소지품에서 조선의 유격대원들에게 보내는 유서 한 통이 있었다.

"장군님, 이다 스케오 중위의 소지품에서 나온 유서입니다."

"유서라고. 그자가 어떤 인물인가?"

홍사익이 물었다.

"그는 일본 프롤레타리아 연맹(NAPF)출신 작가입니다."

"관동군인 그가 왜 조선의 파르티잔을 도우려고 했을까?"

"그래서 만주 특설대의 감시를 받고 있습니다."

이상우는 그가 김용민과 같은 일본의 카프작가란 것을 알고 있었다. NAPF 작가들은 군국주의 일본에 항거하였다.

"왜, 그들이 감시를 받는다고 생각하나?"

"그는 관동군을 괴롭히는 공산주의자입니다."

주머니에서 발견한 유서의 내용은 엄청난 사건이었다.

▐ 친애하는 중국과 조선의 유격대 동지들에게

> 나는 당신들을 도와 공동의 원수를 치고 싶습니다. 그러나 관동군 파쇼들에게 쫓겨 옴짝달싹 못 합니다. 내 차 안에 10만 발의 탄알이 있습니다. 힘들게 여기까지 운반해 온 탄알을 당신들에게 드립니다. 탄알은 북쪽 소나무 숲속에 묻어 넸습니다. 이 탄알로 일본제국 파쇼 군대를 피격하십시오. 내 몸은 비록 죽지만 혁명정신 만은 영원할 것입니다. (관동군 간도 보급대 일본 공산당원)

"그자가 중국의 파르티잔을 돕고 있었군."

홍사익 장군이 물었다.

"그런 것 같습니다. 그들 피르티잔 중에 조선인도 있습니다."

"문제로다. 조선인 파르티잔이 중국군에 있다고?"

"네. 이다 스케오는 내가 아는 친구입니다."

"어떻게 그를 아는가?"

"제가 아나키스트로 있을 때 일본의 공산주의 문학가들과 교류하면서 알았던 작가 중의 일원입니다."

이상우가 말했다.

"그래. 그가 숨겨 뒀다는 10만 발의 총탄을 찾아라."

홍사익은 그의 유서 말대로 숲속의 소나무 밑에서 중국군에게 넘어갈 10만 발의 총탄이 실린 트럭을 발견하였다. 이다 스케오 중위는 일본군이 차량을 회수하지 못하도록 엔진을 파괴한 상태였다. 그는 NOPT 문학단체의 마키무라 히로시와 한국의 김용민과 같은 일원이었다. 조선을 침략한 일본을 비난하고 공산주의 파르티잔을 옹호하는 군인이었다. 마키무라는 관동군에 근무하면서 만주에서 겪은 조선인의 애환을 시로 써서 보였다. 그의 유서 속에 마키무라의 시가 나왔다.

▌간도 파르티잔의 노래
-마키무라 히로시

우리들의 그 누가 민족의 피가 가슴을 치는
증오와 울분이 한순간에 내동이 친
1919년 3월 1일을 잊을소냐
대한독립만세!
소리는 방방곡곡을 뒤흔들고
짓밟힌 일장기 대신
태극기의 깃발이 집집마다 휘날렸다
나는 가슴에 다가오는 뜨거운 눈물로 그날을 생각한다.

반항의 우렁찬 소리는 고향마을까지 울려 퍼지고
자유의 노래는 함경도의 봉우리마다 메아리쳤다.
바람이여, 분노의 울림을 담아 백두에서 쏟아져라!
파도여, 격분의 물방울을 높이 올려 두만강에서 용솟음쳐라.
칼을 차고 간도間島로 몰려오는 일본의 비적떼들이
일장기를 휘날리며 부모와 누나와 동지들의 피를 땅에 뿌리고
고국에서 나를 쫓아내고
오오, 그러나 너희들 앞에 우리가
다시 굴종하지 않으면 안 된다는 거다.

"마키무라 히로시는 조선의 독립을 지지한 문학도입니다."

이상우가 그들이 누군지 알려주었다.

"일본인이면서 조선을 지키려고 했다."

홍사익 장군은 그의 시를 읽고 잠시 깊은 침묵에 젖어 있다가 명령했다.

"잡은 파르티잔 포로 중에 조선인과 중국인을 분리하라."

"제가 구분하겠습니다."

이상우가 소위가 나섰다.

"철저히 분리해야 하네."

이상우가 포로 중에 한국인 파르티잔 70여 명을 분리하였다. 그중에 한상태란 한국인이 있었다. 얼굴이 낯익었으나 생각이 안 났다. 그때 그가 이상우에게 침을 뱉었다.

"나는 조선인 파르티잔이다. 그런데 조선의 왕자가 관동군 장교가 된 것은 조국을 배반한 악인이 아닌가?"

이상우는 자길 알아보는 그가 무서웠다.

"일본군이나 소련군이나 별다름이 없는데 왜 당신은 파르티잔이 되었소?"

이상우가 물었다.

"조선의 독립을 위해서이다."

한상태는 바로 외사촌, 외숙부의 아들이었다.

"당장 일본군 군복을 벗어라. 그것이 조선의 자존심이다."

이상우는 장군에게 그들을 살려달라고 애원하였다.

"조선인 포로를 쥐도 새도 모르는 곳으로 데리고 가서 처형하라."

홍사익 장군이 참모에게 일렀다.

"장군님, 그들은 조선인입니다."

이상우가 항변하였다.

"그자들은 중국의 전쟁에 나선 무리다. 그리고 그들은 조선의 항일독립군이 아니라 팔로군이다. 그들은 우리 일본군을 괴롭힌 무리들이다."

"그렇지만, 장군님. 조선인은 죽여선 안 됩니다."

이상우는 슬픈 표정을 지었다. 참모들이 조선인 포로들을 트럭에 태우고 어디론가 떠났다. 장군의 말마따나 쥐도 새도 모른 곳으로 데리고 가서 처형하려는 것이었다. 이상우는 사령관을 원망했다. 어쩌면 그 속에 자신의 외사촌 한상태가 있었다. 당시 외사촌은 조선 독립군 장교로 활동하다가 그들과 합류했다. 트럭에 실려 가는 조선 의용군들은 죽음을 각오하고 있었다. 그런데 산을 넘고 깊은 계곡으로 달려온 트럭이 멎었다.

"포로들은 차에서 내려라."

인솔 장교가 명령하였다. 포로들은 얼음장이 되어 차에서 내렸다.

"우릴 어떻게 할 셈이요?"

파르티잔 장교 한상태가 물었다.

"처단할 것이다."

"처단하다니. 우린 포로입니다."

"우린 중국인 파르티잔으로 처형하는 것입니다"

"같은 동포끼리 왜 이러시오. 살려주십시오."

한상태가 애걸하였다.

"헛소리 말고 유언으로 남길 말이나 구상하시오."

포로들이 차에서 다 내렸다. 그때 인솔관이 큰 소리로 말했다.

"여러분, 가시오. 여러분을 석방할 테니 자유롭게 가시요. 그리고 다시는 우리와 대적하는 일이 없도록 하시오."

"우리를 살려주는 것입니까?"

한상태가 다시 물었다.

"맞소, 홍사익 사령관의 명령이요. 잘 가시오."

이상우가 말했다.

"이상우 몸조심하고 이씨 왕가의 자존심을 지키시게. 그리고 사령관에게 고맙다고 전해주게. 언젠가는 한번 뵙겠다고......."

일본군은 조선의 의용군 포로들을 풀어주고 떠났다. 뒤늦게 그들은 일본군 사령관이 조선 출신 홍사익 소장이란 것을 알았다. 그렇게 포로들은 쥐도 새도 모른 곳에서 처형한 것으로 알려졌다. 전투는 일본군이 승리로 끝나는 것 같더니 팔로군이 총공격으로 일본군이 위기를 맞았다.

홍사익은 본청의 관동군 본부로 찾아갔다. 그리고 작전참모인 사또 마사노부 대령을 만났다. 사또 대령은 관동군 총장인 도조 히데키의 신임을 받고 있었다.

"병력을 보충해 주시오. 팔로군이 우릴 집중공격하고 있습니다."

"그렇게 하시오."

사또 참모가 이치로 사령관에게 말해 병력을 보충해 주었다. 그러나 전투에 여지없이 패하고 말았다. 전투에 패하고 의기소침해 있는데 사또 참모가 홍사익 소장을 찾아왔다.

"홍사령관님, 중국과 전투는 잠시 멈추시고 우리 같이 거사를 치릅시다."

"거사라며? 무슨 일을 하자는 건가?"

"소련과 전쟁을 하려는데 장군이 나를 좀 도와주세요. 우린 중국의 팔로군 같은 게릴라전투가 아니고 팔로군을 돕는 소련군을 쳐야 합니다."

"소련을 치자고? 그게 말이라고 하는가, 소련의 시베리아 극동군 병력은 100만 명이 넘는데 소련과 전투를 한다고 난 싫네."

홍사익 소장이 반대하였다.

"뭐가 두려운가요? 우리 관동군도 막강한 병력을 갖고 있어요. 원래 관동군은 소련을 치려고 만든 군대입니다."

"중과부족이라 도울 수가 없네."

"그렇다면 난 장군을 고발할 것이요."

"뭘 고발한다는 거야?"

"백단전투에서 잡은 팔로군 포로 중에서 조선 의용군 포로를 몰래 빼돌려 보냈다면서요. 그들은 우릴 괴롭힌 독립군이었어요."

"그런 일 없었네."

홍사익 사령관이 화를 버럭 냈다.

"난 정확한 정보를 갖고 있어요. 이 사실을 상부에 보고할 것이요."

"마음대로 하게. 그런데 자네, 내게 하극상이란 것은 알고 있나?"

"압니다."

"그렇다면 알아서 기란 말이야?"

그 일로 두 사람 사이가 불편해졌다. 그런데 행운이 닥쳤다. 관동군 사령관으로 있다가 남방 14군 사령관으로 간 혼마 마사하루 중장에게서 연락이 왔다.

"홍사익 소장은 당장 필립핀으로 전보하라."

소식과 더불어 일본 본영에서 홍사익은 상하이로 복귀하라는 명령이 내려졌다. 봉천을 떠나려는데 사또 참모가 홍사익 소장을 만나러 왔다. 그를 압박하여 노몬한 전투를 모색하려던 것을 사과하러 온 것이다. 홍사익 소장은 참모인 이상우 소위를 데리고 사또와의 술자리에 참가하였다. 사또는 이상우 소위를 자신의 참모로 두고 싶었다.

"홍사익 소장님, 일전에 결례를 용서하여 주시오."

"없었던 일로 하게나."

"장군님, 부탁이 있습니다. 저 옥스퍼드를 나온 이상우 소위 말입니다. 내가 그자를 데리고 일하고 싶은데요."

"글쎄, 그는 내가 남방으로 데리고 갈 생각이네."

"난 그자가 꼭 필요합니다."

"이상우는 내가 데리고 갈 걸세."

홍사익은 조선의 왕자를 보호하고 싶었다.

"홍 사령관님, 조선인 포로 석방을 눈감아 줄 테니 이상우 참모를 내게 주시오."

녀석이 다시 그 일을 거론하였다. 그는 홍사익의 실수를 눈감아 주는 조건으로 이상우를 자신의 참모로 넘겨주라고 요구하였다.

"좋네. 그렇게 하게."

홍사익은 옆에 있던 이상우의 어깨를 두들기며 말했다. 신임하던 이상우를 사또의 참모로 주기란 참으로 아까웠다.

"내가 남방군으로 가서 자릴 잡으며 자네를 다시 부르겠네."

"알겠습니다. 사령관님"

그렇게 이상우는 사또의 참모로 남고 홍사익은 남방군 분소가 있는 상하이로 떠났다. 사또는 이상우를 만난 것을 영광으로 생각하였다.

"이상우 소위, 자네와 내가 화합하면 대일본의 새 역사를 쓸 걸세."

"무슨 말씀인가요?"

"두고 보게나."

그는 통역관으로 뛰어난 자질이 있을뿐더러 명석한 두뇌로 자신에 버금가는 훌륭한 기획력을 갖추었다고 생각하였다.

홍사익이 빠진 상태에서 사또는 노몬한 전투를 구상했다. 1939년 중국 전쟁은 교착 상태에 빠졌다. 8년간의 중일전쟁 중에 국민 정부군은 321만 명이 사망했지만 팔로군은 16만 명이 전사하였다. 만주군 4만5천 명이 무장해제 당해 팔로군에 흡수하였다. 소극적인 전투를 보이던 마오쩌뚱의 팔로군은 소련군이 만주를 침공하자 주요 도시를 장악하였다.

그때 사또는 이상우와 소련과 노몬한 전투 기획을 완료했다. 노몬한 전투는 전에 야스에 노리히로 장군이 기획한 것인데 사또 마사노부가 완결하였다.

"이상우 소위 이리 와 보게, 세계역사를 변화시킬 걸세. 이것이 우리가 기획한 작품이란 말일세."

사또는 자만 어린 미소를 지었다.

"소비에트와 만주국 국경분쟁이 해결되겠군요."

"그것뿐이겠는가. 이참에 소련을 부숴버리는 거지."

사또 마사노부는 희열에 찬 미소를 지었다. 1939년 4월에 작전참모 사또 마사노부는 '만주·소비에트 간 국경분쟁 처리 요강'이란 기획서를 관동군 사령관의 이름으로 포고하였다.

현지 사령관이 자주적인 국경선 결정권을 가질 것이며 일본은 양국 군대 사이에 충돌이 발생했을 경우 병력을 투입하여 싸울 것이다.

그런데 같은 해 5월 11일, 몽골 인민 공화국과 만주국이 서로 영유권을 주장하고 있던 '할하'에서 몽골군과 만주국 경비대 사이에 소규모 충돌이 발생하였다. 하이라얼에 주둔하고 있던 관동군 제23사단은 병력을 증강시켰다. 관동군 사령부에서는 당장 몽골의 톰스크 항공기지를 폭격하기로 계획했으나 도쿄의 참모 본부에서 긴급명령이 내려왔다.

"당장 작전계획을 중단하라."

"이런 병신 같은 작자들이 있나, 뭘 안다고 작전 중단이야?"

사또 마사노부가 전보를 받고 외쳤다.

"뭐라고 해도 우리는 계획대로 작전을 속행할 것입니다."

사또는 작전 기획안을 만들어 작전 과장, 참모장 및 군사령관의 서명을 위조하여 대리 결재를 받아 도쿄로 보냈다. 본영에서 깜짝 놀랐다. 사또는 명령권을 발동하였다.

"관동군은 일제히 몽골군을 국경에서 격퇴하라."

제1차 할힌골 전투가 발발하였다.

"사또가 스승인 이시와라 겐지가 계획한 할힌골 전투 기획을 응용하여 전투를 벌였단 말이지, 이놈을 당장.......”

국방장관이 분노했다.

“스승이 초안한 것을 사또와 조선인 학도병 이상우 소위가 새로 구성했습니다.”

“그자들을 명령불복자로 체포하라.”

중·일 전쟁이 가장 치열했던 시기라서 대본영은 관동군의 전쟁 확대를 우려하였다. 그러나 관동군은 이를 무시하고 병력을 총동원 하여 대대적 소련 공세를 취했다. 몽골과 상호 원조 조약을 맺고 있 었던 소련군은 일본군과 격전을 벌였다. 1939년 5월 28일 니콜라이 블라디미로비치 클렌코가 이끈 소련군 1,500여 명은 수적으로 우세 한 2,000여 명의 관동군과 맞서 싸웠다. 병력 면에서 소련군은 열세 였으나 장갑차와 야포, 자주포의 숫자와 성능이 우세하였다. 소련군 은 야포와 자주포, 장갑차를 적절히 활용하여 일본군을 격파한 다음 보병을 풀어 섬멸하였다.

제1차 할힌골 전투는 소련의 승리였다. 전투에서 패배한 우에다 겐키치 관동군 총사령관은 굴욕을 견디지 못해 자살을 꾀하려는데 사또가 그를 격려했다.

“장군, 설욕전을 펴십시오.”

“그러나 패한 전쟁을 어찌하나.”

한편 전쟁을 승리로 이끈 페클렌코는 모스크바에서 훈장을 받았 다. 그러나 소련군 총사령관 바실리 블류헤르 원수와 사이가 나빠서 그만 숙청을 당하였고 페클렌코의 후임으로 주코프가 부임하였다. 일본은 할힌골 전투에서 실패한 후 재차 전쟁이 확대될 것을 두려워 하여 외무장관 도요타 데이지로가 소련 측에 협상을 제의하였다. 따 라서 소련은 휴전을 약속하고 전투 상황을 해제하였다.

그런데 1939년 6월 27일, 관동군은 정예 부대인 제7사단의 병력을 재정비하였다.

마침내 제2차 할힌골 전투를 발발시켰다. 일본 항공대는 톰스크 일대의 소련의 항공기지를 급습하고 7사단을 선단으로 출전시켰다.

"조선의 비전투 보급대원을 무장시켜 신속하게 전장에 투입하라."

정체불명의 명령이 하달되었다. 관동군은 조선인 물자 보급대를 소집 하였다.

"우린 정규 군인이 아니고 전쟁 물품 보급과 수송 인력입니다."

조선인 보급대원이 항변하였다.

"조선인 보급대에 실탄을 지급하라."

국경지대에 전쟁 물자를 수급 수송하는 조선인 보급대 2,000여 명이 병력으로 급조되어 약소한 사격훈련을 받고 전투에 투입되었다. 107대의 항공기를 동원하여 톰스크 공군기지를 급습하여 소련군의 항공기 100대를 파괴하였다. 급습을 당한 소련의 외무 인민위원장인 몰로토프가 전군에게 역설하였다.

"일본이 소련 동방군의 톰스크 기지를 파괴하였다. 모든 동방군은 만주와 몽고의 국경을 넘어 관동군을 공격하라."

몰로토프는 스탈린의 허가를 받아 벨라루스 관활 군부사령관이었던 게오르기 주코프를 할힌골 전투의 지휘관으로 임명하였다.

"병력보다는 전투기와 전차를 주십시오."

주코프 장군이 요청했다.

"사막전은 전차로 할 수 없어요."

몰로토프가 거부하였다.

"항공기와 탱크를 같이 증강해 주면 승리할 수 있습니다."

주코프가 강력하게 요청하였다. 모스크바는 주코프의 요청에 따라 2배가 넘는 병력을 보내주었다. 소련군은 3개 소총사단, 2개 전차사단, 2개 전차여단, 2개 차량화 보병사단, 전투기와 폭격기 557대가 출동하였다. 전차는 498대에 이르렀다. 무서운 힘의 기갑부대였다.

"야간 기습을 하라."

주코프는 일본인 모르게 전차를 국경으로 이동시켰다.

치열한 전투가 벌어졌다. 소련군은 치밀하게 돌격을 가했다. 일본군은 곧장 전차 135대와 항공기 250대를 투입하여 소련군 전차와 기갑 전에 맞대응했으나 강한 소련의 기갑부대에 여지없이 무너지고 말았다. 일본군 포병도 소련군 포병의 압도적인 화력과 기세에 물러섰다. 소련은 더 강하게 항공기와 기갑부대로 공격을 가해왔다. 1939년 7월 2일 소련군은 446대의 전차와 장갑차로 집중 공격을 가하였다.

"공격을 늦추지 마라."

주코프는 현대화된 기갑 전력을 이용하여 계속 공격을 가하였다. 소련·몽골군은 일본의 500여 전차와 50,000여 명의 관동군을 꼼짝 못하게 만들었다. 일본군 제23사단 5만여 명의 군인이 소련군의 포위망 속에 갇혀 버렸다. 우에다 겐키치 관동군 총사령관이 명령하였다.

"퇴로를 찾아라."

"퇴로가 보이지 않습니다."

"조선의 보급대원을 희생시키면서 활로를 열라."

일본군은 조선인 보급대를 총알받이로 퇴로를 찾았으나 소련군은 비전투 보급대에 무차별 공격을 가해 1,000여 명의 보급대원이 죽고 2,000여 명이 포로로 잡혔다.

"본영에 구원병을 요청하라."

사령관 우에다 겐키치가 작전 참모에게 소리쳤다.

"본영에서 연락이 없습니다."

참모가 울먹이며 전했다.

"그렇다면 후원 병단인 제6군을 투입해서 퇴로를 뚫어라."

8월 26일에 일본군은 제23사단을 구원하기 위해 제6군단장 미치타로 소장이 지원 작전을 펼쳤지만 실패였다. 27일 제23사단이 사력을 다하여 소련의 포위망을 돌파하였지만 결국 실패하였다. 31일에 일본군은 사실상 붕괴하였다. 일본 대본영에서 난리가 났다.

"누가 명령한 전투인가?"

"관동군 사령관 우에다 겐키치가 스스로 결정한 전투입니다."

"병력 손실은 얼마인가?"

"20만 명의 사상사에 10만 명이 포로가 되었습니다. 그중에 조선인 병사 5,000여 명, 보급대 비무장병 2000여 명이 잡혀갔습니다."

"작전에 실패한 사령관을 체포하라."

본영은 우에다 겐키치를 체포하였다.

1939년 8월 31일 주코프의 공세로 소련군에 제압당한 일본군이 패하여 9월 16일에 일본과 소련 간의 정전협정이 체결되었다. 1939년 12월 7일부터 25일까지 할힌골 전투의 평화 교섭이 소련의 치타에서 이루어졌고 이어 다음 해인 1940년 1월 7일부터 하얼빈에서 교섭이 진행되어 1월 30일에 양국 대표가 서명하기로 하였는데 갑자기 스탈린의 명령이 하달되었다.

"이 협정은 무효입니다."

교섭단이 협상을 파기하였다.

"협상이 무효라고...... 러시아 놈들은 절대 믿을 수 없는 놈들이야."

소련이 협상을 파기하고 귀국하자 일본의 대표 기타가와 시로가 분개했다.

"잘못은 일본이 하고선 우리에게 책임을 뒤집어씌우겠단 말인가?"

"협상파기는 소련이 먼저 하지 않았는가?"

관동군 사령관이 소릴 질렀다.

"사령관님, 상황을 알고 하는 말입니까? 사또 마사노부 참모가 러시아인 대표를 감금하고 서명을 하면 죽여 버리겠다며 위협을 했답니다."

"뭐라고요? 사또 참모가 그런 짓을 했다고요?"

"그렇다니까요."

그것이 사실로 드러났다. 사또 참모가 백군의 잔당들을 사주하여 소련 대표와 몽골 대표를 협박하고 암살하려고 하였다.

"당장 사또 마사노부 참모를 체포하라."

본영에서 지시가 내렸다. 마침내 사또의 월권이 드러나서 관동군 작전과를 전담했던 주임 참모 핫토리 다쿠시로 중좌와 같이 체포되었다.

대동아공영권
(大東亜共栄圏)

사태는 전화위복으로 전환되었다. 도조 수상은 실패한 노몬한 전투지만 1940년 10월에 사또의 능력을 과대평가하여 참모 본부로 영전시켜 작전 반장으로 임명하였다. 다음 해에 작전 과장으로 승진했다. 그리고 독·소 전쟁이 개전한 다음 해 1941년 6월 24일부로 본영의 참모 본부로 영전시켰다. 도조 히데키 수상은 그에게 도약의 기회를 주었다. 사또가 수상을 찾아갔다.

"각하, 할힌골 전투엔 실패했으나 실망하지 마십시오. 기회는 얼마든지 있습니다. 이제 만주를 포기하고 남방으로 시선을 돌리세요."

"남방으로 시선을 돌리라니? 무슨 헛소린가?"

"소련은 막강해서 대적하다간 전멸합니다. 이젠 만주를 지키면서 남방으로 병력을 돌려 대동아공영권을 확보하면 됩니다."

"대동아공영권? 그것이 할힌골 전투 실패의 대안이란 말이지."

도조 수상은 고개를 갸웃거렸다.

"동남아는 서양의 지배를 받고 있어서 서양을 혐오합니다. 그들을 서양으로부터 해방시켜 준다면 모두 우리 편에 설 것입니다."

사또는 당당하게 말했다.

"그래 그게 좋은 생각이오. 한번 방법을 구상해 보시오."

할힌골 전투에서 실패한 사또에게 기회가 온 것이다. 소련 침공을 포기하고 남방으로 눈을 돌리자는 말에 도조 히데키 수상이 호응을 보였으나 북진론자였던 사또가 갑자기 남진론자로 작전을 바꾼 것에 의아하였다. 이시와라 겐지가 주창한 대동아공영 정책을 사또가 자기 정책으로 만들었다. 1941년 가을에 고노에 후미마로 수상은 미·일 양국 수뇌부의 직접 회담을 통해 두 나라 간의 전쟁을 막으려고 하였다. 이때 도조와 사또는 폭탄 테러로 그를 살해할 계획을 세우자 사전에 알고 고노에 내각이 자진 퇴진하자 도조 내각이 등장하여 남방정책이 실행될 수 있었다. 군국주의 강경노선이 태동하였다.

"사또란 놈이 내 정책을 도용했어."

이시와라 겐지가 화를 내었다.

"선배의 대동아공영권은 이론이지만 정책 실현은 제가 합니다."

사또가 맞섰다.

사실 대동아공영권은 1935년 이시와라 겐지가 육군 참모부의 작전부장으로 있을 때 일본을 중심으로 한 만주, 중국, 그리고 아시아 각국의 연맹체인 대동아연맹을 구상하고 이를 방해하는 소비에트 연방과의 전쟁이 불가피하다고 주장했다. 소비에트 연방을 패배시킨 후 서양 열강의 식민지인 동남아시아에 진출하여 이들을 서구열강으로부터 해방하고 미국과 대결해야 한다고 주장을 했었다.

"제국의 맹주가 되려면 일본의 정치가 하나의 정당으로 뭉친 군국주의 국가로 탈바꿈해야 합니다."

이시와라 겐지 소장의 주장이었다.

1937년 3월 이시와라는 중·일전쟁이 발발하자 자신의 지론인 소련과의 전쟁을 반대하고 중·일전쟁에 치중한 대동아공영권을 시발하였다.

"지금 중·일전쟁 중인데 소련과의 전쟁을 확대해서는 안 됩니다."

"그대는 소련과의 전쟁을 주창하지 않았는가?"

대본영이 이시와라 겐지를 질타하였다.

"세상이 달라졌습니다. 두 개의 전쟁은 안 됩니다."

그는 소련과 계속 대적하면 일본은 망할 수밖에 없다고 생각을 바꾸었다. 다만 관동군의 존재는 소련군의 남침과 만주를 지키는 일로 족해야 한다는 소련과 확전 불가론은 육군수뇌부와 마찰을 빚고 말았다. 본영은 이지와라 소장을 관동군의 부참모장으로 보냈다. 일본 정부에선 그를 관동군으로 좌천시킨 것은 관동군 참모장인 도조 히데키와 대립시키기 위해서였다. 그는 부임한 첫날부터 도조와 건건히 부딪쳤다. 그는 대동아공영권을 주장하면서 이에 관심이 없는 관동군의 지휘부를 비판하였다.

"관동군은 하는 일 없이 식량만 축내는 기생충입니다. 그래서 일 안 하고 무능한 관동군 장교들의 월급을 삭감해야 합니다."

사또가 정부에 제안을 보냈다.

"네가 뭘 안다고 그딴 소릴 하는가?"

관동군 참모장인 도조가 따졌다.

"지금 중국과 전쟁 중인데도 관동군은 놀기만 하고 있습니다."

"우린 소련의 남하를 저지하는 중대한 책무를 하고 있어요."

"모든 국력이 중·일 전쟁으로 집중하는데 관동군은 놀고 있어요."

"그 입 닥치지 못할까. 당신은 기회주의자야. 당신이 먼저 소련과의 전쟁을 제안했어요. 그런데 지금 와서 관동군 해체하라니 말이 되는 소린가?"

"일본은 남방으로 진출해야 자원과 기름을 확보할 수 있는 것입니다."

도조는 강하게 저항하였다. 자원 확보를 위해 남방으로 병력을 이동하면 미국과 전쟁을 불사해야 한다. 기름 때문에 전쟁하면 소련은 누가 막느냐고 반박하며 그의 주장은 어리석은 판단이라고 비꼬았다. 그런데 계속 관동군 참모장 도조 히데키와 이시와라 겐지 부참모장이 마찰을 빚자 본영은 이시와라 겐지를 해임 시키고 도조는 본영으로 불러들였다. 그리고 도조는 승승장구하여 새 내각의 수반이 되었다. 앙숙인 도조 히데키는 수상이 되어 그를 견제하였으나 두 사람의 경쟁은 지속하였다. 관동군은 무모한 할인골 전투로 붕괴 위기를 맞아 무력해졌고 대본영은 겐지의 말을 듣고 소련과의 전쟁을 포기하고 동남아로 눈을 돌려 중국 정복에 야심을 드러냈다.

본영은 이시와라 겐지를 중장으로 승진시켜 남방진출의 교두보를 만들 상해 주둔 제16사단장으로 발령을 냈다. 그런데 겐지의 주장을 사또가 하는 것이었다. 다시 기회를 포착한 사또는 도조를 꼬드겨 대동아공영권을 완성하려고 나섰다.

도조는 할힌골 전투의 실패로 문책을 받고 좌천당해 있던 사또 마사노부를 불러 대령으로 승급시켜 남방군으로 전출시켜 겐지를 견제하려고 하였다.

어느 날 관동군 본부에 전보가 날아왔다. '이상우 소위를 남방군으로 전보하라' 사또가 싱가포르에서 보낸 전보였다. 일본은 남방 (아시아, 태평양)의 자원을 차지할 생각으로 관동군을 무력화시키고 남방군으로 대처하여 중국과 전쟁을 확대하면서 동남아 해방군으로 동남아시아 여러 곳을 동시에 공격할 태세를 갖추었다.

'대동아공영권(大東亜共栄圏 다이토아쿄에이켄)'은 겐지의 이론인데 사또 마사노부가 작품을 완결하였다. 1941년 11월 6일 남방 작전을 위한 남방군이 설립되었다. 데라우치 히사이치 대장이 총지휘하는 남방군은 욱일승천 깃발을 앞세우고 남태평양을 향하였다. 12월 1일 일본 육군은 51개 사단, 1개 기병집단, 59개 여단급 부대와 151개 비행대대를 보유하는 강력한 남방군 군단을 완성하였다.

마침내 대동아전쟁이 발발할 찰나에 도달하였다. 본토에 유수 사단 10개를 존치하고 만주, 중국, 한국, 대만 등지에 주둔군과 관동군은 일부만 남겨두고 대병력을 남방군으로 투입하였다. 전투 부대는 제14, 제15, 제16 및 제25군인데 병력은 30만 명에 달했다. 제14군은 필립핀, 제15군은 태국, 제16군은 네덜란드령 동인도 제도, 제25군이 말레이를 맡았다. 1941년 11월 자위 자존을 목적으로 미국·영국·네덜란드와의 전쟁도 불사한다는 제국정책을 결정하고 점령지의 치안 유지, 군사전략, 일본군의 현지에서의 물자 조달을 규정한 남방점령지 행정통치 요령을 발표하였다. 즉 자원을 획득하는 대동아공영권과 자급자족 국가전략을 확정했다.

'대동아공영권Greater East Asia Co-Prosperity Sphere은 일본제국 정부와 일본군이 서방 세력으로부터 독립한 자급자족의 아시아 블록을 만들어 동북아시아, 동남아시아, 오세아니아의 문화적, 경제적 통합을 건설하는 대제국 개념이었다.'

일본에 의해 통합된 아시아 제국은 일본의 외무대신을 지낸 군 사상가인 아리타 하치로 장군이 1940년 6월 29일 라디오 연설에서 국제 정세와 일본의 군국주의 개념을 완성한 공영정책을 발표하였다.

동아공영권은 일본 총리 고노에 후미마로가 겐지의 이론대로 1940년에 일본, 만주국, 중국과 동남아시아의 일부를 아우르는 대동아 건설을 기획했다. 그는 서구 제국주의 지배로부터 자유로운 번영과 평화와 자유를 누릴 아시아 국가들의 공영을 위한 새 제국을 만든다는 것이었다.

외무대신 마쓰오카 요스케는 1940년 8월 1일의 기자회견을 열어 공식적으로 대동아공영권은 유럽 열강들이 중국과 동남아시아를 지배한 것에 일본이 이들 나라를 해방시켜 '아시아인들의 아시아'를 만든다고 발표하였다. 이에 서구의 식민통치를 받은 동남아 국가들이 일본에 동감하며 대동아공영권을 지지하였다. 중일전쟁에서 패한 중국도 1941년부터 일본을 지지하였다. 중국이 소련으로부터 더 많은 지원을 받았음에도 일본을 지지한 것은 소련이 중국의 영토를 탐내는 것을 막기 위하여 일본군을 환영하였다.

일본의 대동아공영권 주장은 연합국과의 전쟁도 불사하며 중국 시장을 점유하려는 시도로 중국을 대동아공영권 주축에 두고 추진하였다.

'일본이 대동아공영권 건설에 성공하며 동아시아를 통합할 것이다.' 일본의 외무대신 도고 시게 노리는 아시아인들의 아시아를 세운다고 서구 열강에 선전하였다.

1943년 11월 5일, 일본은 대동아공영권 구성 국가 원수들을 도쿄에 초대하여 대동아공영 회의를 개최하였다. 이 도쿄 회의에서 일본의 범아시아주의 이상과 서구 제국주의로부터 아시아를 해방하는 역할을 일본이 맡는다고 강조하였다.

회의에 참석한 7개국 수뇌들은 도조 히데키 일본 총리, 장징후이 만주국 총리, 왕징웨이 난징 국민정부 국가 주석, 바 마우 버마국 총리, 수바스 찬드라 보스 인도 임시정부 주석, 호세 라우렐 필립핀 대통령, 완 와이타야쿤 태국 왕자였다. 이 회의에서, 참가국들은 제국주의를 비난하고 연합국들에 대항한 정치, 경제적 협력을 한다는 공동선언을 발표하였다.

일본의 대동아공영 정책은 북쪽의 쿠릴 열도에서 시작하여 웨이크, 마셜제도, 비스마르크 제도, 뉴기니, 자바, 수마트라, 말레이, 버마, 중국, 대만, 만주, 조선이었다. 그리고 라오스, 베트남, 캄보디아를 포함시킨 16개국의 일본의 대동아공영 깃발인 '욱일승천기'를 만들었다. 이 깃발은 태양을 중심으로 16개국을 상징하는 빗살이 뻗어 나가는 의미였다. 흰 바닥에 빨강색의 욱일승천기는 대동아공영 국가를 상징하는 일본 대제국 깃발이었다.

따라서 일본은 전 아시아 정복군을 창설하여 식민지 열강과 전투를 단행하였다. 이에 조선의 청장년들이 대거 징집되어 군인, 군속, 노동자로 남방에 투입되었다.

동남아로 끌려간 강제징용자들은 군속이란 노동군으로 포로수용소나 전쟁터의 노무군으로 배속되었다.

상혁은 포로수용소에서 학대를 받은 조선 군속들의 실상을 알아보려고 인도네시아 수마트라섬으로 여행을 계획하고 고지선을 만났다. 그녀는 징용자 보상을 위하여 신일본제철, 미쓰비시와 나까지마 항공사를 방문하는 등 관계자를 만나 법적인 투쟁을 벌이고 있었다. 일본의 기업들은 일본 정부와 같이 보상 책임이 없다고 부인했다. 그녀는 일본이 전범 국가의 위상을 벗지 못한 불량국가라고 국제인권재판소에 제소하는 등 압박을 가했다. 국가 간의 채무는 물론 개인과 국가, 개인과 기업 간의 채무는 전혀 불이행 상태였다.

"고지선, 일본 남방군 사령부가 있던 수마트라섬으로 가서 조선인 군속들이 겪은 참상을 알아보려고 한다."

"궁상떨지 마라. 태평양 전적지를 탐사해서 뭐 얻겠다고?"

"징용자들이 당한 실태를 파악하여 일본의 잔악상을 소설로 쓸 거야."

"소설로 그들을 감동시키겠다고? 웃기는 소리 마라."

"일본의 잔학상을 세상에 알려 규탄받게 하려는데 왜?"

"일본은 한국이 뭐라고 해도 대변할 준비가 되어 있어요."

상혁의 여행 목적은 돌아오지 못한 징용자들의 영혼들이 묻힌 장소라도 확인하려는 의도였다.

"아무튼 태평양 전적지와 군속들의 피해를 좀 알려줘."

"맨입으로 안 돼, 뽀뽀 한번 해주면 가르쳐 주지."

"비싸게 노네......"

"싫으면 관둬. 그런데 네가 그곳에 가서 실종이라도 당하면 어떻게 해, 그래서 너와 내가 사랑했다는 징표를 남겨야지."

"내가 너를 사랑한다는 징표!"

상혁은 그녀의 뒷 목덜미에 키스했다.

"야릇한 기분이 안 들고 왜 이리 간지럽냐? 그래서 나와 넌 안 되는 거야."

지선은 노골적으로 입술을 내밀었다. 상혁은 머릴 밀어 버렸다. 그녀는 말로만 구애하는 버릇이 있었지만 상혁도 정식으로 고백을 한 일도 없었다. 그런데 그녀는 전선으로 보내는 남자를 대하듯 야릇한 표정이었다. 상혁은 집에 와서 조심스럽게 할머니께 말씀드렸다.

"할머니, 인도네시아 일본군 포로수용소를 찾아가려고 합니다."

"그곳에 왜 가는데?"

"일본의 잔악상을 알아보려고요. 그리고 할아버지의 흔적을 찾으려고요."

"그렇담 같이 가자. 그곳은 내가 치욕을 당했던 전쟁터였다."

"연로한 몸으론 안 됩니다."

할머니는 손자가 인도네시아를 간다고 하니까 같이 가겠다고 하였다. 그는 할머니의 만류에도 인도네시아의 수마트라행 비행기 표를 끊었다. 그곳은 일본 남방군 주력부대가 주둔한 곳이며 할머니가 그곳 일본군 16군 사령부 위안소에서 폭행을 당했던 곳이었다. 상혁은 군속들의 핍박받은 내막을 알리려 수마트라 사마랑 포로수용소를 찾아가고 있었다. 그곳은 할아버지 김현준이 근무했던 곳이었다.

1941년 일본은 하와이 공격에서 승기를 잡고 태평양으로 뻗어 나갔다. 대동아전쟁을 일으켜 석유 확보를 위해 동남아 석유 공급의 거점인 인도네시아의 네덜란드령 동인도를 먼저 침공하였다. 3월에 자바 해전에서 네덜란드군을 대파하고 인도네시아를 점령하여 수마트라의 칼리만탄 석유 자원을 확보할 수 있었다.

할아버지 김현준 대위는 수마트라 전장에 투입되었다. 자바 해전에서 영국의 테프텐 중장이 이끄는 연합군을 대파시켰다. 연합군은 찌아테루에서 방어선을 구축했지만 일본군의 공세를 막지 못했다. 이마무라 히토시 해군 중장은 자바를 점령하고 1942년 3월, 반텐, 에레탄, 인도라마유, 쿠라간 상륙에 성공하였다. 3월 5일, 찌아테루가 함락되었다. 이마무라 중장은 네덜란드 동인도 정부에 항복을 종용하였다.

"동인도 수마트라는 함락되었다. 투항하라."

"바타비아 (자카르타)를 넘겨줄 테니 인명 살상은 삼가라."

테프텐 중장이 제의하였다. 바타비아가 일본의 지배에 들어가자 동인도의 네덜란드는 반둥으로 이동하였고 반둥은 민간인 피난민으로 가득하여 있었다. 이 전투에서 김현준 일본군 대위는 부상을 입고 자바섬의 사마랑 포로수용소 야전병원으로 후송되었다.

이마무라 히토시 중장은 스반에서 총독 면담을 요청했다. 1942년 3월 8일 총독회의가 카리쟈티 공군 장교 저택에서 열렸다. 그 회의에 트자다 총독과 테푸텐 중장, 퍼스만 소장, 베이커 소장 등 동인도의 고관들이 참석하였다. 통역관으로 일본군 이상우 대위와 네덜란드는 게할츠 대위가 맡았다. 그 회의에서 이마무라는 트자다 총독과 테푸턴 중장에게 무조건 항복을 제의하였다.

"전세는 이미 우리 편이다. 인명손실을 줄이려면 빨리 항복하시오."

테프턴 총독이 제의하였다.

"항복하는데 반둥만 넘겨줄 뿐 네덜란드 동인도가 항복한 것은 아니요."

"네덜란드가 항복하지 않는다면 우린 다른 도시까지 폭격하겠소."

이마무라 중장이 위협하였다. 그러나 테프텐 중장은 강하게 저항하였다.

"그렇다면 전면 전쟁을 하는 수밖에요."

"누가 이기나 해봅시다."

이마무라 중장은 반둥을 공격하였다. 1942년 3월 8일 네덜란드 동인도와 일본이 전쟁하고 있는데 런던으로 망명한 인도네시아 네덜란드 정부에서 연락이 왔다.

"절대 항복하지 말고 버티시오, 곧 지원군이 갈 것이다."

동인도가 버티었다. 일본은 다시 협박하였다.

"네덜란드가 항복하지 않으면 피난민으로 가득 찬 반둥을 폭격하겠다."

테프텐 중장은 더 이상 견딜 수 없었다. 피해자를 줄이기 위하여 카리쟈티의 스반 네덜란드 동인도 수도에서 무조건 항복을 하였다.

"당신들을 인질로 잡아두겠소."

이마무라가 말했다.

"항복을 했는데 인질이라뇨?"

"본토의 저항을 막는 거죠. 당신들을 멀리 만주로 격리할 것이요."

이마무라 히토시 중장은 티자다 총독과 테프텐 중장을 체포하여 만주로 연행하였다. 일본군은 인도네시아 동부 칼리만탄의 타라 칸에서 네덜란드 동인도를 굴복시켰다. 인도네시아에 있던 네덜란드군의 총 병력은 약 4만 명이었고 일본군은 11만 명이었다. 네덜란드군의 총기나 전투기, 군함은 일본군과 비교해 약소했고 덩달아 인도네시아 민중의 지지를 잃고 있었다.

일본은 네덜란드의 지배 때보다는 나아졌다는 선린정책을 폈고 교도소에 수감 된 독립운동가 수카르노를 만났다. 일본군 이마무라는 수카르노에게 압력을 가했다.

"우릴 도와주면 교도소에서 석방시켜 줄 것이요."

"네덜란드로부터 해방시켜 주면 일본의 대동아공영권에 찬성할 것이요."

"약속하지요. 당신에게 인도네시아 동인도 통치권을 주겠소."

수카르노가 적극 일본을 지지하고 나섰다. 일본은 말레이시아와 인도네시아를 군정으로 통치하였다. 그만큼 중요한 물적 가치를 가졌고 저항이 컸던 위험한 지역이기에 교린정책을 폈다. 일본의 잔꾀에 인도네시아인들이 속아 넘어간 것이다. 일본은 인도네시아 민족주의자들에게 독립을 약속하면서 자치권을 허용하였고, 인도네시아의 군대를 조직하게 하였다. 일본은 협력한다는 수카르노를 석방하고 인도네시아를 통치했지만 네덜란드와 다름없는 제국주의 압박을 가해서 인도네시아인이 반발하였다.

포로수용소 감시원

　인도네시아 해상 전투에서 수만 명의 포로가 잡혀 왔다. 이들 포로는 주로 연합국 군인과 네덜란드 군인인데 수용소가 터져나갈 정도로 많았다. 일본은 인도네시아 각 곳에 분산 수용하였다. 그중에 사마랑 수용소가 가장 컸다. 사마랑 수용소는 원래 네덜란드군 훈련장이었다. 자바의 야전병원에 수용되어 치료를 받고 있던 김현준 대위에게 이동 명령이 떨어졌다.

　"김현준 대위는 사마랑 포로수용소 경비관으로 발령한다."

　김현준은 완쾌되지 않은 다리의 부상을 끌고 사마랑 수용소로 전출하였다. 수용소는 악마의 소굴 같았다. 아침 6시 기상 나팔소리로 일과가 시작된다. 포로들은 잠에서 깨어나서 서둘러 복장을 갖추어 연병장으로 허겁지겁 달려나간다. 복장이라야 헤지고 낡은 군복이다. 쇼트 팬츠 바람으로 달려 나온 포로들도 있었다. 아침 점호 시간이다. 국기 게양대에 욱일승천기가 펄럭이고 있었다. 포로들이 하나같이 깡마르게 여위어 살점이 거의 없는 뼈대만 앙상한 몰골로 열병을 갖추었다. 감시병의 날카로운 시선이 매서웠다. 부대별로 삼엄한 감시병의 지시를 받으며 1만2천여 명의 연합군 포로들이 연병장에 모였다. 자체 소대장의 지휘하에 소대별 점호가 시작되었다.

대열 앞에 완전무장한 일본 정규병이 사열하고 대열 속엔 무장 감시병이 왔다 갔다 하였다. 포로수용소 소장이 단상으로 올라왔다.

"욱일기에 대한 경례"

구령과 동시에 모두 국기에 경례를 하였다. 그리고 수용소장의 연설이 시작되었다.

"우리 일본 대남방군은 지금 일로 행각으로 동남아 태평양을 지배하는 대동아전쟁에서 승리하여 대제국의 역사적인 과업을 수행하고 있습니다. 현재 16개국 동아시아 소국들이 힘을 모아 대동아공영국을 건설하고 있습니다. 포로 여러분은 우리의 제국 건설을 방해한 적국의 군대지만 포로를 동포처럼 사랑할 것입니다. 여러분은 최대로 인권의 옹호를 받을 것이며 우린 포로의 규정 규칙에 따라 여러분을 보호할 것입니다. 그러니 안심하고 규칙을 따라야 합니다."

연설 도중에 영국군 병사 한 명이 불평을 말하였다.

"우리는 포로인데 부당한 노동을 강요받고 있어요."

"저놈을 잡아내라."

소장이 소릴 질렀다. 감시병이 떠드는 영국군 병사 앞으로 다가서서 개머리판으로 배를 강타하였다. 병사는 비명을 지르며 쓰러졌다. 잠시 후 소장은 다시 연설을 계속하였다.

"무슨 불만인가? 일하는 자만이 먹을 자격이 있다. 그래서 여러분은 정규 군인과 같이 일정한 노동을 해야 합니다."

"노동이 아니고 노역입니다."

다른 병사가 소리쳤다.

"여러분이 일본군의 지시에 잘 따라만 준다면 조만간에 석방하여 그리운 조국의 가족 품으로 돌아갈 수 있습니다."

대열에서 불평의 소리가 들리고 피로와 영양실조로 쓰러지는 병사가 늘었다. 감시병들은 이들을 들것에 실어냈다. 소장의 연설이 끝나자 일일 점호를 하였다. 소대별, 인원이 중대에 보고되고 다시 대대로 보고되어 부대, 연대로 합산된 수를 경비 대장이 소장에게 보고하였다.

"사마랑 포로수용소 수용인원 12,530명 중에 사고와 병마로 죽은 대원이 3천 5백 명, 이를 뺀 9,030명인데 오늘 사망한 포로가 30명, 현재 9,000명입니다."

"왜 희생자가 많은가?"

"병마로 자연사했습니다."

"사고사나, 폭행사는 없는가?"

"없습니다."

일조 점호가 끝나고 모두 자기 막사로 돌아가서 간단한 세면을 하고 옥수수 주먹밥에 해초 국으로 아침밥을 먹고 다시 노역소로 끌려갔다. 노동일은 참호를 파는 일과 전투 막사를 구축하는 일, 그리고 해변 토목공사로 항구를 넓히는 일이었다.

네덜란드 35부대 포로 일부는 바다를 막아 해군기지를 창설하는 작업을 하였다. 산을 깎아 해변을 메꾸는 일이었다. 산을 무너뜨려 나온 돌을 지고 날라 바다를 메웠다. 작업을 관리하는 일본군 감시 대장은 와타나베 무쓰히로 대위였다. 그의 지휘하에 감시원 군속 20명이 붙어 작업을 시켰다. 와타나베는 조선인 포로감시원을 집합시켰다.

"오늘 작업량은 바다를 메워 200평의 대지를 만드는 작업이다. 먼저 돌로 메우고 흙으로 다져 대지를 만들라."

명령은 단호했다.

"그것은 무리입니다. 어떻게 물이 찬 바다에 돌을 던져 200평의 대지를 만든단 말입니까?"

조선인 포로감시원 강상문이 불가능하다고 말했다.

"넌 포로냐, 감시원이냐? 누구 편을 드는 거야. 포로들을 혹독하게 종용하면 할 수 있는 일이다."

"산을 파서 바다를 메꾸는 것은 무립니다."

김현준 대위가 강상문 편을 들었다.

"김현준 대위, 지금 무슨 소릴 지껄이는가?"

"상황이 그렇습니다."

"이 새끼, 넌 일본군 장교다. 그런데 그런 소릴 해, 조선인 새끼들은 언제나 불평이야, 하라면 하는 것이지 말이 많나?"

와타나베가 윽박질렀다.

"불가능한 일이니까 그렇죠."

김현준 대위가 반박했다.

"뭐라. 내게 반항하는 거니? 넌 일본군 경비대원이야."

"장비가 없는 포로들이 맨몸으론 그런 일은 불가능하다는 말입니다."

"건방진 새끼, 내 말을 거역한다고?"

와타나베 무쓰히로 대위는 들고 있던 권총을 들고 강상문의 머리통을 내리쳤다. 강상문이 머리에 피를 흘리며 쓰러졌다. 포로들이 그의 행동을 지켜보며 웅성거렸다. 그는 사납게 포로들 앞에서 강상문을 걷어차고 머리통을 갈겼다. 강상문은 그만 땅바닥에 쓰러져 바동거렸다.

"모두 보았느냐? 내게 반항하는 자는 이렇게 된다는 것이다."

"어떻게 감시원에게 그런 폭력을 가합니까?"

김현준 대위가 항의하였다.

"잔말 말고 저자를 병원에 데리고 가라."

와따나베가 소리쳤다.

"와타나베, 네가 단 그 계급장이 가짜인 것을 안다. 어떻게 일개 중사가 대위인 내게 명령을 하는 거야?"

김현준 대위가 와타나베 가슴을 툭툭 치며 말했다.

"건방진 조센징, 난 정식 경비대장이고 넌 잠시 머무는 놈이야."

"경고하는데 한 번만 더 하대하면 위장 계급장을 뜯어 버릴 테다."

현준은 경고하고 푸른 물이 출렁거리는 해변 공사장으로 나갔다. 포로들이 바다를 매립하고 있었다. 해변의 산을 파서 흙을 날라 바다를 매립하고 그 위에 군막을 짓는 공사였다. 공사장에 5,000여 명의 네덜란드 포로들이 맡은 작업량을 달성하기 위하여 열심히 일했다. 그런데 포로들은 못 먹어서 퍽퍽 쓰러졌다. 와타나베 무쓰히로는 쓰러진 그들에게 매질을 가했다. 한국인 감시원들은 그의 포악성에 치를 떨었다.

"오늘 작업량을 달성 못 하면 저녁밥은 없다."

"우린 노예가 아니고 포로입니다. 이런 노역은 불법이잖아요."

연합군 포로 한 명이 항변하였다.

"포로는 적군이니 죽일 수도 있다. 그것이 승자의 권리다."

"이곳은 전장이 아니고 수용소입니다. 포로의 국제법을 지켜주세요."

와타나베는 권총을 꺼내 그 자리에서 포로를 사살해 버렸다.

"내 말에 불복하는 자는 이렇게 죽는다."

포로들이 울분을 토하며 두 주먹을 불끈 쥐고 그에게 다가섰다.

그리고 그를 에
워쌌다.

"잔인한 살인자.
네놈을......"

"물러서라. 그렇지 않으면 다 죽이겠다."

감시원들이 그들을 물러 세웠다.

포로들은 자바섬의 해안 공사장에서 짐승처럼 일했다. 작업 중에 퍽퍽 쓰러지는 병사가 속출했다. 일본군들에게 쓰러진 병사들은 트럭에 실려 어디론가 가고 있었다. 병원으로 이송하는 것이 아니었다. 포로의 고달픈 일상은 계속되었다. 강상문 감시원이 병원에서 치료를 받고 나왔다. 그는 일본 동경대학을 나온 엘리트인데 학도병으로 끌려와서 포로수용소 감시원이 되었다. 한편 김현준 경비관은 영국군 포로들을 자상하게 돌봐주었다. 제임스 왓트 중위가 김현준에게 친밀하게 접근하였다.

"당신은 다른 일본군과는 다른 장교군요."

"나는 조선인입니다. 일본 군복만 입은 허수아비 장교입니다."

"조선은 일본과 합병 했으니 일본군인이잖아요. 다른 조선인 포로 감시원들은 일본인 못지않게 악랄한데 당신은 달라요."

"감시원을 감시하는 정규군의 엄한 명령 때문에 그래요."

"그렇군요. 그런데 두려워요. 일본군이 우릴 죽일 것만 같아요."

"제임스 중위, 고통스럽지만 참아요. 고향으로 갈 날이 올 것입니다."

김현준 대위가 그를 위로했다. 휴식 종료 나팔이 울렸다. 제임스 중위는 작업장으로 달려갔다. 김현준 대위는 뼈대만 앙상한 포로들의 모습에서 인간적인 비애를 느꼈다. 전쟁은 점점 일본의 승리로 이어졌고 일본은 포악하게 포로들을 학대하였다. 귀찮은 존재라고 처단하는 사건도 빈번히 있었다. 포로를 먹일 식량이 떨어져 배식이 차단되고 포로들이 굶어 죽고 있었다.

이상한 전쟁이었다. 일본은 동양의 여러 나라를 지배하고 괴롭히는데 동남아인들은 영토를 내주었고 일본의 지배를 허락하였다. 그것은 일본이 서양 세력을 몰아내 주고 잘 사는 대동아 공영국가를 만들어 준다는 속임수 때문이었다.

일본은 인도네시아를 점령하고 수마트라에서 연합군 포로 22만 명을 잡아 4개의 수용소 분리 수용하였다. 자카르타, 수마랑, 막바라와, 반둥에 포로수용소를 짓고 군속 감시병을 두었다. 수많은 영국군과 네덜란드군 포로들이 사마랑 수용소로 밀려들었다. 일본 제16군은 자바 수용소와 자카르타 수용소, 암바라와 수용소가 포화 상태라서 새로 사마랑 수용소를 지어 네덜란드 민간인을 무작위로 이감시켰다.

인도네시아엔 네덜란드인이 대거 이주해서 살고 있었다. 인도네시아 수용소에 5천 명의 포로감시원이 있었는데 현역군인이 1천여 명이고 민간인 군속이 4천여 명이었다. 이들은 대만과 조선에서 징집한 군속들이었다. 일본군은 민간인 포로감시원에겐 헌병 권한을 주었다.

사실 김현준 대위는 전투 중에 부상을 당해 사마랑 수용소에 잠시 머물며 치료를 받으며 포로감시원을 감시하는 경비대 장교였다. 그는 조선인 포로감시원들이 혹사당하는 것을 보고 가슴이 아팠다.

일본군 경비병은 잔혹하기 그지없는 저승사자 같은 놈들이었다. 이들은 포로를 죄인처럼 다루었고 게다가 포로를 감시하는 군속까지 혹독하게 다스렸다. 포로가 잘못하면 감시원들이 먼저 벌을 받았고 규정을 위반하거나 지시에 불응하는 포로들은 즉석에서 폭행 구타하거나 사살해 버렸다. 따라서 포로감시원들은 문책이 두려워서 일본군이 지시하는 내용 이상으로 포로를 괴롭혔다.

　포로들은 포로경비대장 와타나베 무쓰히로를 '지옥의 악마'라고 불렀고 포로감시원들은 '눈깔 빠진 새'라고 불렀다. 그만큼 그는 잔인한 야수였다. 임시로 머물러 있는 동안 김현준 대위는 와타나베와 자주 부딪쳤다. 그는 고급 장교가 되지 못한 좌절감과 열등감을 잔인성으로 보복하였다. 와타나베는 중사인데 대위 계급장을 달고 포로를 관리하였다. 녀석은 지시에 불응하며 이유가 어떠하건 가차 없이 구타하였다. 고막이 터지거나 기도가 파손되거나 이빨이 날아가도록 폭행을 하였다. 그것도 모자라서 포로의 귀를 잘라버리기도 하였다. 그는 훈도시 바람으로 땅을 파게 하였고 동작이 뜨면 드럼통 상자에 가두어 놓고 굴리고 나무에 묶어두고 굶어 죽게 하였다. 매일 아침 점호 시엔 말을 더듬거나 행동이 뜨면 얼굴에 펀치를 날리는 등 엽기적인 폭력을 즐겼다. 장기가 터지도록 때려죽이는 일도 있었다. 어느 날 그가 포로를 학대하는 것을 본 김현준 대위가 충고하였다.

　"포로를 그렇게 학대하다간 국제 재판소에 고발당할 수 있습니다."

　"이 새끼, 내 걱정하지 말고 감시원이나 잘 교육하란 말이다."

　담뱃불을 그에게 던지며 말했다. 김현준 대위는 담뱃불을 집어 되던져 버렸다.

　"이 새끼가 나를 죽이려고 불을 던져......."

　"네가 먼저 던졌잖아, 인간말종 같은 놈, 사람을 짐승처럼 대하면 안 되지."

"널 죽이고 말 거야."

와따나베는 권총을 빼 들었다. 김현준은 권총을 든 손을 걷어차 버렸다. 그리고 멱살을 잡아 쥐고 경고했다.

"다시 한번 이런 식으로 나를 대하면 넌 죽는다."

그는 정신 이상자 같은 변태 행각을 즐겼다. 화가 나면 대마초를 피우고 흥분된 상태에서 포로를 폭행하였다. 조선인 포로감시원들은 그의 만행에 치를 떨었다.

어느 날 조선인 경비대 장혁준 소위가 김현준 대위를 찾아왔다. 그는 와따나베 경비대장의 부관이면서 수미랑 수용소 나팔수였다. 와타나베의 지시를 조선인 감시원들에게 전달하는 사냥개였다. 조선인이면서 일본인인 척하는 사나이다.

"자네가 웬일이야?"

김현준이 물었다.

"김 대위, 조심해야겠어. 와타나베 대장에게 대들었다메."

장혁준이 거만스러운 몸짓으로 반말을 하였다.

"가만, 이 자식이 상관에게 대하는 말버릇이 왜 그래?"

"같은 동포니까 말하는 거야. 와타나베가 자네를 벼르고 있단 말일세."

"포로들과 조선인 감시원을 인간 이하로 대우하는 것을 보고 참을 수 없었다."

"그래도 그는 경비대장이고 자네는 임시 주둔하는 장교란 말일세."

"장혁준, 너란 놈은 그자를 주인처럼 모시는 사냥개 같은 놈이야."

"사냥개가 뭐니? 넌 떠날 사람이고 와타나베는 나와 생사를 같이 할 사람이다."

"무슨 개 소리야. 그자의 계급이 나보다 낮다는 것을 몰라?"

"알지, 아무튼 너를 위해서 충고하는 거야."

"장혁준, 넌 왜 일본인 행세를 하는 거야? 내가 지켜보고 있다."

"그건 내가 살 길이야. 아무튼 와타나베 대장을 화나게 하지 마라."

"죽고 싶어서 환장한 놈이군."

"아무튼 내 말 명심해."

녀석은 한마디 던지고 떠났다.

장혁준 역시 경성 제국대학을 다니다가 포로감시원으로 징용되어 사마랑에 파견되었다. 운 좋게 와따나베의 눈에 들어 망루에서 나팔을 부는 일을 하고 있었다.

오늘은 장교들이 오락실 가는 날이다. 김현준 대위는 동료를 따라 위안소로 찾아갔다. 위안소 여인들이 성접대하는 곳이었다. 사마랑 위안소엔 조선인, 중국인, 인도네시아 아가씨들과 네덜란드 여성들도 있었다.

"그곳에 조선인 여인들도 있단다."

같이 간 장교가 말했다.

"난 조선 여인이 있으면 안 간다."

그런데 위안소에서 어린 소녀를 만났다.

"당신은 어느 나라에서 왔어요?"

김현준이 물었다.

"전 일본에서 왔어요. 그럼 대위님은 일본인인가요?"

나이 어린 위안부 소녀가 그를 맞으며 물었다.

"아니오. 조선 사람이요."

"조선 사람?"

그녀는 머뭇거리며 쑥스러운 표정을 지었다. 한참 후 뒷물을 하고 와서 김현준의 몸에 뭔가 끼워 넣는 것이었다.

"무엇을 끼우는 겁니까?"

"콘돔을 끼웠어요."

"콘돔?"

"그래야 임신을 안 하죠."

현준은 그녀가 끼운 콘돔을 빼버렸다.

"이건 누군가가 썼던 콘돔이 아닌가요?"

"네. 전 남자가 쓰던 건데 빨았어요. 아깝잖아요."

"빨았다고요?"

김현준은 벌떡 일어나서 불을 켰다.

"이봐요. 이게 무슨 짓입니까? 남이 사용한 것을......."

"죄송해요. 임신하면 안 돼요."

김현준은 불빛에 드러난 그녀를 바라보았다.

"아니, 너는...... 강순아, 네가 어떻게?"

김현준이 놀라서 소리쳤다.

"오빠. 현준 오빠. 이 무슨 운명의 장난입니까?"

"대체 어떻게 된 거야? 너가 여길......."

"정신대로 끌려 왔어요."

그녀는 같은 동네에서 자라 오빠라고 따르던 강순아였다. 그녀는 파랗게 굳어버렸다. 두 사람은 부둥켜안고 울었다. 김현준은 기가 막혔다. 일본군이 쓴 콘돔을 빨아 쓰는 그녀가 한없이 불쌍했다. 정말 말도 안 되는 피임 방법이었다.

"오빠...... 저 어떻게 해요?"

"이곳을 탈출해야지."

"오빠, 이런 말은 안 하려고 했는데 이곳에 정애심 언니가 와 있어요."

"뭐라고? 내 아내가 위안부로 와 있어?"

"네. 강제 징집됐어요."

하늘이 무너지는 것 같았다. 현준은 기가 막혀 그만 주저앉고 말았다. 결국은 아내까지 정신대 위안부로 끌려 온 것이다. 아내 정애심은 일본에서 음악을 공부하던 재원인데 아버지가 독립운동가라는 이유로 핍박을 받다가 목숨을 살려주는 사면의 대가로 정신대로 징집되었다.

"아내가 어디에 있니? 알려줘."

김현준이 소리쳤다.

자정이 넘은 시각이었다. 강순아는 그를 아내의 방으로 안내하였다. 그가 아내의 방문을 두들겼다.

"누구세요?"

"나예요 언니, 강순아."

그녀가 문을 열어 주었다.

"이 밤중에 네가 웬일이니?"

"언니, 오빠와 같이 왔어. 현준 오빠와......."

"뭐라고?"

남편을 본 정애심은 그만 질색하고 말았다.

"여보...... 짐을 챙겨요. 당장 이곳을 탈출합시다."

그는 아내를 끌어냈다.

"도망가다가 잡히면 죽어요. 순아도 죽어요."

"걱정하지 말고 일어나요. 둘 다 나를 따라오란 말이야."

그녀는 옷가지 몇 벌을 챙겨 가방에 넣고 일어났다. 김현준은 아내와 강순아를 데리고 해변으로 나갔다. 해변에서 고깃배를 빌렸다.

"여보, 이 배를 타요, 그리고 어디론가 멀리 가란 말이오."

"탈출하다가 잡히면 죽어요."

"그럼, 지옥 같은 위안소에서 지낼 거요? 배를 타고 가다가 구원을 청해요. 그리고 조국으로 돌아가요."

"여보, 차라리 나를 죽여주세요."

"죽긴 왜 죽어. 고향에 자식이 있잖아. 꼭 돌아가야 하는 거야."

김현준은 아내를 포옹하고 통곡을 하였다. 한참 부부는 부둥켜안고 울기만 하였다.

"여보, 사랑해요. 꼭 살아서 돌아와요."

그는 그녀들을 고깃배에 태웠다. 그렇게 김현준은 아내와 강순아를 인도네시아 어부의 배를 빌려 태워 보냈다. 그러나 한편으로 걱정이었다. 바다엔 일본군의 삼엄한 경계가 있어서 잘못하면 잡혀 올 수가 있었다. 그녀들이 위안부라는 것을 알면 처형당할 것이다. 그는 그렇게 아내와 동생을 떠나보내고 막사로 돌아왔다. 저녁에 장혁준이 찾아왔다. 뒤에 와따나베 대장과 무장 군인이 서 있었다.

"김현준, 너를 체포한다."

와따나베가 말했다.

"왜 나를 체포하는데?"

"네가 위안부를 빼돌려 탈출시켰지?"

"아니야. 난 그런 일 안 했어."

"정애심과 강순아를 네가 탈출시켰잖아."

와따나베가 거칠게 말했다.

"장혁준, 네가 고자질 한 거야?"

녀석은 말이 없었다.

"저놈을 끌고 나가라."

와따나베의 명령에 무장 군인이 김현준을 끌고 나갔다.

"장혁준, 더러운 새끼. 일본군의 사냥개 역할을 언제까지 할 거야. 해방되면 넌 조선인의 돌에 맞아 죽을 것이다."

"걱정 마, 그런 일은 없어. 난 일본인으로 살 거야."

김현준은 경비대 헌병감실로 끌려갔다. 와타나베는 몽둥이로 잔혹하게 김현준을 후려갈겼다. 고통을 참고 있던 김현준이 옆에 있던 경비병의 일본도를 뽑아 들고 와따나베를 내리쳤다. 순간 와따나베의 오른쪽 팔이 아래로 쳐졌다. 그는 비명을 질렀다. 팔이 잘린 것이다. 김현준은 그의 총을 빼앗아 들고 공포를 쏘면서 현장을 빠져나갔다.

그리고 멀리 탈주를 하였다. 수용소 경비병들이 그를 쫓아 나섰다. 수용소를 빠져나온 그는 항구로 가서 배를 훔쳐 타고 어디론가 잠적해 버렸다. 마치 그가 아내를 태워 보내듯 그도 병영을 탈출하였다. 수용소에선 난리가 났다. 탈주한 그를 잡으려는 작전을 펼쳤고 김현준 대위는 어디론가 사라져 버렸다.

상혁은 한 달 동안 수마트라 자바의 포로수용소를 뒤지고 다녔다. 1941년 12월, 일제가 대동아전쟁을 일으키면서 수많은 한인을 인도네시아 등 동남아시아로 강제 동원하였다. 운 좋게 수마트라 섬에서 대동아전쟁 때 징집당하여 인도네시아에 머물러 살게 된 한인 교포 할아버지 한 분을 만났다.

"할아버지 이곳에 얼마나 많은 군속이 있었어요?"

"대충 4,000명의 한국인 군무원이 있었어요."

할아버진 숨 가쁜 목소리로 말을 이었다. 1942년 5월부터 일본 육군성은 조선에서 한국인 청년들을 모집하여 포로감시원으로 훈련했다. 교육을 마친 한인 청년들은 그해 8월부터 동남아 지역에 배치되었다. 일본은 비정규 군인 포로감시원에게 고임금을 줄 테니 지원하라고 했지만 응하지 않자 강제로 징집을 하였다. 같이 배를 타고 온 군속은 4,000명인데 일부는 필립핀으로 갔다는 것이다.

"군속이라면 군대의 잡무를 보거나 협조하는 의용대가 아닌가요?"

"그런데 포로감시원으로 파견되었어요."

"민간인인데 총으로 무장하고 포로를 감시했군요?"

"말이 군속이지 현역병이나 다름이 없었어요."

이곳을 여행하기 전에 모리모토 탐정이 인도네시아 포로수용소에 가면 조부의 소식을 들을 수 있을지 모른다고 하였다. 상혁은 혹시나 하고 물었다.

"할아버지, 혹시 사마랑 수용소 경비 장교였던 김현준 대위를 알아요?"

"알고말고요."

"정말 알아요?"

"수용소 경비대장 와타나베의 팔을 자르고 도망갔지요."

"그랬군요. 그 후 소식은 몰라요?"

군속들은 1년간의 계약으로 연합군 포로 감시를 하였는데 임기가 만료되어도 돌려 보내주지 않았다. 이로 인해 한인 군속들과 일본군 간의 갈등이 심해졌다. 한인 군속들은 일본군에 대적하는 조직을 만들어 폭동을 일으켰다.

암바사와 폭동 당시 현지에 살고 있었던 스미잔Sumijan 옹의 증언에 따르면 1942년 6월 일본이 점령 중인 인도네시아 자바섬 반둥시 일본 제16군 포로수용소에서 조선인 군속들이 일본군의 학대에 못 이

겨 결사단을 만들어 폭동을 일으켰다. 고려 독립청년단은 상해임시
정부 광복군의 강령을 받고 있었다.

암바라와 수용소는 자바의 사마랑Semarang 수용소의 분소였다. 암바
라와는 해발 1천여 미터를 넘는 고산지대인데 3만 명의 연합국과 민
간인 포로들이 분산 억류되었다. 1,500명의 포로감시원 중에 한인
포로감시원이 740명이었다. 일본인 수용소 경비대장은 유독 한인
감시원들에게 혹독한 체벌을 가했다. 이를 참지 못하고 한인 감시병
이 일본인 경비대장을 죽이고 폭동을 일으켜 무기고를 탈취하여 부
켄 기관총을 들고나와 경비대와 위병소에서 격전이 벌어졌다. 위병
대장 쓰스키 대위는 긴급히 사마랑 수용소 본부에 연락하여 지원대
급파를 요청하였다. 자카르타 주둔 자바 사령부에까지 보고되어 정
규군 1개 대대가 암바라와에 출동하였다. 폭동대와 경비대 간의 치
열한 전투가 벌어졌다. 폭동이 진압되고 경비군속들이 잡혀 왔다.

"저놈들을 모두 사살하라."

쓰스키의 명령으로 폭동자는 모두 총살당했다. 일본군은 암바라
와 폭동 이후 한인 군속들의 저항이 두려워 대규모 군속을 전속시키
고 강한 규제로 압박을 가하였다.

폭동은 조선인 포로감시원 나팔수 장혁준의 고자질로 계획이 사
전에 누설되면서 고려독립청년당의 전모가 드러났고 모두 잡혀 옥
고를 치렀다. 경비대 소속 장교 박현수 소위가 몰래 장혁준을 불러
냈다.

"네놈이 밀고하여 많은 조선이 군속들이 죽었다."

"난 일본군 군속으로 내 임무를 다했을 뿐이다."

"너 같은 놈은 내 손에 죽어야 한다. 민족을 죽게 한 악마를 처단
한다."

박현수는 장혁준을 향하여 권총을 난사하였다. 그러나 총탄은 녀석의 심장을 뚫지 못하고 어깨를 관통하였다. 박현수는 서둘러 현장을 탈출하였다.

바탄의 미군 포로 대학살

싱가포르를 점령한 일본군은 1942년 1월 남태평양의 뉴기니아, 캐롤라인 제도를 장악하고 필립핀을 공격하였다. 상혁은 할아버지가 근무한 필립핀으로 갔다. 비로소 태평양전쟁의 상흔을 되돌아볼 수 있었다. 이 전선에서 수많은 조선인이 죽어간 사실을 알았고 그들의 억울한 죽음에 분노하였다. 할아버지를 비롯하여 수많은 징병자와 징용자들이 태평양 전선에서 죽었고 행방불명이 되었다.

일본군의 미군 포로수용소가 있었던 필립핀 바탄으로 발길을 옮겼다. 바탄은 조용한 해안이었다. 인근 수빅 해군기지와 클라크 공군기지는 태평양전쟁의 기운을 되살려 베트남 전쟁 때 물자수송과 폭격기 발진 기지로 각광을 받았던 곳이다. 필립핀 주둔 14군 사령관인 혼마 마사하루 장군은 지연전을 펴는 북부 루손군을 무시하고 남부 루손군에게 진격 명령을 내렸다.

"북부군이 무능하니 남부군은 결사적으로 미군과 항전 하라."

"대체 사령관은 뭘 안다고 그런 엉터리 명령을 내립니까?"

북부군 참모가 불평하였다. 그러나 사령관의 명령에 따라 북부에 주둔한 미군을 공격하였다. 북부 루손 부대와 합세한 남부 루손 부대는 나티브산 일대에 진지를 구축하고 사마트산 일대에서 대대적인 전투를 벌였다. 공격에 밀린 미군은 팜팡강을 건너 바탄으로 철수하였다. 일본은 필립핀 전쟁이 거의 종료되었다고 생각했는데 미군과 필립핀군이 끈질기게 바탄 해안에 철벽 방어진을 치고 대항하였다.

"공격을 늦추지 말아라."

혼마 마사하루 장군의 엄한 명령에 주력군인 제4사단이 마닐라를 점령하고 자바의 일본 제16군단의 제65군이 혼성여단을 만들어 바탄의 미·필립핀군을 공격하였다. 1월 9일부터 반격전을 개시했지만 미·필립핀군의 저항은 완강하였다. 1월 21일에야 일본군은 서부 해안을 통해 적의 저지선을 돌파하였다. 그러나 식량이 부족해서 병사들은 배고픔과 기력 쇠약으로 쓰러지기 시작하였다. 혼마 장군은 정글을 통한 침투와 해안 침투로 지속적인 공격을 시도하였으나 번번이 실패하였다. 그런데 대본영에서 긴급명령이 하달되었다.

"필립핀 정복을 속전속결로 끝내라."

보급 차단으로 병사들이 배고파 죽어가고 있어서 작전을 펼 수가 없는 상태였다.

"제기랄, 머저리 같은 놈들 현지 사정을 모르고 떠든단 말이야."

부관이 투덜댔다. 혼마는 침묵을 지키고 있다가 무겁게 한마디 던졌다.

"식량이 없으면 식량을 만들어라. 고기는 전선에 얼마든지 깔려 있다."

이 한마디에 부관은 미소를 지었다.

"네, 무슨 말인지 알겠습니다."

병사들이 여기저기서 배고파 죽어갔고 정신착란 증세를 일으키다가 사령관의 말을 듣고 시신이 널린 정글로 내달렸다. 전선에서 시체를 찾아다녔다. 그들은 별안간 인육을 먹는 식인종이 되었다. 힘을 낸 일본군은 미군을 섬멸할 기세로 맹공을 퍼부었다. 혼마는 지휘관을 불러 모았다.

"군인은 전장에서 죽는 것이 가장 명예롭다. 1인 3살로 죽어가라."

세 사람의 적을 죽이고 사라지라는 무시무시한 명령이었다. 일본군은 조직적인 포격과 집중 돌파 전술로 마침내 미군의 저지선을 뚫었다. 일본의 맹공에 미군과 필립핀군 사령관 맥아더는 더 이상 버틸 수가 없었다.

"진퇴양난입니다. 해변이 봉쇄당했습니다."

미군 부관이 장군에게 아뢰었다.

"그렇다면 바탄에서 병력을 철수합시다."

마침내 미군이 퇴각선을 타고 철수하기 시작하자 일본은 공격을 멈추고 지켜보았다. 맥아더는 바탄 기지를 내주고 질서정연하게 병력을 철수하였다.

"왜 이렇게 전선이 조용한가?"

혼마 장군이 부관에게 물었다.

"미군이 바탄에서 철수를 하나 봅니다."

"그렇다면 강하게 더 밀어붙여야지."

"우리가 이겼습니다. 스스로 퇴각하도록 두는 것이 좋습니다."

"그럼, 필립핀은 우리가 점령하는 건가?"

"네, 맞습니다."

혼마 마사하루 중장의 기치로 큰 저항 없이 마닐라를 점령하였다. 미군이 바탄에서 철수를 하였다. '나는 다시 바탄에 돌아와서 설욕전을 벌일 것이다.' 태평양 사령부 사령관인 맥아더는 3월 11일 7만 명의 포로를 남겨둔 채 2,000명의 잔여 군인을 데리고 오스트렐리아로 퇴각했다.

일본군은 잡은 7만 명의 포로 때문에 골치를 앓았다. 급조로 오돈넬에 포로수용소를 짓고 이동을 결심했다. 남방군 사령부에서 상하이 주둔군 사령관 홍사익 중장을 남태평양 군수 부장 겸 필립핀 포로수용소장으로 발령을 내렸다. 그가 수용소장으로 온 것은 남방군 주력부대인 제14군 사령관인 혼마 마사하루의 추천이었다.

상혁은 바탄의 해변을 걸으면서 80년 전 일본군이 잔인한 포로학살의 바탄 대행진을 회상하였다. 일본의 학살은 도처에서 일어났다. 일본은 중·일 전쟁이 발발하고 빠른 속도로 베이징을 점령한 다음, 중화민국 수도였던 난징을 점령하면서 난징 대학살을 저질렀다. 바탄의 포로학살은 난징 학살에 버금가는 만행이었다. 대동아공영국 건설은 먼저 중국을 침탈하고 프랑스령 베트남, 라오스와 영국령 버마와 네덜란드령 인도네시아를 해방시키는 것이었다. 그런데 미국이 간섭하였다.

"당장 일본은 동남아 주둔군을 철수하시오."

"너희가 뭔데 간섭이야."

일본은 받아들이지 않았다. 미국은 일본에 공급되는 석유·철광석 등 지하자원 수출을 중단하고 막았다. 당장 일본은 자원 고갈로 위기를 맞았다. 혼마 마사하루는 바탄에서 죽어가는 포로들 때문에 골치를 앓고 있었다. 그런데 본영에서 그를 국방성으로 불러들였다.

"후임 사령관은 누구입니까?"

혼마가 물었다.

"지금 물색 중이요."

"그럼 제가 추천을 하겠습니다. 홍사익 중장을 제14군 통솔 겸 포로수용소장으로 발령을 내주십시오."

본영은 상하이 주둔 사령관인 홍사익 중장을 필립핀 사령관으로 발령을 냈다. 갑작스러운 전화를 받고 홍사익 중장은 기쁨을 금치 못했다. 혼마는 홍사익에게 전화를 하였다.

"필립핀 포로수용소장과 남방군 물자 보급 사령이 된 것을 축하합니다."

"장군님의 후원으로 알고 있습니다. 국방성 전출 영전을 축하합니다."

혼마 마사하루가 무토 아키라(홍사익)중장을 필립핀 주둔 사령관으로 추천한 것은 관동군 사령관 시절 홍사익 소장을 참모 부관으로 호흡을 맞추어 행동했던 관계였다. 그런 인연으로 좋은 만남이 계속되었다. 홍사익은 중장으로 진급하여 필립핀 오돈넬 포로수용소 소장으로 발령을 받았다. 그런데 동시에 사또 마사노부 대령도 필립핀 14군 작전 참모로 배속을 받았다. 어쩐지 얄궂은 운명 같았다. 그는 남방군 전체의 작전을 총괄하는 임무를 수행하게 되었다. 그가 노몬한 작전에 실패한 책임을 지고 퇴임 당해 본국에서 쉬고 있었는데 남방군 총사령관 데라우치 하시이치 대장이 도조 히데키 수상에게 사또 마사노부 대령을 군에 복귀시키라고 명했다.

"그자는 노몬한 전투에 실패한 작전 과장입니다."

본영이 거부하였다.

"인간에겐 실수가 있는 법이요. 비록 실패는 했지만 그만큼 예리한 판단을 가진 작전 장교는 없어요. 그를 불러 주세요. 내가 필요합니다."

"그렇지만 징계를 받고 있어서 안 됩니다."

데라우치는 황족 군벌의 남양군 총사령관이었다. 그는 당장 천황의 재가를 받아 사또를 남방군 작전 참모로 재기용하였다. 사또가 남방군으로 복귀하면서 관동군 국경 초소에 가 있는 이상우 대위를 데리고 왔다. 이상우는 필립핀 마닐라의 14군 사령부로 부임하여 사또 마사노부 대령의 부관으로 일하게 되었다. 홍사익과 사또의 만남은 공생관계지만 사악한 악연이었다. 사또는 이상우 대위를 불렀다.

"이제부터 우리가 대동아공영 전쟁의 모든 전략을 짜야 하는 거요."

"최선을 다하겠습니다."

"자네와 나라면 뭐든 할 수 있어."

사또 마사노부는 이상우 대위를 격려하였다.

그의 생각은 일본의 영재와 조선의 천재가 머릴 맞대면 못 할 것이 없다고 생각하였다. 이제부터 동남아의 새 역사는 그들이 만들게 되었다. 두 사람은 태평양전쟁의 작전 전략을 짜게 되었다. 훗날 그들의 두뇌에서 나온 작전은 남방군의 각 군에 전달되어 작전으로 실행되었다. 이상우 대위는 꺼림칙했으나 그를 도울 수밖에 없었다. 홍사익은 사또에게 목멘 이상우를 우려하였다. 새로운 전출지에서 안정을 찾은 이상우 대위는 14군 군단장이며 포로수용소장으로 와 있는 홍사익 중장을 찾아갔다.

"사또 참모의 부관으로 남방군 작전실에 근무하고 있습니다."

"재주 좋은 천재들이 만났군, 그런데 또 무슨 장난을 치려는지...... 아무튼 반갑네. 그러나 정신 똑바로 차리게."

홍사익은 못마땅하고 불안한 표정으로 말했다.

"명심하겠습니다. 자주 뵙고 상의하겠습니다."

"자네는 조선인이야. 제발 나 같은 군인이 되지는 말게."

"무슨 말씀입니까? 장군님은 조선의 얼굴입니다."

"난 조국을 배반한 군인이야. 내 민족과 조국에 위해를 끼친 군인이란 말일세. 그러나 자네는 왕족이야, 절대 조국과 민족을 배신하지 말게."

"명심하겠습니다."

"사또를 믿지 말게. 위험한 인물이야."

이상우 대위는 홍사익 장군을 뵙고 나오니 마음이 편했다. 본대로 돌아온 그는 사또 대령이 짠 기획안을 영문으로 번역하고 정리하여 본영으로 보냈다. 그런데 혼마 장군이 사또의 전출을 아주 못마땅하게 생각을 하고 있었다. 홍사익 사령관에게 사또의 천방지축 날뛰는 무례한 행동을 주시하라고 전했다. 망나니 군인이라서 언제 어떻게 엉뚱한 짓을 할지 몰라 불안하였다.

사또는 홍사익 중장 앞에선 고분고분했다. 남방 작전은 사또 마사하루의 계획대로 추진되고 있었다. 데라우치 히사이치 대장은 사또의 작전 안에 따라 전쟁을 펴나갔다. 그리고 전 사령관인 혼마의 행동을 못마땅하게 생각하였다. 사실 바탄을 정복한 것은 데라우치 하사이치의 말을 듣지 않고 혼마가 이루어낸 개가였다. 어느 날 하사이치는 각 지역군 사령관을 소집한 자리에서 혼마를 비방했다.

"혼마 마사하루 사령관이 맥아더를 도망가게 놔뒀어요."

"미군이 스스로 퇴각했으니 성공한 작전입니다."

홍사익이 혼마를 두둔하였다.

"맥아더를 잡을 수 있었는데 탈출하게 한 미련한 사령관이죠. 홍 장군도 내가 지켜보겠소."

하사이치 대장이 불쾌하다는 투로 말했다. 데라우치는 황족이란 권위로 혼마를 괴롭혔다. 혼마는 국방성으로 가고 후임 14군 총사령관으로 가와구치 키요타케 소장이 정식으로 발령을 받아왔다. 홍사익은 물자수급관과 포로수용소장 일만 맡게 되었다. 사실 인도네시아 제16군 총사령관에 야마시타 토모유키가 14군으로 오게 되었는데 데라우치의 추천으로 가와구치 키요타케에게 밀렸다. 영전 가던 날 회식장에서 토모유키가 혼마의 손을 잡았다.

"혼마 장군님, 영전을 축하하오."

"토모유키 사령관이야말로 진정한 덕장입니다."

"나 역시 데라우치 총사령관의 미움을 받고 있어요."

사실 두 장군은 14군과 16군 시절 잘 협력하여 많은 전과를 올렸다. 그런데 사령관을 교체한 데는 혼마가 데라우치 말을 잘 안 들은 데 대한 보복 전보였다. 그런데 국방성으로 영전되었다. 떠나면서 혼마는 데라우찌 사령관에게 쓴소릴 하였다.

"필립핀 정복은 제가 했는데 총사령관님은 한 일은 뭡니까?"

가시가 돋쳤다.

"글쎄요, 난 당신을 지켜볼 것입니다."

"지켜보십시오. 그런데 부탁이 있습니다. 오돈넬 포로수용소장 홍사익은 유능한 장군입니다. 그를 최대로 활용하고 도와주십시오."

"유능한 장군이라는 것은 알고 있소. 남방군 물자 수급관을 겸하게 하였소."

홍사익은 포로 때문에 골치를 앓고 있었다. 7만이란 포로를 수용할 장소도 없었고 그들을 먹여 살릴 식량이 없었다. 데라우치는 그 점에 대하여 언급을 안 했다. 새로 온 14군 사령관 가와구치 키요타케 소장이 홍사익에게 도움을 청했다.

"포로를 노지에 둘 수 없소. 오돈넬 수용소로 이감시켜 주십시오."

"네. 장군의 뜻이라면 돕고말고요."

키요타케 소장의 명으로 포로 이동이 시작되었다. 포로를 바탄에서 오돈넬로 이동시킨 것은 산발적인 전장에서 그들을 죽게 할 수가 없어서 내린 명령이었다. 각 전투 부대에서 잡은 포로들의 집단 이동이 시작되었다.

어느 날 홍사익 포로수용소장 앞으로 한 통의 전화가 걸려왔다. 14군단 군사재판 소장의 전화였다.

"홍사익 중장님, 여기 포로수용소장님을 찾는 탈영병이 있어요."

"탈영병이요. 누굽니까?"

"조선인 대위 김현준이 탈영병으로 잡혀 와서 재판을 받고 있어요."

"그가 탈영병이라고요?"

"그렇소. 16군단 사마랑 포로수용소에서 와타나베 무쓰히로 경비대장에게 상해를 입히고 탈주하여 보르네오에 숨어 있다가 잡혀 왔습니다."

"제가 책임질 테니 그 죄인을 제게 인계해 주시오."

"소장님이 죄인을 책임진다면 그렇게 하겠소."

홍사익 중장은 곧장 이상우 대위에게 전화하였다.

"이상우 대위, 당장 보르네오로 가서 김현준 대위를 변호하시오."

"김현준이 왜 그곳에 있어요?"

이상우가 놀란 표정으로 물었다.

"탈영을 했다가 잡혀 재판을 받는다네."

이상우는 사령관의 말을 듣고 당장 보르네오로 갔다. 그때 법정에 김현준이 앉아있었다. 재판 중에 자길 변호하는 이상우를 보고 깜짝 놀랐다. 재판관은 홍사익이 보낸 변호인의 말을 듣고 약식 재판으로 그를 석방하였다.

"그대의 죄를 사면함과 동시에 필립핀 14군단으로 전속한다."

"이상우, 어찌 된 일이냐?"

김현준은 이상우에게 캐물었다.

"홍사익 장군님이 너를 살린 거야."

"장군님이 나를 변론해 주라고 했어?"

"나와 같이 필립핀 사령부로 가세."

김현준을 데리고 홍사익 중장 앞에 섰다.

"자네는 왜 그 모양이야. 가는 곳마다 말썽을 부려?"

"죄송합니다. 사연이 있었습니다."

"아내가 위안부로 와 있었다메."

"탈출을 시켰는데 어디에 있는지 모릅니다. 찾아주십시오."

"알겠네, 앞으로 문제 일으키지 말고 내 밑에서 열심히 근무하게."

그날부로 김현준 대위는 14군단으로 전출 와서 포로수용소 경비 장교로 근무하게 되었다. 바탄의 포로 대행진이 시작되었다. 미군이 마닐라를 철수한 후 바탄에서 잡은 미군 포로 7만 명을 오돈넬 포로 수용소로 이동하는 것이다. 굶주리고 병들고 상처 입은 포로들이 장장 110km를 행군하였다. 이동 중에 수백 명이 죽어갔다.

"왜 이동 중에 포로들이 죽는단 말이요?"

홍사익 소장이 참모에게 물었다.

"굶주려 죽고 병든 환자는 포로 감시병들이 죽여 바다에 던진답니다."

"그게 무슨 소리요? 누구 명령으로 그런 짓을 한단 말인가?"

"거동이 불편한 자를 죽이라는 상부의 명령이랍니다."

"난 그런 명령을 내린 적이 없어요."

소장은 직각 조사관을 보내 사태를 파악하였다. '병들고 낙오된 포로는 죽여 없애라.'는 명령이 하달되었다. 그런 명령으로 감시병들은 미군 포로를 이동 중에 학살을 하였다. 행군 중에 굶주려 쓰러지는 미군도 무참히 사살하였다. 오돈넬 포로수용소까지 오는 도중에 수많은 포로가 학살당했다. 일본의 입장에서 식량이 없는데 포로는 귀찮은 존재였다. 바탄에서 시작된 학살은 오돈넬에 오는 동안 계속되었다. 쓰러지는 자는 거침없이 총살하고 대검으로 찔러 바다에 버렸다.

죽음의 바탄 대행진, 1942년 4월 9일 미군 포로들은 바탄반도의 남쪽 끝 마리벨레스에서 출발하여 산페르난도까지 88km를 강제 이동시키면서 행진 중에 쓰러지는 포로를 죽여 바다에 버렸다.

새로 전입한 김현준 대위가 포로 인솔 장교로 나갔다. 행군 과정에서 굶주림에 쓰러지는 포로를 차마 볼 수가 없었다. 그런데 감시관들이 낙오자를 구타하였고 움직이지 못하는 포로를 총검으로 찔러 죽여 바다에 버리는 것을 본 김현준 대위가 그 병사를 후려갈겼다.

"산 사람을 죽여 바다에 버려? 난 너를 죽이고 말 거야."

"사또 마사노부 참모장의 명령입니다."

하늘이 노랬다. 악연이다. 이자가 포로 이동 참모장이라고...... 그때였다. 마사노부 대령이 실랑이를 벌이는 김현준 대위 앞에 지프를 세웠다.

"김현준 대위, 부상으로 사마랑으로 후송되었던 자네가 여긴 웬일인가?"

"자카르타로 후송되어 치료를 마치고 이곳에 배속받았습니다."

"아무튼 악연이지만 반갑네. 그리고 낙오된 포로는 죽여도 되네."

"뭐라고요? 국제법에 위배 됩니다. 그게 인간이 할 짓이 아니지요."

"또 반항인가? 그건 상관에 대한 하극상이란 것을 몰라."

"그렇지만 포로를 죽이는 것은 살인입니다."

김현진 대위의 반박은 강렬했다.

"잔말 말고 행군 중에 쇠약자는 죽여 바다에 던져라."

"못합니다. 절대 있어선 안 될 일입니다. 포로를 죽여선 안 됩니다."

정말 악연이었다. 사또는 뉴기니아 섬에서 전투 중에 김현준과 포로 일로 다투었던 일을 기억하였다. 그때도 그랬다.

"조센징, 너 같은 일본군이 있으니까 전쟁이 지루한 거야."

"포로를 괴롭히지 말라는 것은 국제법에 명시되어 있습니다."

"개 같은 자식이 감히 대일본 본영 작전 참모를 가르치려고 들어?"

"네, 참모님을 고발할 것입니다."

"고발한다고? 그전에 난 너를 죽일 것이다. 저놈을 영창에 넣어라."

헌병들이 달려와서 김현준 대위를 체포하여 갔다. 사또의 분노는 하늘에 달했다. 그리고 사또의 만행은 계속되었다. 그리고 포로들은 질병과 굶주림으로 사망하였다. 하루에 200명 이상이 죽어 나갔다.

김현준 대위가 영창에 갇혀 있는데 홍사익 포로수용소장이 찾아왔다.

"자네, 사또 참모와 부딪쳤어? 그러고도 살아남길 바라는 거야?"

"도저히 비인간적인 포로학살 명령을 볼 수가 없었습니다."

"나도 그자가 못마땅해, 그러나 참고 있지. 난 자네의 그 불타는 정의감을 극찬하고 싶은데 전장에서 하극상은 처형감이야. 사또 참모가 어떤 인물인지 몰라서 그러는 거야. 기다리게 내가 조치할 테니까."

"장군님, 면목이 없습니다."

"제발 몸조심하게. 자네와 이상우 대위는 조국을 위해 큰일을 할 인물이라는 내 말을 잊었어?"

그를 위로하고 홍장군은 사토 참모에게 전화를 하였다.

"사또 참모장, 김현준 대위를 훈방하게......."

"김현준 대위를 그냥 둬선 안 됩니다. 하극상을 밥 먹듯 하는 장교입니다."

"내가 조치를 할 터이니 풀어주란 말일세. 그리고 포로 사망자 보고를 하게."

사또는 대일본 제국의 작전 참모를 우습게 본다고 분개하면서 김현준 대위를 풀어주었다. 저녁에 홍사익 사령관이 조용히 김현준과 이상우를 불렀다. 몹시 우울한 표정을 짓더니 무겁게 입을 열었다.

"김현준 대위. 이곳을 떠나게. 그것만이 자네가 사는 길이네."

"어디로 떠납니까?"

"내가 좋은 데로 보내 주겠네, 해군으로 가게나. 해군에서 특공대를 만든다네. 그곳에 지원하면 제주도로 갈 수 있다네."

"제주도로 갈 수 있다고요?"

"그래, 특별 임무를 띠는 잠수함 특공대라네. 내가 해군 사령관에게 말을 해놨네. 당장 가게나."

"제가 어떻게 해군이 됩니까?"

"안가면 자네는 사또에게 죽어요."

엄한 명령이었다.

"네. 가겠습니다."

홍사익 중장은 사또에게서 김현준을 해방시키는 것은 그를 전출시키는 것뿐이었다. 홍사익 사령관이 써준 소개서를 이상우가 전했다.

"김현준, 당장 떠나라. 절대 우린 죽어선 안 된다."

"고맙다. 이상우. 우리 해방된 조국에서 만나자."

현준은 눈물을 흘렸다. 두 사람은 얼싸안고 눈물을 글썽였다. 홍사익 장군이 그들을 보고 고개를 돌려 버렸다. 김현준 대위는 홍사익 장군의 배려로 사또의 보복에서 벗어났다. 그는 곧장 오키나와 해군사령부로 전출되었다. 오키나와 해군사령부 소장이 그를 면담하였다.

"홍사익 사령관의 전화를 받았네. 가고시마 특설대로 가게나. 자네 이름은 오늘부터 김현준이 아니고 '야스야마 고도시'라네, 계급은 소령으로 승진하겠네."

"야스야마 고도시라고요?"

"자네는 자랑스런 대일본 잠수함 특공대원으로 임명하네."

김현준은 소령으로 진급하여 새로 생긴 가고시마의 특공대 사령부 잠수함 조종관으로 발령을 받았다. 사또는 언젠가는 자길 해할 놈이라고 불안해 했는데 그가 떠난 것을 알고 숨을 돌이켰다.

그 후로 사또는 자신이 기획한 죽음의 바탄 행진을 계속 밀어붙였다. 홍사익 장군의 저지로 일단 중지되었으나 병든 포로들은 계속 죽어가고 있었다. 미국의 루즈벨트 대통령은 포로학살을 보고받고 울분을 토하며 태평양 작전 사령관 킹 제독과 맥아더를 불러 필립핀 재탈환의 작전 회의를 가졌다.

"일본군이 미군 포로를 학살하고 있답니다."

"맥아더 장군. 공격을 서두르셔야겠습니다."

킹 제독이 제안하였다.

"공격이 쉽지 않습니다."

맥아더가 걱정스런 표정으로 말했다.

"장군, 지금이 호기입니다."

킹 제독은 자신만만하였다.

마침 미 해군이 서태평양을 가로질러 일본군의 공급로를 차단하였다. 일본 수중에 있는 태평양의 길버트, 마셜, 마리아나 섬을 고립시키기 위하여 서부 태평양을 점령하고 포르모사를 포위하는 작전을 전개하였다.

"포르모사가 점령되면 필립핀을 공격이 쉽습니다."

"나는 루손의 레이테 해변으로 상륙하여 마닐라까지 진격을 제안합니다."

"필립핀을 직접 탈환해야 합니다."

맥아더는 결심한 듯 말했다.

고립된 섬을 우회하는 것도 좋지만 250,000만 명의 남방군이 필립핀에서 저항하면 심각한 위험이 발생한다는 것이었다. 맥아더는 루손으로 오는 일본의 보급망을 봉쇄하면 항복을 이끌어낼 수 있다는 계산이었다.

"아군의 손실을 내는 전투가 두렵습니다."

킹 제독이 염려하였다.

"5주 이내에 마닐라에 도착할 수 있으면 일본을 몰아낼 수가 있습니다."

"맥아더 장군, 정말 할 수 있어요?"

루즈벨트가 물었다.

"동의할 수 없습니다. 루손을 점령하는 것은 엄청난 손실을 불러

올 것입니다."

킹 제독이 부인하였다. 맥아더는 남서부태평양 지역에서 2년간 싸워본 경험과 길고 어려운 시간을 보낸 것을 알기에 필립핀을 정복하자고 제의하였다. 이 작전이 레이테만 공략이었다. 대통령의 허락으로 마침내 필립핀 공격이 시작되었다. 일본의 보급망을 끊은 고투 끝에 맥아더는 필립핀을 재탈환하였다.

그런데 일본군은 포로수용소를 비워두고 도망을 쳤다. 포로수용소엔 9,500명의 포로만 남아 있었다. '대체 5만여 명의 미군 포로는 어디로 갔단 말인가.'

1945년 1월, 연합군이 필립핀을 점령하여 해골이 다된 포로들을 인계받고 분통을 터뜨렸다. 맥아더는 필립핀 정복 후 바탄 행진의 책임을 물어 당시 필립핀 침공 작전을 수행한 일본군 사령관 혼마 마사하루 중장과 포로수용소장인 홍사익 중장, 그리고 현 사령관인 가와구치 키요타케 소장에게 책임을 물어야 한다고 주장하였다. 포로학살은 가와구치 키요타케 14군 사령관의 묵인하에 사또 마사노부가 벌린 일이었다. 미국은 바탄 대행진 때 미군 포로를 학살한 책임을 일본 정부에 물었다.

"미군 포로가 5만 명이나 학살을 당했어요? 누가 내린 명령입니까?"

"대본영은 전혀 모르는 사실입니다."

일본은 발뺌하였다. 사실 대본영이 모르는 사실이었다. 그런데 바탄의 죽음이 대행진 때 '병들고 나약한 포로는 사살하라, 일본군이 먹을 식량이 부족하니 포로를 죽여 없애라.'라는 본영의 명령에 따라 포로들에게 식사를 공급하지 않았고 병든 자는 사살 하였다.

"역시 사또 놈의 짓이었어."

혼마 마사하루 중장이 한숨을 내쉬었다. 자신이 필립핀을 떠나온 후 바로 후임 사령관 가와구치 키요타케 소장 때 일어난 일이었다. 본영은 포로 이송 중에 발생한 죽음의 바탄 행진은 전혀 몰랐다.

"미군 포로를 모두 사살하라."

일본군은 무자비하게 포로를 학살하였다. 그런데 대본영은 이런 명령을 내린 바 없었고 포로수용소장도 모르는 일이었다. 사또 마사노부가 독단으로 구상하여 벌린 형국이었다. 가와구치 키요타케 소장이 뒤늦게 그 사실을 알고 사또를 불러놓고 소리쳤다.

"누가 그딴 명령을 내렸나요?"

"군단장님이 내린 명령이 아닌가요?"

사또가 태연하게 말했다.

"사또 마사노부 네놈의 짓이지, 네놈은 총살감이야."

"난 명령에 복종만 했을 따름입니다."

뻔뻔스러웠다. 결국 대본영은 학살의 책임자로 전임 혼마 사령관, 후임 키요다케 14단장과 포로수용소장인 홍사익 장군에게 책임을 전가했다.

태평양전쟁의 현장

    일본은 아시아인에 의한 아시아 연합으로 유럽의 지배를 받을 수 없다는 야심으로 대동아전쟁을 일으켜 아시아의 맹주가 되려고 하였다. 그것은 독일의 나치스트들의 독선에서 배웠고 영국의 식민정책에서 얻은 교훈이었다. 유럽의 열강들은 아시아를 쥐락펴락하였고 아시아인들은 서양의 식민지에서 탈피하려고 몸부림을 치고 있는데 일본이 충동하여 아시아를 구하겠다는 야심으로 대동아공영권을 앞세워 태평양전쟁을 일으켰다. 그 핑계로 일본은 아시아 나라들의 청장년을 강제로 동원하였다. 이 전쟁으로 무수한 아시아인이 죽고 학살당했다.

    유키 검사와 모리모토 형사는 대동아전쟁의 진상과 허상을 보여주었다. 유키 검사는 전쟁의 당위성을 모리모토는 부정적인 죄악을 말하고 있었다. 유키 검사의 증조부 야마시타 토모유키는 남방군 제16군 사령관이었고 전쟁을 혐오한 모리모토의 증조부 와쓰이 이와네는 중·일 전쟁의 영웅이지만 난징학살의 억울한 누명을 쓰고 죽었다. 그에게 누명을 씌운 것은 토모유키와 황족인 남방군 총사령관이었다. 그 이유로 모리모토는 토모유키 가문에 원한을 품고 있었다. 유키 검사는 증조부 토모유키의 행적이 정당하다고 주장하고 있었다. 유키 검사는 전쟁 옹호자를 대변했고 모리모토 형사는 일본의 태평양전쟁을 일으킨 범법자를 비난하였다.

군국주의 군인들의 광란으로 대동아전쟁은 일본인도 2천만 명이 죽었고 이웃 나라 백성 2천만 명을 죽였던 사악한 전쟁이었다. 유키 검사는 증조부 같은 장군들이 대동아공영 제국을 만들어 아시아인의 행복을 추구하고 약소민족의 자위권을 인정해주는 인류애적 발상을 했다고 미화하였다. 아무튼 유키와 모리모토 형사는 보이지 않는 대결의 양상을 보였다.

"모리모토 형사님, 무모한 추리나 추정으로 사건을 오도하지 마세요."

유키가 그에게 날을 세웠다.

"유키 검사야말로 애매한 한국인을 범인 취급 마세요."

"난 한국인을 증오해서가 아니고 방화사건을 해결할 뿐입니다."

"올가미로 생사람 잡지 마세요. 왜 김강민이 방화범입니까?"

모리모토가 강하게 공격을 하였다.

상혁은 두 사람의 소모적인 다툼을 질책하고 싶었다. 그는 오로지 태평양전쟁에서 이름 없이 죽어간 한국인 징용자들의 넋을 위로하고 그 죽음의 현장을 돌아보고 억울한 영혼을 달래어 한을 삭여주려는 생각뿐이었다. 그것은 조부 김현준 소령이 무모한 전쟁에 희생된 억울함을 세상에 알리려는 것이었다.

그런 상혁의 태도를 모리모토는 동정 어린 눈빛으로 조언하였으나 유키 검사는 못마땅한 표정을 지었다. 사실 모리모토는 태평양전쟁으로 아세아인의 엄청난 인명과 재산을 앗아간 전쟁의 양상을 파헤쳐 희생된 한국인의 억울한 죽음과 명예를 회복시켜주려고 하였다. 그것은 조부 와쓰이 이와네 중장이 난징학살의 주범이란 억울한 누명을 쓰고 죽은 한을 풀어주려는 것이었다. 같은 일본인 검찰과 경찰이지만 그녀와 그는 생각과 견해가 완전히 달랐다.

"김 작가가 태평양전쟁을 소설로 다루는 것에 찬사를 보냅니다. 내가 자료를 제공해주고 싶습니다."

모리모토 형사가 정색하고 말했다.

"전 김강민이 야마시타 가스토시를 죽였다는 생각엔 변함이 없습니다."

유키 검사가 고집스럽게 주장했다.

"증거가 있다면 체포하세요."

모리모토가 항변하였다.

"때가 되면 잡힐 것입니다."

"유키 검사님, 저의 아버지가 범인이란 증거는 없습니다. 억지로 엮으려고 하지 마세요."

상혁이 단호하게 경고하였다.

"대동아전쟁은 일본인의 입장에서 봐 줬으면 합니다."

유키 검사의 반박은 사건을 더욱 진지하게 만들었다.

일본 방위성은 1941년 11월 10일 남방군의 고위 지휘관들이 혼슈 남단의 이와쿠니에 모여 작전 회의를 가졌다. 제16군 사령관에 혼마 마사하루 중장, 제5비행 집단사령관 오바타 히데요시 중장, 제3함대 사령장관 다카하시 이보 해군중장, 그리고 제11항공함대 사령관 츠카하라 니시조 해군 중장이 참석하여 개전 날짜를 확정하고 11월 20일 남방군의 모든 예하 군단에 작전 명령을 하달하였다.

1941년 12월 1일 일본이 하와이 공격으로 태평양전쟁은 시작되었다. 미군은 태평양전쟁이라 하고 일본은 대동아전쟁 이라고 한다. 일본군이 인도차이나로 이동하면서 미국과 사사건건 부딪쳤다. 미국이 일본의 석유 자원 확보에 브레이크를 건 것에 대한 보복이었다.

"미국과 전쟁을 불사해야 합니다."

강경파 군인들이 태평양 진출을 방해하는 미국과 전쟁을 주장하였다.

"아직 전쟁할 준비가 안 되었습니다."

도조 히데키 수상이 반대하였다.

"미국의 힘이 약할 때 선제공격을 해야 합니다."

일본은 석유 수입에 타격을 받자 이를 방해하는 미국을 공격하였다. 하와이 진주만을 기습으로 제압하고 필립핀과 괌, 웨이크섬을 확보하여 석유 자원을 확보하려고 하였다. 마침내 군부 실세들의 주장으로 1941년 11월 23일, 태평양 해군 전초 기지였던 진주만을 항모 기동부대로 공격하는 동시에 말레이로 상륙하는 작전을 펼쳤다.

미국 함대가 전투력을 잃게 되면 동남아시아와 남태평양을 정복할 수 있다는 계산이었다. 그 다음 단계로 베트남을 치고 필립핀에 상륙하고 태국, 홍콩과 괌을 공격하는 것이었다. 그리고 제2단계로 싱가포르를 함락하고 인도네시아의 수마트라를 공격하여 자바를 점령한다는 작전계획이었다.

1941년 12월 1일, 마침내 미국을 공격하였다. 하와이 공습, 일본의 야마모토 이소로쿠 제독은 미국 태평양함대를 공격하고 항공함대 사령관 나구모 준이치 중장은 항공모함 6척, 전함 2척, 순양함 3척, 구축함 11척을 거느리고 하와이 북쪽 440㎞ 지점으로 나가서 항공기 360대를 출격시켰다.

"속전속결로 전쟁을 끝내야 합니다."

야마모토 이소로쿠 해군 제독과 일본군 수뇌부들은 장기전으로 가면 진다고 생각하고 있었다. 단기 결전으로 미국에게 치명타를 입히고 서부 태평양 지역을 점령하여 요새화시키며 독일과의 전쟁이 급급한 미국이 휴전 협상을 통해 일본의 세력권을 인정해 줄 것이라 생각을 하였다.

"가미가제 출격으로 신풍을 일으켜라."

야마모토 제독의 명령에 조종사들은 필살의 전투를 벌였다. 일요일 아침, 미군 병사들이 쉬고 있는 시간에 최대의 기습 효과를 노렸다. 일본 전폭기는 미국 전함에 치명타를 입혔다. 애리조나호·캘리포니아호·웨스트버지니아호는 침몰당하고 오클라호마호는 전복되었다. 폭격은 45분 동안 강타하였다.

"제2진을 출격하여 전함을 박살을 내라."

일본 항공대는 기세등등하였다. 250대 폭격기가 일제히 출동하여 진주만에 정박 중이던 전함들을 완벽하게 박살을 냈다. 함대가 다 부서져 가는데도 미군들의 동향이 없었고 비행장에 정렬된 비행기도 미동하지 않았다. 일본 전폭기는 계속 미국 전함에 치명타를 가했다. 2차 폭격의 전과는 진주만을 휩쓸고 메릴랜드호·네바다호·테네시호·펜실베이니아호 등 함선 18척을 침몰시켰다. 180여 대가 넘는 비행기가 파괴되었다. 한순간에 미군 사망자 2,300명, 부상자가 1,100명에 달했다. 일본 측은 비행기 40여 대와 소형 잠수함 5대를 잃었을 뿐이었다. 미국은 속수무책으로 당했다.

12월 8일 프랭클린 루스벨트 대통령은 각료회의를 소집하였다. 미국 의회는 제1차 세계대전 때도 참전을 반대하고 중립국 주장을 해 왔던 것을 후회하고 일본에 대한 전쟁을 선포한다고 가결하였다. 그리고 재난을 방치한 정부에 책임을 물었다.

"대체 태평양함대 사령관들은 무엇을 하고 있었나?"

"일요일의 휴무상태라서 당했습니다."

국무장관이 구차한 변명을 하였다.

의회는 당장 키멀 제독과 월터 쇼트 소장, 오아후섬의 해군·육군 사령관들을 모두 해임하고 미국이 추축국과 싸움에 개입하면서 일본을 방치한 루스벨트 대통령에게 책임을 물어야 한다는 주장이 완고했다. 그런데 일본 본영은 하와이를 공격하고 나서 연합군에 태평양전쟁을 선포하였다.

'일본의 모든 남방군이 전투 대세를 갖추어라.' 국방성의 명령이 예하 사단에 하달되었다. 미얀마 방면군은 남방군 직속 사단이 맡고 제7군은 말레이시아, 싱가포르, 수마트라섬을 점령하고 제14군은 필립핀을 맡고 제2군은 동인도 네덜란드의 수마트라를, 제18군은 뉴기니아 솔로몬제도를, 제37군은 보르네오섬을, 제38군은 인도네시아 프랑스령을 공격하라는 명령이 하달되었다.

"기수를 남태평양으로 돌려라."

야마모토 제독의 명령에 일본 함대와 항공대가 남쪽으로 기수를 돌렸다. 이윽고 제3항공군, 제4항공군 제2야전 수송사령부, 제3선박 수송사령부, 제34야전 수송사령부, 남방군 야전철도사령부, 남방군 통신대 사령부는 일제히 대동아공영 전쟁에 돌입하였다. 뒤늦게 미국의 루즈벨트 대통령은 일본, 독일, 이탈리아를 상대로 전쟁을 선포하였다.

맥아더를 태평양함대 총사령관으로 임명하고 본격적인 일본타도에 돌입하였다. 미국의 모든 전력자산이 태평양으로 집결되었다. 일본은 남방군을 완벽하게 배치하고 대동아 장악의 욱일승천 깃발을 높이 들고 대양을 누볐다. 남방 제16군은 인도네시아 수마트라에 본부를 두고 네덜란드군과 대치하였다.

한국에서 징집된 학도병 김현준 대위는 16군에 배속받았다. 제16군 총사령관은 야마시타 토모유키는 제5비행집단과 제11항공함대가 필립핀의 미군 비행장을 공습하고 동시에 해군과 육군의 선발대가 루손 북쪽 해상의 바탄섬, 루손의 아파리, 비간, 레가스피, 민다나오의 다바오에 상륙하여 주변 비행장을 점령하라고 명하였다.

먼저 필립핀의 미군 항공력을 제거하면 제14군의 주력군이 마닐라 북쪽의 링가옌 만에 상륙하고 조력군은 마닐라 남동쪽의 아몬만에 상륙하여 마닐라로 진공하는 작전이었다. 대본영은 각 군에 강하게 밀어붙였다.

"필립핀 정복은 50일 안에 끝내고 제14군의 1개 사단과 지원부대 및 항공대는 남쪽으로 이동하여 비사야와 민다나오를 점령하라."

제14군은 미군과 필립핀군의 전력을 비교적 정확하게 파악하고 있었으나 방어계획은 안 세웠다. 미군과 필립핀군이 마닐라에서 일본군과 치열한 전투 중에 참모장 마에다 마사미 중장이 이상한 전보를 받았다. 미군과 필립핀군이 바탄반도에서 철수한다는 것이었다.

"그게 사실입니까?"

마사미 참모장이 혼마 마사하루 중장에게 물었다.

"사실무근입니다. 그런 일은 없을 것이요."

혼마 마사하루 중장이 일축했다.

"만약에 그렇다면 작전을 바꾸어야 합니다."

"헛소리 말고 더 강하게 밀어붙이시오."

필립핀 공격에 제14군에 제16군이 연합하여 전차연대 2개, 중형포 연대 2개와 공병연대 3개, 대공포연대 5개, 그리고 다수의 지원

부대를 보냈다. 김현준 대위는 제16군 1사단 보병 장교로 선임 받고 중대원을 이끌고 필립핀으로 향하였다. 선임부대장은 사또 마사노부 대령이었다.

"김현준 대위, 조선인 병사를 선두에 세워라."

총알받이가 되라는 말이었다.

"그들은 작전에 미숙한 군무원들입니다. 그리고 선두엔 척후병이 있습니다."

"세우라면 세울 것이지 말이 많은가?"

사또가 김현준을 불러세우고 군홧발로 조인트를 깠다. 김현준은 다릴 절룩거리며 대꾸하였다.

"작전은 계획된 상부 지시대로 할 것입니다."

"뭐라? 내가 직속 상관이다. 내 말을 들어라."

김현준 대위는 부대장의 말을 무시하고 독단적인 작전을 폈다. 필립핀 공격이 시작되었다. 550대의 비행기를 보유한 제5비행집단 및 제11항공함대가 개전 당일 루손의 미군 비행장을 공습하였다. 해군과 육군의 협약에 따라 항속거리가 짧은 북위 16도 이북을 육군기가 공격하고 해군기가 남쪽을 공격하고 따라서 클라크 비행장과 마닐라 근교의 비행장 및 카비테 군항 등 중요한 목표를 해군기가 공격하였다. 그런데 미군에 비해 일본군 비행장이 없어서 난제였다.

"마닐라 비행장이 착공되려면 얼마나 걸리나?"

마에다 중장이 사토 마사노부 작전 참모에게 물었다.

"네, 거의 다 완공되어 가고 있습니다."

"왜, 진척이 늦은가?"

"조선인 군속들을 500명 투입했는데 진척이 늦습니다."

"조센징, 그놈들은 가는데 마다 말썽이야. 강하게 다스려 추진하라."

"네, 사령관님"

사또는 조선인 군무원을 불러놓고 엄포를 놓았다.

"1주일 내로 비행장을 완수 못 하면 너희들은 다 죽는 줄 알아라."

"우리가 놀고 있나요. 보면서 그런 소릴 하십니까?"

군무원 하길수가 항변했다.

"이 새끼가 어디라고 반발을 해"

사또는 그 자리에서 하길수를 일본도로 내리쳤다. 하길수의 팔이 잘려나갔다. 쓰러진 하길수를 야전병원으로 이송시켰다.

"보았느냐. 완수를 못 하면 이렇게 되는 것이다."

중대장인 김현준 대위는 고개를 떨어뜨리고 입술을 깨물고 있었다.

"바로 네놈이 멍청해서 군무원들의 군기가 엉망이란 말이다. 어떻게 저런 멍청한 조센징을 대 일본군 장교로 발탁했을까?"

사또가 중대장인 김현준을 추궁하였다.

"난 참모장의 지시를 받거나 꾸중을 들을 일은 안 했습니다."

"뭐라, 네놈이 이 비행장 조성 경비 장교잖아."

"당신이 나의 직속 상관은 아니잖습니까? 전 14군단이 아니고 16군단에서 파견되어 온 군무원 관리 장교입니다."

"소속이 어디든 군대는 계급인데 누구 앞에서 반발이야?"

사또가 김현준을 내리치려고 하였다. 그때 김현준이 사또의 팔을 꺾어 내동댕이쳤다. 사또는 권총을 빼 들고 김현준 대위를 쏘려고 하였다. 그때 군무원들이 사또의 팔을 내리쳐서 총을 떨어뜨렸다.

"조센징 놈들이 감히 내게 집단으로 반항을 한단 말이지?"

"다시 그딴 짓 하면 난 너를 죽여버릴 것이다. 내 민족에게 손대지 마라."

김현준이 쓰러진 사또의 가슴을 밟고 소리쳤다. 조선의 군무원들은 부들부들 떨며 눈치만 보고 있었다. 그때 사또는 일어나서 비실비실 몸을 피했다.

"중대장님, 괜찮겠습니까?"

부하들이 와서 위로하였다.

"괜찮다. 걱정 마라. 난 저자에게 명령을 받을 위치가 아니다."

남방군에 3,500명의 조선인 군무원이 배치되어 비행장을 닦고 있었다. 14군 본부는 비행장이 확보되면 육군 항공기들을 이동시켜 아파리, 비간, 라오아그 작전을 전개하고 해군 항공기들은 레가스피와 다바오에서 작전을 전개하였다.

전투를 앞두고 한국에서 온 징용자 군무원들이 비행장을 닦느라고 고전을 면치 못했다. 일본군은 무자비하게 군속들을 압박하면서 공사 기간 단축을 명령했다.

데라우치 히사이치 일본 남방총군 사령관(육군 대장)은 필립핀 침공에 참여할 부대들을 이동시켰다. 대만 남부 가오슝에 사령부를 둔 제14군 본부에선 출전 명령을 내렸다.

"중국 주둔군을 필립핀으로 이동시켜라."

"관동군을 이동하면 만주국 국경이 위태롭습니다."

"소련은 걱정하지 말고 당장 관동군을 이동하라."

만주에 주둔하던 제5 비행 집단은 11월 말에 대만 남부로 이동을 마쳤고 11월 23일에는 선견부대 2개가 가오슝에서 승선하여 펑후 제도로 이동했다.

11월 27일에서 12월 6일에 걸쳐 제48사단이 펑후 제도, 가오슝, 그리고 지룽에 집결했다. 동시다발적으로 전투가 벌어졌다. 1941년 12월 7일, 제16군 야마시타 토모유키 중장이 코타바루에 상륙하였다.

"선발대는 조선의 징용병으로 보내라."

조선의 징용병 1,500명이 각 전투에 배속되어 선발대 총알받이로 나섰다. 군무원들은 선발대의 상륙을 위하여 함대를 지원하였다. 바탄섬에 상륙할 제3함대는 구축함 1척, 수뢰정 4척, 그리고 기타 함정들로 이루어졌다. 아파리에 상륙하는 제1급 급습대는 경순양함 1척, 구축함 6척, 기타 함정들로 이루어졌다. 비간에 상륙하는 제2급 급습대는 경순양함 1척, 구축함 7척, 기타 함정들로 이루어졌다. 레가스피에 상륙하는 제4급 급습대는 경순양함 1척, 구축함 6척 및 기타 함정으로 이루어졌으며 경항모 류조와 수상기모함 치토세 및 미즈호의 항공 지원을 받기로 하였다.

"제16군의 야마시타 토모유키 중장은 필립핀전을 진두지휘하라."

남방군 본영에서 명령을 내렸다.

"필립핀엔 제14군의 주력부대가 있습니다."

"제14군 주력군은 무능하다. 16군 주력부대와 합동하라."

미국과 일본의 태평양전쟁은 승리와 반격이 교차하였다. 일본은 초반에 무척 고전을 면치 못했다. 그러나 선발대로 내보낸 조선의 군속들이 미군의 공격에 총알받이가 되어 1,500명이 전사하면서 전황은 달라졌다.

"미군 병사 한 사람이라도 살려 보내지 마라."

제14군의 혼마 마사하루 장군의 명령은 강경했다. 김현준 대위는 조선인 선발대를 거느리고 전투를 하다가 군속들이 죽어가는 모습을 보고 울부짖었다.

"제기랄 빌어먹을...... 내 동포가 다 죽어가고 있어."

그러나 전투는 일본이 승리하였다. 맥아더는 끈질긴 투항을 하다가 도망치듯 필립핀을 떠났고 혼마 마사하루 사령관은 미군 장교들을 포로로 잡아놓고 김현준 대위를 불렀다.

"그대가 이 전투에서 가장 큰 공을 세웠다. 무공을 표창할 것이다."

"표창은 싫습니다. 내 동포가 1,500명이나 죽었습니다."

"전쟁에선 희생자가 있기 마련이다. 그들이 있어서 전쟁은 승리하였다. 너무 섭섭해하지 마라."

조선의 군속들이 희생한 덕에 일본은 필립핀 전에서 승리를 거두었다. 일본군은 자바섬에 상륙하여 바타비아(자카르타)를 점령했다. 일본군의 미얀마 작전은 태국 침공으로부터 시작하여 3월에는 랑군을 점령하고, 5월 초에는 북부의 만다레를 공략한 뒤 공세를 일단 멈추었다.

대동아전쟁 반년 만에 일본 해군은 동쪽으로는 마셜제도, 길버트제도, 남쪽으로는 솔로몬제도, 그리고 뉴기니의 북쪽 해안으로부터 티모르섬, 수마트라 섬에 이르는 선까지, 북쪽으로는 알류샨 열도와 키스카섬까지의 광대한 해역의 섬들을 점령하였다.

김현준 대위는 솔로몬 군도의 뉴기니아 전투에 증원병으로 차출되었다. 남태평양에서 일본 해군과 미국·호주연합해군 간에 전투가 벌어졌다. 일본은 남태평양의 뉴기니의 수도 포트 모레스비와 솔로몬제도의 툴라기를 점령 기습 작전을 폈다.

양측 함대는 이틀간 계속해서 서로의 공격기를 주고받으며 격렬하게 싸웠다. 첫날, 미국은 일본의 경항공모함 쇼호를 침몰시키는 성과를 거두었고, 일본은 이에 반해 구축함 한 척을 침몰시키고 급유함 한 척을 대파하였으나 첫날은 미국의 판정승으로 끝났다. 이날 전투에서 일본군과 조선 군속들이 무참하게 포격을 맞아 죽었다. 전투가 끝나고 툴라엔 무수한 시신들이 뒹굴었다.

김현준 대위는 지친 몸을 끌고 지옥의 전장을 빠져나가고 있었다. 이때 바위틈에 숨어 신음하는 일본군 장교를 발견하였다. 노무라 중령이었다. 김현준 대위는 부상 당한 노무라 중령을 끌어냈다.

"다리가 부러졌어요. 이 적진에서 큰일이군요."

"대위, 귀관의 이름은 뭔가?"

"야스야마 고도시 대위입니다. 난 야마시타 노무라 중령이네."

"노무라 중령님, 움직일 수 있습니까?"

"이 몸으론 살아갈 수가 없다네, 고도시 대위, 부탁이네, 나를 죽여주게."

"죽다니요? 제가 살아갈 방법을 모색해 보겠습니다."

"아닐세, 난 결국 고통받다가 죽고 말걸세. 고통받느니보다 죽는 것이 고통을 덜 할 걸세."

노무라 중령이 고도시 대위가 찬 권총을 뽑아 들고 자기 머리에다가 겨냥하였다. 고도시는 재빨리 권총을 빼앗았다.

"중령님, 방법이 있습니다. 미군에 자수하십시오."

"미군의 포로가 되란 말인가?"

"네. 그 길만이 살길입니다."

김현준 대위는 노무라 중령을 업고 해변으로 나갔다. 그리고 몸을 노출 시켜놓고 그는 몸을 숨겼다. 미군이 와서 부상 당한 노무라 중령을 데리고 갔다. 김현준 대위는 노무라 중령이 미군에 체포되어 가는 모습을 보고 산속으로 몸을 숨겼다. 사방에 시신이 뒹굴었다. 산을 넘으면 일본군 본영이 있다. 그곳까지 무사히 가면 되는 것이었다.

상혁은 태평양전쟁 때 조선인 군무원들이 처참하게 죽어간 현장을 둘러보았다. 필립핀과 같이 솔로몬제도에도 조선인 병사의 묘비가 많이 있었다. 상혁은 모리모토로부터 조부가 필립핀을 떠나 파푸아뉴기니의 포트모레비스에서 근무를 했다는 정보를 얻었다. 그는 솔로몬제도의 중심도시 호니아라로 갔다. 아랄해는 오스트레일리아와 파푸아뉴기니 또는 뉴기니섬의 동쪽, 뉴칼레도니아와 뉴헤브리디스의 서쪽, 솔로몬제도의 남쪽까지 펼쳐진 군도였다. 이곳에서 조선인 군속 2,500명이 전사한 곳이었다.

김현준 대위는 오스트렐리아군과 교전하여 큰 전과를 올렸고 200여 명의 포로를 잡은 채 고립되었다. 그런데 김현준은 일본군 몰래 잡은 포로를 풀어주었다.

"난 당신들을 석방하오. 이 배로 빨리 섬을 빠져나가시오."

"왜 우릴 살려주나요?"

오스트렐리아 군 장교가 물었다.

"난 조선인이오."

"조선의 징병군이군요."

"네, 빨리 가시오."

호주군 포로들은 배를 타고 떠났다. 그러나 김현준은 고립 상태였다. 과달카날 전투는 파푸아뉴기니의 전투로 알려져 있는데 태평양 전투에서 미군이 승리한 첫 번째 전투였다. 그러나 김현준 대위는 동포 군무원들이 죽어가는 모습 앞에 절규하였다. '난 죄인입니다. 내 동포를 죽였어요. 나라 잃은 고통이 너무나 서럽습니다.' 그렇게 외치고 김현준은 어디론가 사라져 버렸다.

상혁은 솔로몬제도의 과달카날섬의 중심 도시인 호니아라에 짐을 풀고 과달카날 전투 현장을 살펴보기로 하였다. 호텔에서 모리모토 형사에게 전화를 하였다.

"지금 산호섬에 와 있습니다. 산호섬에서 큰 전투가 있었다면서요?"

"맞아요. 그 전투에서 김현준 대위가 참전을 했답니다."

"부상 당해 어디론가 실려 갔다는데요."

상혁은 호니아라를 둘러보면서 죽은 징용 군속들에게 조의를 표했다. 그러나 섬 전체가 공동묘지라서 아무 데나 파기만 하면 유골이 나왔다.

• 과달카날 전투

상혁은 호텔에 짐을 풀고 전투의 현장을 돌아볼 생각이었다. 프런트에서 차를 마시고 있는데 젊은 일본 여인이 힐끗힐끗 바라보았다. 그녀는 원색의 발랄하게 튀는 복장을 하고 있었다. 야리꾸리한 속옷 속으로 살이 드러나 보이는 의상에 시선이 집중되었다. 그녀가 밝은 미소로 다가와서 물었다.

"한국에서 온 김상혁 소설가님이시죠."

"그렇습니다. 누구시죠?"

"전, 일본의 전쟁작가 아사이 사유리라고 합니다."

"작가시군요. 그런데 저를 어떻게 압니까?"

"유키 검사가 김 작가님이 태평양전쟁의 현장을 답사하러 갔다고 일러줬습니다. 그래서 찾아왔습니다."

"유키 검사가 나를 미행하라고 시켰나요?"

"아니요. 내가 만나게 해달라고 했어요."

"왜, 나를 만나려고 했어요?"

"저도 대동아전쟁사를 집필하고 있어요. 같은 작가끼리 협조를 하려고요."

"기분이 좀 그렇네요. 유키 검사가 여기까지 나를 미행하다니......."

"절대 그건 아닙니다. 같은 전장 이야길 쓴다기에 만나게 해달라고 부탁을 했어요. 우리 같이 답사해요."

그녀는 대동아전쟁의 현장을 돌며 전쟁의 다큐를 쓰고 있었다. 같은 소재를 김 작가는 태평양전쟁 이야길 쓰고 그녀는 대동아전쟁다큐를 쓰고 있었다. 같은 소재인데 작품의 내용이 다를 뿐이었다. 상혁은 그녀의 작품에 흥미를 느꼈다.

"난, 태평양 전투에서 휴머니즘을 발휘한 한국인의 흔적을 찾고 있습니다."

"전쟁에서 휴머니즘을 고민한 그분이 누군데요?"

"학도병으로 일본군 장교가 된 분인데 야스야마 고도시 대위예요."

상혁은 그녀의 말에 깜짝 놀랐다.

"왜죠, 왜 그분을 찾는데요? "

"그분은 전투 중에 상처를 입은 저의 할아버지 노무라 중령을 살려준 분입니다. 할아버진 살아왔는데 그분은 전장에서 사라졌어요."

"나오미씨, 야스야마 고도시 대위가 저의 조부입니다."

"네, 알아요. 유키 검사가 말해줬어요. 할아버진 평생 고도시 대위를 그리워했답니다. 돌아가시면서 유언을 남겼어요."

'내 생명을 살려준 조선인 학도병 야스야마 고도시 대위를 찾아 영혼에라도 보은하라.'

"전 할아버지가 돌아가신 전선을 찾고 다니고 있어요."

"유키 검사가 알지도 몰라요."

그녀는 던지는 이야기로 말했다. 정말 유키 검사가 알면서도 말을 안 했다면 정말 심보가 나쁜 사람이었다. 미국은 과달카날 전투의 승리로 태평양 전쟁의 주도권을 잡았다.

"과달카날을 '죽음의 섬'이라고 하더군요."

상혁이 화두를 꺼냈다.

"일본이 고전을 면치 못한 최악의 전투였어요."

"이 전쟁에서 많은 사람이 죽었고 일본은 패망의 길을 걷게 되었어요."

과달카날은 영국령 솔로몬제도 중에서 제일 큰 섬인데 남태평양의 중요한 전략적 위치였다. 1942년 8월부터 1943년 2월까지 미·일 양측은 과달카날을 차지하기 위해 육해공군이 전면전을 벌였다. 일본은 진주만 기습으로 태평양 전쟁을 시작하여 약 4개월 동안 연달아 태국, 홍콩, 말라야, 필립핀, 네덜란드령 동인도 제도, 미얀마와 서태평양의 미군 기지를 비롯한 약 380만㎢의 지역과 1억 5천만 명의 인구를 점령하는 대과를 거두었다.

일본군은 뉴기니의 연합군 기지인 포트모르즈비만을 점령한 뒤 솔로몬제도의 콜라기섬을 탈취해 라바울을 중심으로 방어체계를 수립하고 미국과 오스트레일리아의 연결 통로를 차단하였다.

일본군이 비행장을 만들고 대병력을 주둔시키는 바람에 미군에게 커다란 위협이었다. 일본군은 먼저 솔로몬제도 툴라기섬을 점령하고 오스트레일리아 교통로를 확보하려고 과달카날 공격을 하였다. 높은 산과 험준한 지형의 늪엔 악어, 독사, 독벌레가 우글거렸다.

과달카날에 상륙한 미 해병대는 두 갈래로 나누어 서쪽과 서남쪽 비행장으로 진격하였다. 일본군의 반격으로 1차 총공격에 실패하였

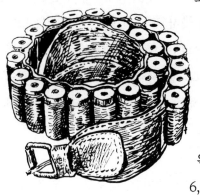

고 2차 공격 때 일본군은 비행장의 밀림 속과 지하벙커로 숨어 나무껍질과 물이끼, 뱀으로 연명하며 저항하다가 퇴각하였다.

일본은 뉴기니아 솔로몬제도 과달카날섬에 비행장 건설을 완료했는데 8월 7일 미군 해병대 6,000명이 과달카날섬에 상륙, 일본군 수비대 2,000명을 기습하고 비행장을 장악했다. 그리고 오스트레일리아와 뉴기니 동쪽 산호해 해상에서 미·일 군이 격전을 벌였다.

"최전선에 조선 징병군을 투입하라."

야마시다 사다요시 제독이 명령했다.

"전투를 할 수 없는 비무장 군무원 병력입니다."

김현진 대위가 항의하였다.

"말이 많구나. 당장 총을 들려 내보내라."

총알받이였다. 조선의 군무원들이 비행장을 지키다가 미국의 공중폭격을 받고 무자비하게 사살되었다. 김현준은 죽어가는 그들을 바라보고 눈물을 흘리고 있었다.

"김 작가님, 이 비행장에서만 600명의 조선인 군무원들이 죽었다죠?"

"모래사장에 노출된 채 총격을 받고 죽었다더군요."

"결국 조선의 군무원들이 전멸하면서 비행장은 빼앗겼어요."

그리고 미군과 연합군 44,000명이 과달카날에 주둔하였다. 1942년 8월부터 11월 사이에 10번의 해전이 시도되었다. 3번의 육지에서 5번의 야간 수상 교전, 2번은 항공모함 교전이 이어졌다. 11월 초에 일본군은 빼앗긴 과달카날 핸더슨 비행장에 대규모의 공중과 해상 폭격을 시도하였으나 성공하지 못하였다. 미 육군 14군단이 12월 총공세로 일본군 소탕전에 돌입하였다. 일본군은 과달카날을 포기하고 남은 병력 1만 2천 명을 데리고 철수하였다고 사유리는 그때의 상황을 말해줬다. 이 전투에서 육해공전에서 일본군 5만여 명이 전사 전사했으며 4,200명이 부상했다.

"조선인은 얼마나 죽었나요?"

"조선의 징병자들은 2,700명이 전사했지요. 미군은 포로로 잡은 조선인 군무원들 500여 명을 작은 섬에 집단 수용하였지요."

"그런데 한 사람도 돌아오지 못했답니다."

"일본군이 조선의 군속들이 수용된 막사에 폭탄을 던져 모두 학살하고 솔로몬제도를 떠났어요."

"잔인한 원숭이 새끼들 짓을 했군요."

사유리 작가가 흥분하고 있었다. 미군의 과달카날 전투 승리로 일본의 전황은 불리하게 돌아갔다. 일본의 16군 지원단은 병력 1만 명을 잃고 자카르타로 돌아가고 있었다. 김현준 중대장은 전장에서 많은 부하를 잃고 부상 당한 채 실려 가고 있었다. 퇴각하는 배 안에서 조선인 병사를 잃은 죄책감에 심각한 우울증을 앓고 있는데 누군가가 그를 불렀다. 조선인 학도병 박현수 소위였다.

"김현준 대위님, 여기서 만나는군요. 저 박현수 소윕니다."

"자네가 어떻게 여길......"

김현준 대위가 물었다.

"저도 과달카날 전투에 참전했다가 패잔병으로 돌아갑니다."

"그럼 나와 같이 싸웠군."

"몰랐습니다. 그런데 대위님, 어디가 아프십니까?"

"다리에 부상을 당했다네. 그보다 조선인 군속들이 죽은 것이 슬프다네."

"그러나 우린 과달카날 전투에서 살아왔으니 용기를 내십시오."

"다른 친구들 소식은 듣나?"

김현준 대위가 물었다.

"몇 명은 알고 있습니다. 이상우 대위는 사또 대령의 부름을 받고 필립핀 주둔 14군 정보장교 및 통역장교로 배속받았고 김용민 중위는 포로수용소 관리관으로 근무합니다. 유선옥은 미얀마 주둔 남방군 본대의 위안소에 배치되었어요."

박현수 소위는 지우들의 소식을 아는 대로 전했다.

"이상우가 사토의 참모라고?"

"네. 그런데 이상우는 홍사익 장군이 잘 돌봐준답니다."

"다행이군,"

"그런데 걱정입니다. 그가 태평양전쟁 작전을 짜고 있답니다."

"어쩔 수 없었겠지."

박현수는 전황을 상세히 이야기해 주고 떠났다. 그리고 김현준은 심한 다리 부상으로 자카르타의 후생병원으로 이송되었다. 그가 자카르타 사마랑 포로수용소 경비병으로 근무하였다.

"사유리 작가님, 그 후로 김현준 대위는 어떻게 되었나요?"

"현지 포로 관리관과 다툼 끝에 탈영했답니다."

"탈영을?"

"그런데 잡혀서 재판을 받던 중에 홍사익 장군이 알고 데리고 갔답니다."

상혁은 솔로몬제도의 과다카날 전투 현장을 돌아보면서 이곳에서 산화된 한국인 군속들의 영혼에 기도하고 섬을 떠날 준비를 하였다.

"사유리 작가님, 대동아공영 전쟁을 누구의 입장에서 쓸 것입니까?"

"난 전쟁과 인간에 대한 휴머니즘을 그릴 것입니다."

"전쟁에서 휴머니즘은 가장 된 미사여구가 아닐까요?"

"아니요, 야스야마 고도시(김현준) 같은 분도 있잖아요."

"유키 검사가 나를 소개했다는데 무슨 지시를 받았나요?"

"지시라뇨? 유명한 한국인 작가로 소개하더군요."

그녀는 전쟁의 후유증을 승자와 패자의 입장에서가 아니고 인간의 본성에 대하여 작품을 쓰겠다는 것이었다. 어쩜 그것은 작가와 작품을 말하는 것이었다.

"사유리 작가님. 시간이 나면 한국에 한 번 오세요."

"김 작가님, 전 산호해전의 현장으로 갈 건데 같이 가지 않을래요?"

"산호해전! 네, 같이 가요."

"그럼 같이 가는 것으로 알고 계획은 제가 짭니다."

그녀는 다시 만나기로 약속하고 뉴기니아를 떠났다. 정말 재미난 아가씨였다. 상혁은 서울로 돌아와서 전쟁의 추억을 르포로 기록하고 다시 산호해전으로 갈 준비를 하였다. 사유리 작가가 대동아공영 전쟁터를 답습하는 것은 전쟁과 휴머니즘, 인간의 비양심적인 작태를 고발하려는 것이었다. 그래서 전후 일본의 조작된 역사를 캐어 들추는 것이 작가의 몫이라고 생각하였다. 사악한 일본인에 비해 그녀는 양심 있는 작가였다. 조부는 솔로몬제도의 과달카날에서 퇴각하여 자카르타로 가서 사라졌다는 것이다.

산호해전과
미드웨이해전

아사이 사유리 작가가 산호해전과 미드웨이해전의 현장 탐사를 간다는 연락이 왔다. 상혁은 약속날짜에 도쿄행 비행기를 탔다. 그녀는 간편 복장에 큰 배낭을 메고 도쿄 하네다 공항에 나타났다. 사진기를 목에 걸고 파랭이 모자를 쓰고 짧은 바지에 얇은 티셔츠 속에 비친 노브라의 윤곽이 너무나 섹시했다. 둘은 파푸아뉴기니로 가는 비행길 탔다. 푸른 태평양을 숨이 가쁘게 날아 뉴기니아에 도착하여 배를 빌려 타고 산호해전이 벌어졌던 투라기 섬으로 이동하였다. 푸른 남태평양에 잠길 듯 낮게 누운 섬은 피의 전쟁터였다.

태평양 전쟁의 미드웨이해전과 산호해 해전은 일본의 패색이 짙은 전투였다. 이 해전에서 많은 조선인 징용병과 학도병, 군속들이 희생을 당했다. 일본은 파푸아뉴기니의 수도 포트모르즈비를 빼앗기고 다른 전선에서 실패를 거듭하였다.

"실패 원인이 뭐였어요?"

"산호해 해전의 실패는 전투의 실패라기보다 작전의 실패였어요."

일본군의 태평양함대는 기동함 쇼카쿠와 즈이카쿠를 포함한 6척의 항공모함이 있었다. 이 함대를 모두 미드웨이 작전에 출동했더라면 전세는 달라졌다. 실패의 원인은 앞이 안 보이는 악조건의 기후 탓도 있었지만 2개의 전투를 시행한 탓이었다. 산호 해전 중에 야마모토 제독이 갑자기 작전을 바꾸었다.

"기수를 북쪽으로 돌렸어요."

"왜 그랬죠?"

"미국의 힘을 분산하려고 미드웨이와 알류산 열도를 함께 공격했어요."

"알류산과 미드웨이는 너무 멀잖아요."

"그래서 힘의 분산이 일어난 거죠."

태평양의 미드웨이섬은 미국의 최전방 기지였다. 이곳에 이미 미 해병대와 해병 항공대가 주둔하고 있었고 엄청난 무장을 확충지원할 수 있었다. 일본의 야마모토 제독은 알류산을 공격함으로써 미국의 시선을 북쪽으로 돌려 미군의 병력을 분산하며 미드웨이를 쉽게 점령할 수 있다고 생각하였다. 작전의 잘못이었다.

"병력을 뺀 결과로 산호 해전이 패전했군요."

"따라서 미드웨이해전은 박살이 났지요."

"야마모토는 미드웨이를 쉽게 점령할 것이라고 자신했어요."

사유리 작가는 두 해전의 실패는 전략상 졸작이라고 말했다.

1942년 6월 4일 일본 항모기동 부대가 태평양의 미군 전략 요충지인 미드웨이섬에 벌떼처럼 날아들어 기습적으로 미국 항공기를 공격하였다. 강력한 미국 항공기의 강한 공격으로 일본은 참패하고 말았다. 미드웨이해전에서 주력 항공모함 4척과 300기 이상의 비행기와 숙련된 조종사 등을 잃은 상태였다. 야마모토의 야심은 미드웨이를 치고 나머지 항공모함, 순양함, 구축함으로 구성된 기동 함대를 남태평양으로 보내 프랑스령 뉴칼레도니아섬과 피지 제도를 점령하고 오스트레일리아의 시드니와 멜버른을 폭격하려는 계획을 수립하였다.

그러나 미국의 첩보대는 그 사실을 알아버렸다. 전쟁은 확전보다 첩보전이다. 첩보전은 작전을 의미하는 것이다. 미드웨이 작전계획을 미리 알아낸 미국은 항공기를 대량 투입하여 일본을 여지없이 깨뜨렸다. 결과는 일본군 사망자 3,057명인데 미군 사망자는 397명이었다.

"사유리 작가님, 허허바다에서 뭘 얻겠다고 무모한 전쟁을 일으켰을까요?"

"원인은 자원 확보였고 동남아를 지배하려면 태평양을 지배해야 했어요."

"얼마나 미련하고 무모한 전쟁입니까?"

"무식한 전쟁광들이 선량한 민간인만 죽였지요."

정말 태평양 전쟁은 어처구니가 없는 전쟁이었다. 우린 인간 살육의 현장을 적나라하게 세상에 보여줘야 할 것을 다짐하였다.

"전쟁의 무모함을 역사에 남겨야 할 것 같아요."

"그래야죠. 김 작가님, 다음은 사이판 전투 현장으로 갈까요?"

상혁은 파푸아뉴기니로 돌아와서 호텔에서 자고 아침에 사이판으로 향하였다.

• 싸이판 전투

공항 근처에 호텔을 잡고 해변을 둘러보았다. 사이판은 섬 전체가 전쟁의 상처로 얼룩져 있었다. '아사의 전투' 현장에서 총탄에 맞아 죽은 숫자 보다 굵어서 죽은 숫자가 더 많았다는 것을 확인하였다. 사유리 작가는 김현준 소령이 사이판 전투에서 가이텐 잠수함의 인간 어뢰 조종사로 출전했다는 기록을 봤다는 것이었다.

"무슨 헛소립니까. 조부는 해군이 아니고 육군이었어요."

"사이판의 가이텐 조종의 영웅 야스야마 고도시란 기록이 있었어요."

"그런 기록이 있다고요?"

사유리 작가는 조부가 가이텐 조종사였다는 것이었다. 그것은 모리모토 탐정이 한번 언급한 일이 있었다. 사이판 전투는 가장 많은 조선인 징용자들이 죽었던 전장이었다. 사이판 전투는 1944년 태평양 전쟁 당시 미국과 일본이 가장 치열하게 벌인 전투로 양측 모두 많은 사상자를 냈다. 결국 일본이 패했다. 그런데 일본군은 후퇴하면서 남은 일본 민간인과 한국인 군속들을 모두 죽이고 도주했다.

"살아있는 사람들을 죽이고 갔다고요?"

"네, 작전 누출을 염려한 거죠."

"일본군은 오로지 전쟁의 승리뿐, 인간의 생명의 소중함은 몰랐어요."

"잔혹한 민족이에요."

사유리는 일본인의 만행에 분노하였다. 칼과 생명을 바꾸는 사무라이 정신이 만든 몰인간적 잔악상을 여실히 드러내는 민족임을 보여주었다. 사이판섬은 북마리아나 제도의 여러 섬으로 태평양의 전략적 군사 요충지였다. 미국은 일본 본토를 폭격하는데 가장 가까운 위치라 큰 비행장을 건설하였다. 미 태평양함대는 전투 작전을 세우고 지원군을 요청했다. 제5함대 사령관 레이먼드 A. 스프루언스 제독을 총사령관으로 마셜 제독은 전투기를 지원하고 터너 조의 제독,

홀랜드 스미스 제독, 랠프 스미스 제독, 각 군사령관이 협공하기로 하였다.

"미군의 사이판 공격은 협공 작전이었어요."

"불의 함포 전쟁이었다면서요."

"빈틈없는 육해공군의 협공 작전에 일본군이 제압당했어요."

사유리는 전쟁 작가답게 모든 전쟁을 훤히 꿰뚫어 알고 있었다. 상륙 부대의 총병력은 7만 명에 달했다. 공중전에선 미군이 우수했으나 바다에서는 일본이 우세하였다. 1944년 6월 11일 미군의 조지 마셜 제독은 225대의 전투기를 발진시켜 150대의 일본군 전투기를 파괴했다. 그리고 16척의 항공모함에서 900대의 전투기를 발진시켜 사이판 전역에 4일 동안 함포사격을 퍼부었다.

"그야말로 벌집 내기 작전이었군요."

"일본군은 땅속으로 숨는 두더지 작전을 폈어요."

사이판을 지키는 일본군 나구모 주이치 사령관과 사이토 요시쓰구 부사령관은 6월 14일 미군의 함포사격을 이겨내고 있었다. 그러나 미군의 터너 조이 제독이 상륙을 위한 집중 함포사격을 가하였고 16일 이른 아침 해병대 제4사단은 아슬리토 공항을 공격하였고 랄프 스미스 소장의 지휘하에 해병대 2사단과 육군 제165보병 연대가 상륙을 시작하였다.

"상륙하는 적들을 죽음으로 방어하라."

사이토 요시쓰구 장군의 명령이었다.

"함포로 섬을 날려버려라."

미군의 스미스 장군의 명령은 우렁찼다. 미군은 의기양양하게 육상으로 상륙하다가 일본군의 반격으로 큰 손해를 입었다. 그날 밤 나구모 주이치 제독이 해상에서 오르는 적을 공격하였다. 이 전투에서 가이텐 조종사들이 적함을 수중 폭파하는 데 혁혁한 공을 세웠다. 미군 함대와 잠수함대가 일본군의 가이텐에 꼼짝없이 당했다. 미군의 스미스 장군이 부관에게 물었다.

"일본의 가이텐 잠수정을 조종한 병사가 누구인가?"

"조선인 출신 잠수정 조종사 야스야마 고도시 소령이라고 합니다."

"귀신같은 놈이야. 그자가 우리 함대를 박살을 냈어. 조선인 조종사, 야스야마 고도시 함을 폭파하라."

스미스 장군은 첩보대에게 일렀다. 인간어뢰 가이텐이 미군 함정의 작전을 교란시켜 막대한 피해를 줬다. 아무튼 사이판 전투에서 가이텐 잠수정만이 전승을 거두었다. 6월 17일 새벽 3시 30분 미군은 조명탄을 터뜨리며 일본군과 교전을 시작했고 오전 7시까지 벌어진 전투에서 24대가 넘는 일본군 전차가 파괴되었으나 바다에선 야스야마 고도시 소령이 이끄는 가이텐 인간어뢰 함대의 공격을 받고 많은 함선이 침몰하였다.

"그놈을 빨리 잡아야 한다. 그놈 때문에 미군 3,500명이 죽었다."

"자살 특공대랍니다. 어쩜, 죽었을지 모릅니다."

"아무튼 일본 잠수함 가이텐을 잡아라."

아침이 되자 미 해병대는 다시 전투를 전개하였다. 그런데 중과부적, 일본의 모든 어뢰정이 부서져 버렸다.

"해안을 포기하고 퇴각하라."

야스야마 고도시 가이텐 함장은 남은 가이텐을 이끌고 사라져 버렸다. 사이토 장군은 어쩔 수 없이 해안을 포기하고 육지로 후퇴하였다. 일본군이 타포죠산 정상으로 후퇴하여 미군의 움직임을 관측하고 있었다. 미군은 찰란카노아에서 임시 활주로를 개설하고 공중 비행으로 일본군의 움직임을 관측했다. 한편으로 해병대 제4사단의 아슬리토 부대가 일본군 공항 활주로로 진격해 소탕전을 벌이고 있었다.

홀랜드 스미스 장군이 찰란카노아에 본부를 설치하고 랄프 장군이 이끄는 육군 제27보병사단이 상륙에 성공했다. 해병 제24, 25연대가 매가진만을 점령해 일본군의 허리를 잘랐으며 육군 115보병중대는 아슬리토공항을 점령하였다. 해병대 제2사단은 타포쵸 산으로 진격하였고 제4사단은 해안에서 일본군 진영을 향해 싹쓸이 작전을 전개했다. 일본군은 사생결단을 내렸다. 6월 23일 해병 제4사단이 무모하게 돌진하다가 사이토 장군이 쳐놓은 방어 진지에 걸려 큰 손해를 입었다.

"대체 무슨 작전이 그렇게 엉터리입니까? 다 된 밥에 돌을 넣었어요."

화가 난 홀랜드 장군이 즉석에서 육군의 랠프 장군을 꾸짖었다.

"작전 미스입니다. 인간어뢰 공격을 몰랐습니다."

"가이텐을 경계하라고 했잖아요."

"그 정도인 줄은 몰랐습니다."

"당장 계급장을 떼고 돌아가시오."

홀랜드 사령관은 즉석에서 랄프 장군에게 책임을 물어 해임했다.

재무장한 해병 제2연대는 가라판 마을을 점령하였고 해병 제4사단이 각만 반도를 가로지르는 길을 점령하였다. 일본군 317 독립 중대와 47 독립 혼성연대와 연합하여 새벽에 결전을 다짐했으나 패하였다. 사이토 장군의 준엄한 명령이 떨어졌다.

"전쟁은 끝났다. 전 지휘관은 자살하라."

남은 장교와 병사들은 서로를 향하여 총을 난사하여 자살을 도왔다. 일부 조선의 징용병들은 도주를 하였다.

"도주하는 조선인들을 모두 사살하라."

일본군은 조선인 군속들을 사살하였다. 다시 타나팍 언덕에서 타로포까지 긴 전선에서 미군의 대대적인 소탕전이 벌어지고 타포쵸산에서는 일본군 저항 세력이 남아 있어 교착 상태에 빠져 있었다. 육군소장 사이토 요시쓰구는 마탄사 마을에 최후의 사령부를 세웠다.

"사령관님, 일본인마저 미군 편에 섰습니다."

"그러나 나는 최후의 1인까지 항전할 것이니 나의 뼈를 사이판에 묻어다오."

"전황이 불리합니다."

"나는 태평양의 성채가 될 것이다."

미 해군 105연대가 타나팍 북쪽에서 일본 해병 제4사단과 15시간에 걸친 교전 끝에 일본의 방어선이 무너졌다.

"사이토 사령관님, 미군이 우리 진지를 점령했습니다."

"알았다. 부관은 막사 밖으로 나가 있거라."

부관이 막사를 나오자 사이토 장군은 칼로 자신의 가슴을 찔러 자결하였다. 이 소식을 듣고 1944년 7월 8일 나구모 장군도 자신의 동굴 진지에서 권총으로 자결했다. 7월 9일 오후 4시 터너 조이 제독은 사이판을 정복했다고 발표하였다.

"사이판이 함락되었다."

미군의 확성기가 우렁차게 올렸다.

"일본군은 모두 자결하라."

일본군 진영의 스피커가 준엄하게 떨고 있었다. 마침내 사이판이 점령되고 죽어가는 일본군의 곡성이 사방을 진동하였다.

"상혁 씨, 이곳이 만세보 절벽입니다."

"만세보 절벽이 어떤 곳입니까?"

"조선인의 대참사가 일어났던 해안 절벽이랍니다."

'만세보 절벽'에서 처참한 조선인 학살이 일어났다. 사이판 전투에서 미국이 승리하자 일본군은 만세보 절벽으로 달려가서 일제히 몸을 바다에 던졌다. '남아 있는 일본인은 모두 자결하라. 조선인 병사와 군속들도 죽여라.' 일본군 사령부의 명령이었다. 일본군 잔당들은 조선인 군속을 만세보 절벽으로 데리고 가서 떠밀어 죽이고 도망자는 총살하였다. 사이판에서 미군과 일본군이 죽인 조선인은 1만 명이 넘었다. 상혁은 만세보 절벽에서 억울하게 죽은 조선인 영령을 위로하고 일어섰다. 그리고 다음 전쟁터인 이오지마로 향하였다.

• 이오지마硫黃島 동굴전투

사이판에서 패전한 일본군이 조선인 군속들을 1만여 명이나 학살하였다. 생각할수록 분통이 터졌다. 상혁은 사이판에서 곧장 태평양전쟁의 최후 전적지인 이오지마를 찾았다. 이오지마는 일본 본토에 가장 가까운 섬이다. 나가사키에서 비행기로 여행할 수 있는 곳이다.

이오지마(유황도)에 도착하여 모텔에 짐을 풀었다. 지금의 이오지마는 전쟁의 폐허 속에서 새롭게 피어난 정원이었다. 태평양의 푸른 물빛이 아우러진 풍경은 천혜의 낙원이었다. 누가 이 섬에서 피비린내 나는 전투를 상상이나 했을까? 그러나 이 섬엔 비운의 역사가 있었다. 지구상에서 가장 치열한 동굴 매장 전투가 펼쳐졌던 곳이다. 그때 모리모토 형사에게서 전화가 왔다.

"지금 어디에 있나요?"

"이오지마섬에 와 있습니다."

이오지마 전투는 태평양 전선 중에서 가장 치열한 불의 전장이었다.

"상혁 씨가 좋아할 소식 하나 전해 줄게요."

"좋은 소식이요?"

"할아버지, 김현준 소령이 죽지 않고 살아있었답니다."

"김현준 소령이 살아있었다고요?"

"네, 이오지마 전투에서 살아 돌아왔답니다."

"조부님이 이오지마 전투에 참전했다고요?"

"네. 패전 후 제주도로 돌아왔답니다."

"제주도로요? 그게 사실입니까?"

"제주도 모슬포 해군 항공대에서 근무했답니다."

모리모토 탐정이 전화를 끊었다. 사유리 작가가 물었다.

"누구의 전화입니까?"

"모리모토 사토시 탐정의 전화입니다."

"그분이 뭐라고 해요?"

"저의 조부님이 이 섬에서 구사일생으로 살아났답니다."

"보세요. 맞죠. 김현준 소령이 이 섬에서 생존한 유일한 영웅이랍니다."

사유리는 모리모토와 같은 이야길 하고 있었다.

기막힌 사실이었다. 필립핀에서 사또 마사노부와 작전 중에 다투고 과달카날 전투에서 패하고 부상한 몸으로 수마트라로 돌아왔다가 수마트라 포로수용소에서 와따나베의 팔을 베고 도망병이 되었다가 홍사익 장군의 도움으로 필립핀 기지로 다시 돌아왔으나 악연으로 사또를 만나 고통을 받았다. 홍사익은 그를 해군 잠수함 특공대원으로 빼돌렸다. 그리고 가이텐 조종사가 되어 사이판 전투와 이오지마 전투에서 참전했다가 제주도 잠수함 특공대 본영으로 돌아왔다는 것이다.

"이오지마 해전에서 미국함정에 가장 큰 피해를 준 영웅이었답니다."

"그랬군요. 조부가 이오지마 전투에 참전했다니 참으로 놀랍군요."

"그래서 대동아전쟁의 영웅이었지요."

상혁의 온몸에서 열기가 솟았다. 죽었다는 사람이 살아있었다. 그렇다면 유키 검사의 말이 맞을지도 모른다. 다음날 사유리는 상혁과 같이 치열했던 '동굴진지'전투 요새를 찾아갔다. 이오지마는 전쟁 영웅들이 고투했던 '악마의 섬'이었다.

"왜 동굴요새라고 하는지 알아요?"

"글쎄요."

"거미줄 같은 미로가 지하에 18km나 이어져 있었대요."

"18km나 되는 동굴을 팠다고요?"

"네. 동굴에서 수많은 일본군이 개미처럼 숨었다가 숨 막혀 죽었답니다."

1945년 2월 19일부터 1945년 3월 26일까지 오가사와라 제도의 이오지마 섬에서 미군과 일본군 간의 치열한 전투가 벌어졌다. '디태치먼트 작전Operation Detachment'이었다. 3월 17일에 미군의 로렌스 스노돈 중장은 해상에서 일본의 가이텐 잠수어뢰 작전으로 고전을 면치 못했으나 3월 21일에 섬을 장악하였다. 전투력을 잃은 일본군은 이오지마 섬에 갇혀 버렸다.

이오지마섬은 오가사와라 제도의 화산섬으로 표면이 유황으로 뒤덮여 있어서 유황도라 부른다. 1944년 2월, 미군은 마셜제도를 점령하고 추크제도에 대규모 공습을 시행했다. 미군은 마리아나제도를 점령하고 비행장을 확보했다. 일본군이 섬의 지하에 총집결하자 B-29 폭격기가 섬에 포탄을 퍼부었다.

"나올 때까지 포탄을 퍼부어라."

"모두 동굴에서 산화하라."

그때였다. 일본의 가미가제 특공대가 미국기와 충돌하는 전투가 벌어졌다. 일본 폭격기는 미군기를 들이박고 공중 폭발로 산화되었다. 가미가제들이 최후의 발악으로 자살 충돌을 가하였고 바다에선 가이텐 자살 특공대가 어뢰를 몰고 미군 함정을 공격하였다.

"가이텐이란 자살 특공대는 어떤 어뢰입니까?"

"사람이 폭탄을 지고 적함에 뛰어든 특공대랍니다."

사유리가 부연 설명을 해주었다. 미 해군은 특공 어뢰 때문에 곤욕을 치르고 있었다. 사람이 탄 어뢰가 함정에 부딪혀 함정을 폭파하는 것이었다. 바로 가이텐 자살 특공대를 이끈 인물이 야스야마 고도시 소령이었다. 상혁은 할아버지의 소식을 듣고 경악하였다. 그러니까 신출귀몰하게 태평양의 여러 전투에서 할아버지가 출현한 것은 당시 일본의 조급한 상태를 말해주고 있었다.

"상혁 씨, 우리 조부님도 가이텐 조종사랍니다."

"뭐라고요?"

"저의 조부님과 야스야마 고도시 중령은 가이텐의 영웅이랍니다."

"어떻게 그런 일이.......?"

"운명의 전우였어요."

사유리 조부 노무라 소령은 필립핀 미군 포로수용소에 있다가 포로 석방으로 돌아와서 가이텐 조종사가 되었다는 것이다. 그리고 두 사람이 운명처럼 만났다. 그리고 그들은 바람처럼 산화되었다.

사유리는 상혁과 전장을 돌아다니는 동안 친해졌다. 그녀는 야릇한 눈빛으로 상혁을 바라보곤 하였다. 상혁은 그녀 눈빛의 의미를 알았다. 생각할수록 매력 있는 여인이었다.

· 최후의 오키나와 전투

맥아더가 태평양 전군 총사령관이 되었다. 따라서 모든 태평양함대는 맥아더 장군의 지휘로 들어갔다. 그는 필립핀의 루손섬을 점령한 후 일본의 항복을 받아내겠다는 의욕에 차 있었다. 전쟁이 막바지에 이르렀을 때 루스벨트 대통령은 전군 사령관들을 불러 작전 회의를 열었다.

"나는 일본 본토 공격보다 중국을 먼저 탈환했으면 합니다."

"중국은 작전지역이 광범위하여 차질을 가져올 수 있습니다. 그래서 직접 일본 본토를 공격하는 것이 효율적입니다."

맥아더 원수가 제의했다.

"일본 본토 공격이 최선입니다."

레이몬드 스프루언스 제독이 재청하였다.

"일본 본토 공격 전초전으로 오키나와를 공격하세요."

루즈벨트 대통령의 허가를 받았다. 일본은 많은 해전에서 패배하여 본토수호에 들어갔다. 일본 육군은 핵심 5개 전투 부대로 재편성되었다. 9사단, 24사단, 62사단, 44독립혼성여단, 27전차연대였다. 오키나와 수호는 현지 징병으로 충원하였다. 민간인들 1만 명 이상을 시설단에 투입하였다. 연합군의 공격부대는 해군이 압도적이었다. 레이몬드 스프루언스 제독이 지휘하는 50군 적진투입 임무 해병 부대가 오키나와 인근 해역의 제해권과 제공권을 장악하고 51군

임무 부대가 화력으로 지원하였다.

"일본군의 야마토 특공 기쿠스이(카미카제) 작전에 유의하라."

미군의 레이몬드 스프루언스 제독이 전 장병들에게 경고했다.

"그보다 가장 무서운 것은 인간어뢰 가이텐입니다."

"가이텐 기지는 어디에 있느냐?"

"제주도에 있습니다. 이오지마의 전투 영웅 김현준 소속 군입니다."

미군 총지휘관인 스프루언스 제독은 카미가제 보다는 가이텐의 공격을 두려워하였다. 일본의 카미가제와 가이텐이 합동하여 미국 해군에게 막대한 피해를 입혔다.

일본의 야마토 기쿠스이 특공작전은 카미가제를 이용해서 적기를 부수고 가이텐을 등장시켜 미군의 전투함을 파손하는 바람에 막대한 피해를 입었고 가이텐 출현은 미 해군을 공포로 몰았다.

"함대 함 전투는 우리가 이긴다."

미 해군이 자신만만하였다.

"그런데 가이텐이 두렵습니다."

일본군은 기쿠스이 작전과 가이텐 작전으로 군함 26척을 격침했으며 전함 164척을 파손하였다. 그동안 기쿠스이 작전에 동원된 일본 항공기 수가 육해군 항공대 합쳐서 약 8,000대에 달했고 가이텐도 300대가 넘었다. 일본은 최후 오키나와를 요새화시켰다. 미군은 오키나와를 집중공격하였다.

1945년 4월부터 6월, 2개월에 걸쳐 오키나와에 함포사격이 밤낮없이 퍼부었다. 미군과 일본군의 공중전이 벌어졌다. 키쿠스 작전 중 구축함 에반스를 침몰시킨 하야부사 항공기의 편대장은 마쓰이 히데오 소령이었다.

제주 모슬포 항공기지에서 마쓰이 히데오(오정근) 소령과 야스야마 고도시(김현준) 소령이 만났다.

"우리가 왜 일본을 위하여 싸우는지 답답하군."

김현준이 불평하였다.

"나는 내 자신을 위하여 싸운다네."

오정근 소령의 한마디가 몹시 쓸쓸했다.

"이렇게 살 바엔 자살해 버릴까?"

김현준의 눈에 눈물이 고이기 시작했다.

미 태평양 함대 사령관 니미츠 해군 대장은 이례적으로 괌에서 기자회견을 열어 오키나와 작전이 훌륭하게 수행되며 일본이 무너진다고 발표하였다.

일본군 사령관 우시지나 마쓰루 중장이 '가미가제여 일어나라.'라고 소리쳤으나 가미가제는 일어나지 못하고 미군은 오키나와를 불바다로 만들어버렸다.

"이제 손을 들라."

"우리에겐 항복이란 없다."

일본의 저항에 미군은 해상에서 3만 발의 포탄을 나하에 퍼붓고 오키나와의 나하시를 쑥대밭으로 만들어버렸다. 일본군은 시민을 동굴 기지로 몰아넣었다. 연이은 함포사격에 대지는 뜨겁게 달구어졌고 시민은 지하벙커로 숨어버렸다. 이때 사이먼 B 버크너 중장이 함선에서 명령을 내렸다.

"육군은 상륙하라. 개미 새끼 한 마리라도 남기지 말고 사살하라."

"일본군이 두더지 작전을 펴서 쉽지가 않습니다."

미군 18만 대군이 오키나와로 상륙하였다. '철의 빙산' 작전이었다. 이오지마 전투에 이어 두 번째 일본영토를 공격하였다.

전쟁 중에 루스벨트 대통령이 서거하였다. 부통령이 전쟁을 지휘하였다. 미군은 오키나와 나하에 상륙하여 무자비한 살육을 자행했고 일본은 오키나와 주민에게 최후 결전을 다짐하며 위급할 때 자살을 강요하였다. 미군의 옥쇄작전으로 다량의 민간인 사상자가 나왔다. 미군은 동굴에 틀어박혀 있는 일본군을 끄집어내려고 동굴에 연막탄을 피워 집어넣었다. 밀폐된 공간에서 많은 민간인이 질식 사망하였다. 일본군 우시지나 마쓰루 사령관은 '오키나와 주민과 병사들에게 고하니 영예롭게 여겨라.'라고 강요하였다.

미군은 일본군을 색출하기 위하여 동굴에 불을 지르고 질식가스를 처넣어 죽게 하였다. 수많은 무고한 오키나와 도민이 희생당했다.

"중상을 입고 죽지 못한 병사에겐 청산가리를 먹여라."

우시지나 마쓰루 사령관이 단호한 명령을 내렸다. 병사들은 서로 청산가리를 먹여 죽게 하였다. 전쟁 중에 가장 애매한 죽음을 맞은 것은 조선인들이었다. 수많은 조선인 장병들과 군속들이 죽었다. 일본군의 학살이 있었다. 학도병들은 동굴에서 뛰어나왔다.

"살려주세요. 우린 조선에서 징집된 학도병들입니다."

조선학도병들은 호소하였다. 미군은 조선의 학도병을 포로로 잡았다. 이때 일본군은 조선인 학도병을 향하여 기관총을 난사하였다. 전쟁에 끌려온 많은 조선인 군인과 군속들이 총에 맞아 죽었다.

"조센징, 우리를 배반하면 살려줄 수 없다. 저놈들을 다 죽여라."

일본 해군 하야시 대령이 명령하였다. 박현수 소령이 일본군 대령을 향하여 몸을 날려 눕혔다.

"개새끼들, 세상에 아군에게 총질을 하는 군인은 일본군밖에 없을 것이다."

박현수 소령은 하야시 대령의 목을 발로 짓누르고 머리에 총을 겨

누었다.

"학살 명령을 거두어라. 그렇지 않으면 네놈의 머릴 박살 낼 것이다."

"이놈이 미쳤나. 상관에게......."

"네놈이 미쳤다. 어떻게 아군인 조선인을 죽인단 말이냐?"

박현수가 소리쳤다.

"이봐라 이놈을 처치하라. 조센징을 죽여라."

하야시의 말이 떨어지자 박현수 소령은 먼저 하야시 대령의 머리에 총탄을 퍼부었다. 하야시 대령의 머리가 산산조각 부서져서 날아갔다. 순간 미군이 다가와서 박현수 소령을 포로로 잡아갔다.

"나는 조선인이요."

오키나와 전투는 전쟁 희생자보다는 일본군의 학살로 죽은 민간인이 더 많았다. '철의 빙산' 작전에 미군은 병력 54만 명을 투입하였다.

상혁은 오키나와 전투 현장을 살펴보고 나하시에서 사유리와 이별 파티를 하였다. 오랜 태평양 전선을 같이 동행하면서 둘은 친해졌다.

"김 작가님, 차후 소설이 성공되길 빕니다."

"저도요. 헌데 같은 주제의 소설이지만 우린 표현이 다르겠죠?"

"아마도요. 난 전쟁과 휴머니즘의 인간 내부를 고발하는 소설을 쓰겠어요."

"전 태평양 전쟁에서 일본인의 비행을 그린 소설로 구성할 것입니다."

그녀와 상혁의 작품은 구성부터 달랐다. 그녀는 전

쟁의 참화를 그리려고 하였고 상혁은 강제징용자의 아픔을 그리려고 하였다.

"사유리 작가님, 한국에 한 번 오셔요."

"네, 꼭 가겠습니다."

"이별이 아쉽군요. 사랑하는 연인과 이별하는 느낌이에요."

"저도요. 잊지 못할 겁니다."

사유리는 상혁을 포옹하고 돌아섰다. 오키나와에서 그녀는 도쿄행 비행기를 타고 상혁은 서울행 비행기를 탔다.

일본의 항복과 전범 재판

　전후 식민지배의 일본 보상과 책임이라는 논제로 중국과 일본 한국의 작가들이 도쿄에 모여서 심포지엄을 열었다. 중국과 한국은 과거를 반성하고 물적 피해는 물론 인적 피해를 보상해야 한다는 의견이었고 일본의 작가들은 이미 해결되었고 미래의 3국 관계를 원만하게 교섭하려면 과거를 잊어야 한다는 주장이었다. 작가들 간에도 의견의 일치를 보지 못했다. 한·중 작가들은 일본은 결코 좋은 이웃이 될 수 없다는 생각을 굳혔다. 심포지엄이 끝나고 상혁은 사유리 작가를 모시고 모리모토 사토시 탐정을 불러 저녁을 같이하였다.

　"일본인의 본 모습은 무엇인지 도통 모르겠어요. 모두가 가식 같아요."

　상혁의 흥분한 목소리에 사유리는 빙긋이 웃고만 있었다.

　"일본은 진실이 없는 나라죠. 조작과 왜곡의 두 얼굴을 즐겨요."

　모리모토가 의미 있는 한마딜 던졌다.

　"대체 일본의 진실은 무엇입니까?"

　"왜곡 그 자체입니다."

　"역사까지 왜곡해 내는데 뭔들 못하겠어요."

모리모토의 솔직한 표현이었다.

"허물이 많으니까 비겁한 모습을 보여주는 거죠. 약자의 변명이죠. 가지지 못한 것에 대한 불만이라고 봅니다."

사유리는 강자에 약하고 약자에 강한 일본의 표리부동한 두 얼굴이라고 말하였다.

"모리모토 탐정님, 우리 원자폭탄 투하 현장으로 같이 갈래요?"

"좋아요. 태평양 전쟁의 종말을 들여다볼 수 있는 장소이죠."

"저도 같이 가겠어요."

사유리가 동조했다. 모리모토는 상혁과 사유리 작가를 데리고 원폭이 투하된 히로시마와 나가사키를 돌아보았다. 죽음의 현장, 종전의 참상이 그대로 존치된 곳이었다. 상혁은 전쟁의 참혹한 모습을 원폭 투하 현장에서 보았다. 투어를 마치고 일식 레스토랑에서 참다랑어 사시미에 사케를 마셨다.

"원폭 투하 현장을 보니까 어떤 생각이 들어요?"

사유리가 물었다.

"전쟁의 비참함과 무모함을 느꼈어요."

"일본인은 패전의 상처보다 부끄러움을 느낀답니다."

모리모토 형사가 말했다.

"싸움을 즐기는 사무라이 정신이지요."

사유리의 대답은 의외였다. 정복 아니면 굴복, 사무라이는 명예와 욕망을 성취하려고 생명을 버리는 무사다. 일본인은 인간을 죽이는 것에 죄의식이 없이 쾌감을 느끼는 것 같았다. 태평양 전선을 돌아보면서 수없이 죽어간 사람들의 무덤을 보면서 그런 생각이 들었다. 사람이 죽는 것보다 전쟁에 졌다는 것을 울분하는 것이 일본의 정신이다. 그것은 개인보다는 국가와 민족주의를 우선하는 것이었다. 2

차 대전으로 2,000만 명 자국인이 죽었고 2천만 명의 이웃 나라 백성을 죽였다. 그런데 전혀 양심의 가책을 받지 않았다.

"그래서 결코 같이 살 수 없는 이웃이라고 생각해요."

"상혁 씨, 정치적인 편견을 다라고 생각 말아요. 일본의 양심은 따로 있답니다."

사유리의 변명에도 일그러지고 비틀어진 일본인의 양심에 무서운 비판을 가했다. 역사적으로 그들은 전쟁에서 별로 얻은 것이 없는데 잔악무도한 전쟁을 도발했다. 원자폭탄이 아니었더라면 일본의 모습은 기고만장했을 것이다.

"난 김현준 소령을 존경해요. 조국을 사랑한 양심적인 군인이었어요."

모리모토 형사가 마음에 있는 말을 하였다.

"맞아요, 일본인도 존경한 인물이었어요."

사유리가 부끄럽다는 표정을 지었다.

일본은 한국을 비롯하여 많은 이웃 나라에 죄를 짓고도 뻔뻔하게 군림하는 파렴치한이었다. 그는 일본의 야만적인 군국주의 행패를 찬양했던 아사이 유키 검사의 파렴치한 인간성에 일침을 놓았다.

"일본의 전쟁 역사를 깊이 파보면 그 속에 답이 있어요."

사유리가 말했다.

1944년 6월 미·영 연합군이 노르망디 상륙작전과 소련의 바그라티온 작전에서 승리하면서 독일은 패망의 위기를 맞았다. 1945년 4월 30일에 히틀러가 자살하면서 나치당 정권이 무너졌고 5월에 연합국에 무조건 항복을 하였다. 추축국 동맹 중 이탈리아가 무너진데 이어 독일마저 항복했기 때문에 일본의 패망도 가까워져 오고 있었다. 그런데 일본은 버티었다.

1945년 7월 17일부터 독일 베를린 교외의 포츠담에서 미국, 영국, 중국 3개국 정상이 모여 일본에 대한 처리 문제를 논의했고 7월 26일 일본에게 무조건 항복을 요구하는 내용의 포츠담 선언을 발표하였다.

"우린 동의할 수 없습니다."

일본이 회담 결과를 뭉개버렸다. 루즈벨트가 죽은 후 트루먼 대통령이 강하게 일본을 몰아붙였다.

"정신을 못 차리면 엄청난 충격을 가해야 합니다."

"곧 일본의 반응이 나올 것이니 기다려 봅시다."

처칠이 트루먼을 진정시켰다.

"항복할 생각이 없다면 미국은 개발한 원자폭탄을 투하하겠습니다."

"원자폭탄은 많은 인명을 살상하는 것이니 안 됩니다."

처칠이 화를 냈다. 그런데 일본은 미국이 원자폭탄을 투하할 것이라는 소식을 듣고 설마 그까짓 원자폭탄이 무슨 위협이 되겠냐고 과소평가하였다. 영국과 중화민국, 미국은 다시 포츠담 선언을 준수하라고 강요하였다.

"항복하지 않으면 폭탄을 투하합니다."

미국은 다시 경고하였다.

"우린 절대 항복하지 않습니다. 그까짓 원자폭탄은 두렵지 않습니다."

트루먼은 각료회를 소집하고 일본에 원자폭탄을 떨어뜨릴 장소를 논의하였다. 미국은 그나마 양심적으로 일본의 핵심 도시 중에서 최소한 인명 피해가 적은 곳을 선별하겠다고 하였다. 여러 대상 중에서 교토, 히로시마, 나가사키, 고쿠라 4도시가 선정되었다. 모두 일본의 역사 도시였다. 교토는 일본 천황의 본향이고 히로시마는 조슈 번주 모리 가문의 조상이 살던 땅이며 고쿠라는 조슈번의 중심인 규슈와 인접한 도시이고 나가사키시는 메이지 유신의 배후지였다. 마침내 히로시마와 나가사키 두 도시에 원자폭탄 투하하기로 결정되었다.

1945년 미국은 8월6일에 다시 항복할 것을 요구했다. 그래도 말을 듣지 않았다. 미국 대통령 해리 트루먼이 무겁게 명령을 내렸다.

"리틀 보이는 히로시마에 투하하고, 팻맨Fat man은 나가사키에 투하하라."

미 공군은 B-29 폭격기에 두 개의 원자폭탄을 싣고 떠났다. 히로시마에 우라늄 235 원자폭탄이 떨어졌다. 원자폭탄의 위력이 상상을 초월하자 일본이 발칵 뒤집혔다. 이틀 후에 나가사키에 플루토늄 239 원자폭탄이 떨어졌다. 엄청난 위력이었다. 낌새를 알고 8월 8일 일본과 동맹 우방국이었던 소련이 얄타 협정에 가담하였다. 소련은 일본과 불가침 조약을 파기하고 연합군 편에 선다는 선전포고였다. 이에 히로히토는 수상인 기도 고이치에게 물었다.

"우리의 우방인 소련이 우리에게 전쟁을 선포하는 이유가 뭔가요?"

"우리의 패배를 의식한 배신입니다."

소련이 연합군에 가담하여 일본에 선전포고했다는 정보를 접한 도고 시게노리 외무장관은 8월 9일 최고 국가 원로 지도회의를 열었다.

"신속히 포츠담 선언을 수락하고 전쟁을 종결지어야 합니다."

"무슨 소립니까? 절대 항복할 수 없습니다."

강경파의 선두인 육군 대신 아나미 고레치가 항변하였다.

"시대 상황이 변하고 있습니다. 우방인 소련까지 반기를 들었다는 것은 전세가 이미 기울었다는 것입니다."

도고 외상이 설득하였다.

"헛소리 마시오. 장래에 대한 확실한 낙관이 서지 않은 상태에서 항복한다면, 야마토 민족은 사라지는 것입니다."

"항복하라. 항복하지 않으면 다른 도시에 원자폭탄을 던질 것이다."

미국이 압박을 하였다.

"항복할 테니 폭탄 투척을 멈추어라."

일본 천황이 울먹이며 말했다. 해군 대신 요나이 미쓰마사가 조언을 하였다.

"무조건 항복하지 말고 조건을 달아서 항복에 응해야 합니다."

"조건을 말해보시오."

시게노리가 물었다.

"천황을 존치하고 천황제를 유지하도록 해야 합니다."

"연합국을 설득하려면 천황제 유지는 안 됩니다."

"그렇다면 항전을 합시다."

육군 대신 아나미와 참모총장 우메즈 요시지로, 군사령총장 도요다 소에무가 주장하였다. 강경파들이 소리를 지르는 바람에 회의장은 찬바람이 싹 돌았다.

"천황제를 유지하고 외국 전장에 있는 모든 일본군은 자주적으로 무장을 해제하고 철수를 하며 전쟁 책임은 일본 정부가 져서는 안 됩니다."

"책임을 안 지다니요. 그럼 누가 책임을 집니까?"

시게노리가 반박했다.

강경파는 4가지 안을 제시하였다. '천황제를 유지하고 군정을 유지하며 무장 해제는 일본 스스로 하고 일본 본토에 연합군 상륙을 금지한다.' 이 4 조건을 받아들이지 않으면 항전하겠다는 것이었다.

8월 9일 임시 각료회의는 결렬되고 말았다. 그 무렵 천황의 최측근 기도 고이치 궁내 대신과 고노에 후미마로가 강경파의 회의적인 주장을 감지하고 국제 정세에 밝고 수상과 외무대신을 경험한 시게미쓰 마모루가 도고 시게노리 외상에게 한발 물러선 조언을 해주었다.

"천황제를 유지하는 항복을 인정해주겠느냐고 미국에 문의하시오."

"미쳐 날뛰는 군부를 누르는 힘은 천황 폐하밖에 없습니다. 천황이 직접 결단을 내려 주셔야 합니다."

시게노리가 강하게 주장하였다. 이 소식을 듣고 천황 히로히토는 천황제만을 수긍하며 항복을 하겠다는 것이었다. 그날 저녁 천황은 어전회의를 소집하였다. 회의 결과는 '항복을 하되 천황이 직접 하지 않고 스즈키 수상이나 도고 외상이 항복하고 천황제 유지라는 조건부로 항복을 한다는 것이다.' 동시에 기도는 즉시 본영 제국 회의를 열어 연합군이 요청하는 기존의 4가지 항복 조건에서 한 가지 조건으로 수락해 주겠다고 알렸다. 군부 실세들이 거부하였다.

"천황의 지위에 흠이 갈 수 있는 요구에는 타협하지 말라."

마침내 연합군은 천황제 존치를 수락하였다. 14일 히로히토는 연합군에 '항복'을 선포하였다. 그리고 8월 15일 국민들에게 방송으로 연합군에 무조건 항복한다고 선언했다. 그리고 9월 2일 항복 문서에 사인하면서 태평양 전쟁과 제2차 세계대전이 끝났다.

천황을 규탄하는 우익 인사들의 항의가 빗발쳤다. 그리고 내각이 바뀌었다.

"천황은 매국노입니다."

항복 선언에 반대하는 봉기가 일어났다.

그러나 즉각 4만여 명의 미군이 히로시마를 점령했고, 2만 7천 명이 나가사키를 점령했다. 9월 2일에 도쿄만 요코하마에 정박 중이던 미국 전함 미주리 선상에서 일본 대표 시게미쓰 마모루 외무대신이 정식으로 항복 문서에 서명하였다.

일본군이 1945년 8월 15일 무조건 항복하자, 남방군 전선에서는 본토보다 훨씬 늦은 9월 3일 오전 9시 30분에 일본군 남방지역 총책임자 야마시타 토모유키 육군대장을 비롯하여 참모장 무도우 중장, 참모부장 우도미야 소장, 해군에서 오오카와 제독, 참모장 아리마 제독 등이 참석했다.

야마시타 토모유키 대장 일행이 조인식장에 들어서자 영국군 지휘관 퍼시발 중장이 나왔다. 야마시타는 깜짝 놀랐다. 필립핀 전선에서 포로로 잡혔던 장군이었다. 조인식이 시작되었다. 야마시타는 자기 앞에 놓인 항복 문서를 보는 순간 마음이 무척 착잡했다. 포로로 잡았던 그에게 항복 문서에 사인하게 된 것이다. 야마시타 토모유키의 어깨가 들썩거렸다.

"미주리호에서 일본 항복 문서 조인과 동시에 미 군정이 시작되었어요."

모리모토의 증언이었다.

"원폭 투하로 얼마나 많은 사람이 희생당했나요?"

"총 33만 명이 희생당했지요. 조선인도 5만 명 이상 피해를 봤어요. 합하여 40만 명이 희생당했어요."

원자폭탄을 떨어뜨린 4개월 후 일본 정부의 조사에 의하며 히로시마에서 약 166,000명과 나가사키에서는 80,000여 명이 사망했고 부상자까지 50만 명이 넘었다고 발표하였다.

"피폭으로 인한 암과 장기 질환으로 사망자가 300,000명이 넘었습니다."

미 군정 책임자는 맥아더 원수였다. 9월 11일 맥아더 원수는 전쟁광 블랙리스트를 만들어 엘리엇 소프 준장에게 도조 히데키 이하 전쟁 범죄자를 체포하도록 명령했다. 1차로 일본인 전범 주모자를 체포하였다. 도쿄와 필립핀의 두 곳에 재판소가 열렸는데 도쿄엔 미군이, 필립핀 남방재판소는 영국이 관리했다.

연합군 최고사령부는 1945년 9월 11일에 도조 히데키 등 43명을 비롯해 1948년 7월 1일까지 2,636명의 체포영장을 발부하여, 2,602명의 용의자를 체포 기소했다. 영국군이 주관하는 연합군 남방 필립핀 사령부는 1946년 5월 일본군 8,900명을 체포했고, 이밖에 소련군 및 아시아 각국에서도 체포가 진행되었다.

사유리는 4차에 걸친 장황한 전범체포 내용을 기술하였다.

"1945년 9월 11일 제1차 도조 내각의 핵심 각료 39명이 체포되었어요."

도조 히데키, 도고 시게노리, 시마다 시게타로, 가야 오키노리, 스즈키 데이이치, 도이하라 겐지, 기시 노부스케, 이와무라 미치요, 고이즈미 지카히코, 하시다 구니히코, 이노 히로야, 혼마 마사하루, 구로다 시게노리, 무라타 쇼조, 데라시마 겐 나가하마 아키라, 아베 겐키가 체포되었다.

"2차 체포는 어떻게 되었나요?"

"1945년 11월 19일 제2차 11명에게 체포 명령을 내렸어요."

아라키 사다오, 고이소 구니아키, 마쓰오카 요스케, 미나미 지로가 체포되었다. 1945년 12월 2일 제3차 전범체포에서 하타 슌로쿠, 히

235

라누마 기이치로, 히로타 고키, 호시노 나오키, 오카와 슈메이 등 59명에게 체포 명령이 내렸다. 1945년 12월 6일 제4차 전범체포에서 10명이 체포되었다. 국제 검찰국에서 추가로 기도 고이치, 오시마 히로시, 고노에 후미마로 (12월 16일 자살), 오코치 마사토시, 오가타 다케토라, 오다치 시게오, 고도 다쿠오, 스마 야키치로를 체포하였다.

그런데 홍사익 포로수용소장은 필립핀의 깊은 산속에 숨어 있었다. 그때 이상우 소령이 찾아왔다.

"장군님, 이대로 잡히면 죽습니다. 저를 따라오십시오."

"어디로 가려는데?"

"사또 대령이 라오스로 간답니다. 같이 갑시다."

"못난 놈. 네놈이 사또의 졸개가 되어 이 전쟁을 이렇게 망쳐놓았다."

홍사익은 이상우의 얼굴에 주먹을 날렸다.

"장군님······."

"네놈과 사또가 만든 대동아공영 태평양 전쟁 계획안 때문에 수많은 사람이 죽었어. 넌 죽어야 할 놈이야. 자결하라."

홍사익은 몹시 흥분했다.

"장군님, 출세하여 조국을 돕고 싶었습니다. 그런 면에선 장군님이나 나는 같은 속물입니다."

"그렇지, 속물이지. 그러니까 같이 죽자."

"안됩니다. 장군님, 살아서 조국으로 갑시다."

"내가 무슨 낯으로 조국으로 가니? 죽자 우리 같이 죽자, 내가 널 죽여주마."

홍사익 장군은 이상우의 머리에 권총을 겨누었다. 그러나 그 손은

떨리고 있었다. 장군은 그만 권총을 떨어뜨려 버렸다.

"장군님......."

"가라, 사또와 같이 가라. 그리고 살아서 조국으로 가라."

사유리는 홍사익 장군과 이상우 소령의 이야길 하면서 숙연해졌다. 두 나라 천재가 세상을 이렇게 변하게 했다는 슬픈 회고였다.

"도망자는 어떻게 했나요?"

상혁이 물었다.

"도망간 전범들에겐 세부적인 개별 체포 명령을 내렸어요."

일본 헌병대 사령관 오타니 게이지로는 도주했다가 1949년 야마구치현에서 체포되었다. 그리고 일본 점령 중 주일 버마 대사, 필립핀 대통령, 주일 독일 대사, 주일 이탈리아 대사, 독일 대사관 무관 등 외국인도 다수 체포되었다.

"전범의 급수는 어떻게 나누었나요?"

상혁이 물었다.

"A급, B급, C급으로 구분했지요. 극동 제1재판소에 1급 전범 16명이 잡혀 왔어요."

"A급 전범 16명에게 어떤 죄명이 부여되었나요?"

"사형과 종신형이 선고되었지요."

16명 중에 도조 히데키, 히로타 고기, 도이하라 겐지, 이타가키 세이시로, 기무라 효타로, 마쓰이 이와네, 무토 아키라 등 7명은 사형을 선고받았고 오지마 히로시, 아라키 사다오, 고이소 구니아키, 하타 로쿠, 우메즈 미지로, 미나미 지로, 스즈키 사다이치, 사토 겐료, 하시모토 긴고로 등 9명은 종신형에 처했다.

도조 히데키(65세)는 미국 군대와 일반인을 무차별 살해한 죄, 무토 아키라(홍사익 57세) 14방면군 참모장은 포로 학대의 죄, 이타가키 세이시로(64세)는 중국 침략 죄, 마쯔이 이와네(71세)는 남경대학살 주범, 기무라 헤이타로(61세)는 '버마의 도살자'로 영국에 대한 전쟁을 시작의 죄, 도이하로 겐지(65세)는 '동양의 로렌스'중국 침략의 죄, 히로타 고키(71세)는 아시아 침략 정책을 작성한 죄였다. 천황이 항복하고 A급 전범이 체포되어 형을 받자 강경파 장군들은 서슴잖고 자결을 하였다. 참모총장 우메즈 요시지는 전군의 장성들에게 호소하였다.

"일본군 장성들은 모두 명예롭게 자결을 해라."

이어서 스기야마 하지메 원수는 권총 자살을 하였고 하시다 구니히코와 고노에 후미마로 전 총리는 음독자살을 하였고 고이즈미 치카히코 후생 장관, 혼조 시게루 관동군 사령관도 할복자살하였다.

"처벌이 두려워 어디론가 깊이 숨어버린 군인들도 있었다면서요?"

상혁의 질문에 모르모토는 도망간 전범들의 명단을 밝혔다.

"도망간 전범 40명을 현상 수배하였습니다."

수마트라 16군단의 살인마 와타나베 소령은 어디론가 숨었다가 미 군정이 끝나자 7년 만에 혜성처럼 나타났다. 그리고 마따나베보다 더 간교하고 잔꾀의 술수 대가 사또 마사노부 대령 역시 잠적했다가 7년 만에 미 군정이 종식되자 나타났다.

그는 대동아전쟁의 잔혹사를 만든 괴물이었다. 싱가포르와 필립핀에서 민간인들과 포로들을 학살한 잔혹한 전범이었다. 바로 죽음의 바탄 행군의 장본인이었다. 그가 포로를 학살하고 학대한 이력은 와타나베 대위에 비교할 수가 없을 정도로 잔인했다. 미 군정이 끝난 후 전쟁 영웅처럼 등장하였다. 태평양 전쟁은 그가 도조 히데키를 충동한 광란으로 일어난 비극이었다.

사유리는 사또의 허황한 꿈 때문에 망친 전투를 낱낱이 들추어 비난했다.

"아주 비열한 전쟁광이었어요."

"그자와 김현준 소령과의 악연은 태평양전쟁의 스토리랍니다."

모리모토 형사가 말했다. 그는 자신의 회고록에서 필립핀 14군 사령관인 가와구치 키요타케 소장은 멍청한 장군이라고 폄하하였다.

"전투가 끝나면 난 귀관을 명령조작자로 처벌할 것이다."

과달카날 전투에 패하고 화가 난 가와구치 장군이 사또를 추궁하였다.

"사령관이 내 말을 듣지 않아서 패한 전투입니다."

"작전 자체가 무모한 것이었어."

가와구치 키요타케 소장이 사또를 나무랐다.

"장군이 내 작전대로 실행하지 않아서 패한 전투입니다."

"불가능한 전투를 기획한 것은 자네였어."

가와구치와 사또의 관계는 점점 악화되었다. 그뿐 아니라 독단적으로 창안한 바탄 대행진의 학살을 홍사익 포로수용소장에게 뒤집어씌웠다. 대본영에서 그를 문책하자 모든 책임을 가와구치 소장과 홍사익 중장에게 떠넘기고 도망갔다.

"사또, 이놈을 잡으면 내 손으로 총살 시킬 것입니다."

"그놈은 대일본 제국군을 망치는 악마입니다."

홍사익과 구와구치 소장이 이구동성으로 비난하였다. 광란은 그것뿐만이 아니었다.

모든 장군은 미국을 두려워하고 있는데 그는 미국을 과소평가하였다. 그러나 미국을 얕잡아본 그의 작전 기획안은 늘 실패하였다. 그런데 그의 망상은 끝나지 않았다. 말레이반도 진격을 놓고 사또와 야마시타 토모유키 사령관이 대립하였다.

사또는 야마시타 사령관의 명령을 무시하고 독단적으로 전투를 명령했다. 그는 제5사단을 선두에 세워 싱가포르를 점령하면서 중국 병사와 말레이 병사를 포로로 잡았다. 그는 포로를 논바닥에 꿇린 채 총검으로 찌르고 목을 베어 살해하였다. 그리고 4만여 명의 싱가포르 시민을 학살하였다. 난징학살만큼 큰 사건이었다. 제25군 사령관 야마시타 토모유키 소장이 사또에게 경고하였다.

"작전이 끝나면 너를 월권과 명령 불복 살인죄로 처형할 것이다."

"작전 중에 장군이 나서지 않으니 내가 나섰습니다."

"넌 무고한 선민을 학살한 범죄자다."

"죽이지 않았으면 우리가 당했습니다."

그는 조선의 군속들이 연합군 포로를 잘못 다룬다고 참혹하게 죽이는 일까지 있었다. 그는 군국주의를 우상하는 정신병 환자였다. 그는 남방군 작전 참모로 파견되어 버마·필립핀·말레이시아 등지에서 소름이 끼치는 잔혹 행위들을 자행했다.

25군 사령관 야마시타 토모유키 중장은 일지에 그가 벌인 내막을 기록했다.

1942년 1월 3일, 제25군이 싱가포르 공략을 목표로 곧장 말레이반도로 남하하던 도중에 쿠알라룸푸르의 북쪽 캄파르에서 사또 참모는 제5사단과 합동으로 캄파르 공격을 시도하였다. 그가 싱가포르 점령관으로 들어가서 반일 성향의 화교 남자 7,000명을 한곳에 집합시키고 반골을 잡아낸다며 고문을 가하여 살해하였다. 목이 베인 사람도 있고, 포승에 집단으로 묶인 채 바닷물에 던져진 사람도 있었다. 그리고 빨리 익사하지 않으면 기관총으로 난사하였다. 미군은 결코 그를 체포하지 못했다. 그렇게 전범 처벌은 끝나고 미 군정이 해체되면서 그가 돌아왔다.

돌아오지 못한 강제징용자

모리모토 형사의 추리는 묘하게 얽혀 가고 있었다. 유키 검사가 태평양 전쟁 때 야마시타 토모유키 대장과 김현준 소령은 아무 관계도 없었는데 사또 마사노부와 연결하여 풀어가려는 의도를 알 수 없었다. 토모유키는 사또 때문에 A급 전범 처벌을 받았고 김현준은 사또와 악연으로 전선으로 내몰리는 고통을 받았다.

상혁은 유키 검사와 모리모토의 증언에 혼동을 일으키고 있었다. 고지선은 상혁을 미행하고 다니는 유키 검사를 주시하고 있었다.

"아직도 유키 검사는 네가 아버지와 접촉을 하고 있다고 생각하고 있는 거야."

"어리석은 생각이지. 아버지는 벌써 20년 전에 돌아가신 분이야."

"그런데 살아있을 거라는 추측이 미스터리야."

모리모토 형사의 말처럼 사또 이와시가 가스토시를 죽였는데 왜 김강민이 이와시를 죽였는가가 의문이었다. 같은 수사관이면서 접근 방법은 판이하였다. 바탄의 포로학살 명령자는 사또였고 김현준이 사또의 말을 거부하는 하극상 때문에 사또가 김현준을 죽이려고 했다. 산호섬에서 조선인 군속 학대로 다투다가 헤어졌고 다시 필립핀 수용소에서 포로 학대로 다투는 악연은 계속되었다.

"유키 검사님, 아버지가 가스토시를 죽였다는 일관된 주장이 불쾌해요."

"곧 복잡한 내막이 풀려 결론이 나겠지요."

"복잡한 내막! 그 내막 때문에 내가 얼마나 고통받는지 알아요?"

그녀는 미안한 표정을 지었다. 무엇이 그녀의 진실인가, 두 얼굴의 가면, 언제나 헷갈리게 하는 말투가 그랬다. 스스로 남방군 제16군 사령관인 야마시타 토모유키의 손녀이며 야마시타 가스토시의 딸이라고 주장하면서 접근하는 검찰의 태도가 문제였다.

"정말 야마시타 토모유키 대장이 유키 검사의 증조부입니까?"

"맞습니다. 할아버지는 야마시타 노부라 대령입니다."

"뭐요? 야마시타 노무라 대령?"

상혁은 얼굴을 붉히며 정색하였다.

"네. 가이텐 함장이었죠."

상혁은 그만 질식할 것 같은 충격에 빠지고 말았다. 그렇다면 아사이 사유리와 그녀는 어떤 관계인가? 야마시타 노무라 대령은 김현준이 목숨을 구해준 사유리의 할아버지였다.

사유리의 말이 떠올랐다. '김현준 대위가 죽음에 처한 저의 할아버지 노무라 대령을 구해 줬대요.' 그렇다면 사유리와 유키 검사는 자매이다. 사유리는 유키 검사의 소개로 상혁을 찾아왔다고 하였다.

"죄송하지만 사유리 작가완 어떤 관계입니까?"

"그냥 잘 아는 후배입니다."

그녀의 표정은 뭔가 숨기는 안색이었다.

"난 두 분이 닮은 것 같아서......."

모리모토 형사는 언젠가 야마시타 토모유키와 김현준에 관해 이야기해 주었다. 당시 김현준은 야마시타가 신망하던 장교였다. 미군 포로학살을 사또가 주도했는데 그 책임을 토모유키와 홍사익에게 넘기자 그 내막을 잘 아는 김현준이 사또와 다투는 일이 있었다. 그 일로 사또가 김현준을 죽이려 하였다. 상혁은 집에 와서 할머니에게 물었다.

"할머니, 일본군 제16군단장 야마시타 토모유키 대장을 아는지요?"

"알고말고, 너의 조부가 그분의 사단에서 근무한 것으로 안다."

"그분이 할아버지를 몹시 신임했다는데......."

"홍사익 사령관의 배려였어. 두 분은 긴밀한 사이였단다"

"그런데 그분의 손자가 가스토시랍니다."

"너의 아버지가 죽였다고 말하는 그분 말이냐?"

"네"

"아닐 거야, 할아버지를 사랑했던 분의 손자를 왜 죽여?"

"말도 안 되는 소리를 유키 검사가 지껄이고 있어요."

"뭔가 오해가 있는 것 같구나."

모리모토 형사는 지인을 통하여 사또의 행적을 추적하던 중에 행방불명 된 사또 마사노부가 라오스 루왕프라방과 비엔티안에서 활동했다는 사실을 알아냈다. 그가 라오스에 간 것은 허황한 야망이었다. 프랑스가 떠난 라오스를 다시 개발하여 사업을 하겠다는 야망을 품었다. 그가 그런 야심을 품게 된 것은 라오스 국민이 일본에 의존하려는 희망을 본 것이다. 그가 라오스에 머물며 사업을 구상하는 것을 미군 정보대가 추적하자 중국으로 피신을 하였다. 그는 몰래 라오스와 중국을 오가며 라오스 왕족과 짜고 프랑스에서 완전 독립을 꾀하려는 운동을 폈다.

라오스는 70년 전이나 지금이나 별로 달라진 점이 없었다. 동남아 국가 중에서 가장 빈국으로 전락한 것은 공산주의를 받아들인 탓이었다. 그래서 사또가 아둔한 이 나라를 개발하려고 나선 것이다. 전후 라오스는 아스라한 얼음판을 걷고 있었다. 프랑스령 인도차이나 총독이었던 장드쿠는 라오스에서 일본과 태국을 축출하기 위해서 라오스 민족주의 운동을 펼쳤다.

"라오스는 라오스 민족의 국가이다. 외세는 물러가라. 일본은 프랑스가 통치했던 라오스 영토를 돌려줘야 한다."

1945년 3월 일본은 인도차이나 식민지들을 프랑스로부터 해방시키고 라오스에 있던 다수의 프랑스 관리들을 투옥하였다. 루앙프라방의 시사국왕은 일본을 지지한다고 선언하였다.

"우린 라오스를 프랑스로부터 독립시켜준 일본을 지지하겠소."

산악지대로 퇴각한 프랑스군은 조직을 재정비하여 라오스 반군들과 일본에 대적하였다. 그러나 재탈환은 쉽지 않았다. 프랑스는 라오스가 독립했지만 계속 지배를 하고 있었다. 사또는 라오스 반군을 지원하여 친 일본 정권을 만들고 자원을 확보하려고 라오스 반군을 도와 경제부흥을 꾀하려고 했지만 저항 세력에 부딪혀 1961년 실종되었다.

그의 행방불명은 미궁으로 빠져들었는데 모리모토는 사또가 라오스 반군 첩자에게 살해당했다는 것이다.

유키 검사가 상혁을 찾아왔다.

"유키 검사님, 사또가 라오스 반군에게 살해당했답니다."

"누가 그래요?

"모리모토 형사가 확인했답니다."

"검사와 형사의 내통이 있었군요. 그런데 왜 두 분이 주장을 달리

했어요? 대체 나를 어디까지 혼란 시킬 것입니까?”

"모리모토 형사가 상혁 씨를 돕는 줄로만 알았는데 그것이 아니더 군요.”

"뭐라고요? 무슨 소립니까?”

"그분은 경찰입니다. 아무튼 모리모토 형사를 조심하세요. 그래서 내가 김 작가를 보호하려는 것입니다.”

그녀는 엉뚱한 소릴 지껄였다. 상혁은 유키 검사와 모리모토 형사의 이율배반적인 행동에 심한 갈등을 느끼고 있었다.

상혁은 고지선을 찾아갔다. 목로주점에서 두 사람이 술잔을 나누고 있었다.

"김상혁, 우리말이야 술김에 사고 한번 칠까?”

"그런데 어쩌냐. 난 네가 여자로 안 보이는걸.”

"난 여자야. 정숙한 여자인데 여자로 안 보여? 여자라는 것을 증명해 줄게.”

그녀는 그 자리에서 홀랑 웃통을 벗고 브래지어를 벗어 내렸다. 아름다운 볼륨의 상반신이 드러났다. 너무나 예쁘고 잘 생기고 탄력 있는 가슴이었다. 상혁은 발가벗은 그녀의 육체를 바라보며 경이로운 표정을 지었다.

"이래도 여자로 안 보여? 어때 나를 한번 유혹해 볼래?”

"고지선, 참 예쁘다, 너무 아름답다. 가자, 호텔로 가자고…….”

"정말이지?”

그녀는 그를 끌고 나갔다. 형광등 아래서 발가벗은 그녀의 몸은 환상적이었다. 이렇게 아름다운 몸매를 지닌 미인이 왜 혼자 사는 걸까? 어느새 그도 발가벗고 말았다. 그는 그녀의 아름다운 육체에 몸을 던졌다.

"딱딱해지면 덤벼."

"후회 마라."

상혁은 그녀를 품고 가쁜 호흡을 자아냈다. 그리고 밤새워 그를 빨고 당기고 밀고 엎고 눕히고 일으켰다. 그녀는 그가 원하고 요구하는 대로 자세를 바꾸어 취해주고 받으며 육체의 황홀에 젖어버렸다. 그런 다음 날도 두 사람은 호텔에서 붙어 있었다.

"이제 그만하자."

상혁이 나가떨어져서 말했다.

"우리 결혼하자."

지선은 사뭇 어른스럽게 말했다.

"물론 해야지, 너 같은 예쁜 여자를 남에게 줄 수 없지."

"자식 이제야 정신이 드는군."

"넌 요부야. 남자를 빨아 당기는 요부, 그런데 남자 없이 어떻게 참았니?"

"네게 주려고 참았지. 다음엔 더 재미있게 해줄게."

상혁은 아직도 흥분에서 깨어나지 못한 그녀를 호텔에 두고 나왔다.

강제징용 손해배상 청구는 쉽지 않았다. 돌아오지 못한 군무원 포로가 20만 명이었다. 10만 명은 죽었고 10만 명은 행방불명자였다. 심지어는 대한민국 정부도 그 사실에 대하여 침묵이었다. 고지선은 75년이 지난 지금 일본을 상대로 강제징용으로 돌아오지 못한 사람들에 대한 보상과 배상을 요구하고 그들의 명예회복을 부르짖고 있었다. 일본은 잊혀진 역사라고 외면했다. 게다가 황당한 고집은 그 보상이 다 이미 이루어졌다는 것이다.

지선은 늘 이들의 행방과 인권을 찾아주려고 노력하지만 가슴에 맺히는 한이 있었다. 악질 친일파 골수라는 원망이었다. 그녀는 조부에 대한 원망과 증오가 쌓여 있었다. 할아버진 강제징용에 불응한 청년들을 가혹하게 벌한 악질 고등법원 판사였다. 사람들은 민족의 얼과 정신을 묵살한 살인마라고 욕설을 퍼부었다. 고준만 판사, 조선총독부 고등판사란 권력을 이용하여 수많은 애국지사와 독립군을 처형했던 인물이다.

그런데 지선은 조부가 결단한 일말의 양심에 용서할 수밖에 없었다. 2차 대전이 끝나고 1946년 미군은 남양군도와 오키나와에서 잡은 강제징용 한국인 포로 11,000명을 놓고 고심했다. 이들은 미국에 저항한 군인과 군속들이다. 하와이 수용소에 집단 수용시켜 놓고 처벌에 관한 논의가 시작되었다.

"미군에 끼친 폐해가 지대하므로 처벌해야 합니다."

미군의 주장이었다.

"그들은 식민 지배국의 징용자들이니 석방을 하여야 합니다."

고준만 판사가 나섰다. 그리고 법정투쟁을 하여 그들을 구해 왔다. 그것이 조국에 사죄하는 마지막 선물이었다. 4,000명을 석방시키는 큰일을 했고 그들이 일본으로 갔는데 어디론가 사라져 버렸다. 일본이 숨겼다. 그것도 모르고 고준만 판사는 자결을 해버렸다.

일본은 강제징용 손해배상을 거부하였다. 2018년 10월 30일 대법원은 일제 강점기 강제 징용됐던 노동자들의 임금을 지불하라는 내용을 일본의 신일본제철과 미쓰비시를 상대로 제기한 소송의 최종 판결을 내렸다. 일제 강제징용 배상 청구는 피해자 4명이 신일본제철을 상대로 소송을 낸 이후 13년 8개월 만에 대법원 최종 선고가 내려졌다.

'징용 피해자 1인당 1억 원의 보상을 해라'는 판결을 내렸을 때 일본 정부가 발칵 일어나 반론을 폈다. '말도 안 되는 소리다. 재산 청구권 문제는 이미 1965년 한일 청구권 보상 때 지불한 내용으로 완전히 해결됐다.' 일본의 요시히데 관방장관이 주장하였다. 한국 정부는 논리정연하게 반박했다. 그것은 전후 국가 간의 정치적 논란에 휩싸인 난제를 보상한 것뿐이고 개인에겐 보상하지 않았다는 반론에 일본은 '모두 끝난 일인데 한국 대법원이 다시 일본의 기업에 배상을 명령하는 판결은 잘못이니 우린 이행할 수 없다.'라고 반격하였다.

'지난 정부가 강제징용 관련 재판에 개입을 시도한 정황은 잘못이다. 이는 순리와 원칙을 우선한 우리 사법부의 판단은 옳은 것이며 존중한다.'

이에 일본의 양심 있는 지성들은 일·한 관계에 다시 암운이 감돌고 있으니 해결점을 찾아야 한다고 충언하였다.

"일본은 징용자 임금을 돌려주고 그에 대해 보상을 해라."

위안부 문제도 그렇다. 일본 정부의 소녀상 철거 행동은 국제적인 비난을 받았다. 상혁은 할머니가 실제 그 피해의 주인공이라는 사실에 울분하였다. 그런데 지난 정부와 일본 정부는 위안부 문제까지 결론 냈다는 주장이었다. 상혁은 할머니의 고통을 안다. 지금도 타국에서 돌아오지 못한 위안부 할머니들이 많은데 거의 다 돌아가셨다. 대체 국가가 무엇을 하는 것인가? 상혁의 가슴은 답답하기만 하였다.

우리 정부는 한·일 기본 합의를 사법부의 잘못된 판단이라고 지적했지만 일본은 콧방귀도 안 뀐다.

"한국이 기본적인 합의조차 지키지 않으려는 것은 국가 간의 약속을 어기는 것이며 전적으로 한국에 문제가 있다."

일본 정부의 파렴치한 주장은 한결같았다.

한국 대법원의 배상 명령 판결이 나오자, 나가미네 야스마사 주한 대사를 불러 국제사법재판소에 제소장을 냈음을 알렸다.

경제적 측면에서는 강제징용에 관련된 회사들에게 직접 요청을 할 수 있고 최악의 경우 일본 기업들이 한국에 대한 투자를 거둬들이는 사태가 일어날 가능성도 있다고 니혼게이자이 신문이 보도했다.

그뿐 아니었다. 태평양전쟁의 격전지에서 사는 2·3세대 한국인들의 정체성도 문제였다. 아직까지 징용이나 위안부, 징병자들이 돌아오지 못하고 현지인과 결혼하여 살면서 2·3세대가 지났다. 사이판에서 한국인 2세들이 '우리를 고국으로 돌려 보내줘요.'라고 소요를 일으켰다. 그러나 조국은 그들의 목소릴 외면했다.

'우린 어떻게 할 것인가? 살아생전 조국에 살게 해줘요.' 사이판에 사는 노부부의 애절한 절규를 기억한다. 그분은 징용자로 왔었고 아내는 정신대로 왔다가 주저앉은 분들이었다. 마치 그 모습은 위안소를 탈출하여 보르네오섬에서 7년 동안 방황한 할머니 정애심과 같은 인생이었다. 사이판에서 발견된 수많은 조선인 유해는 충격적이었다.

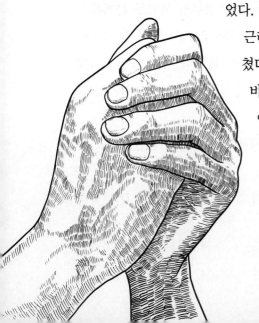

근래에 사이판에 무서운 태풍이 몰아쳤다. 거센 바람과 파도는 온 섬을 마비시켰다. 해일이 일어 도시는 바다에 묻혀 버렸고 나무가 뽑히고 집이 무너지고 농토와 가옥은 못쓰게 되었다. 게다가 관광객 4,000명이 섬 안에 갇혀서 힘들었다.

교통이 마비되고 식수와 식량을 구할 수가 없어서 하루를 버티기가 힘들었다. 한국인 1,800명도 지옥 같은 섬에 갇혀 버렸다. 탈출할 비행기가 이륙을 못 하니 나갈 수가 없었다. 죽음의 공포가 섬을 드리우고 있었다. 한국인들은 쓰러진 가옥의 처마 밑에 웅크리고 앉아 구원과 구출의 시간만 기다리고 있었다. 이대로 있다가는 모두 굶어 죽고 말 것 같았다. 그런데 해일로 무너진 해변에서 유골이 드러났다. 조사 결과 사이판 전투 때 죽은 한국인 유골이었다. 사이판에 해일이 닥치면서 육지를 뒤집어 버리는 바람에 땅속에 묻혀 있던 유골이 드러나기 시작하였다. 집단으로 1,500여 구가 드러났다.

이 유골들은 1942년 태평양전쟁 때 미국과 일본의 전투에서 희생된 군인들의 시체라고 현지 방송과 일본 방송이 발표하였다. 그런데 미국의 기자 한 분이 현장에서 조사해보니 1945년 가을에 죽었던 시신은 대부분 한국인이었다. 그들은 일본군으로 온 조선의 병사와 징용 군무원들이었다. 일본군은 전쟁이 끝나고 귀국을 하면서 같이 근무했던 조선인과 그들이 잡아둔 미군 포로를 집단 학살하여 땅속에 묻어버리고 떠난 것이다.

아무도 이 사실을 몰랐다. 그런데 태풍이 몰고 온 해일에 2,000여 구의 미군과 한국인, 일본인 유골이 섞여서 발견된 것이다. 그중에 한국인 유골이 많았다. 소문을 듣고 사이판에 갇혀 있던 한국인 피난객들이 그곳으로 몰려들었다. 정말 처참한 형국이었다. 해골과 앙상한 뼈대가 흙 위에 드러나 있었다.

"저분들이 다 한국인 유골이란 말이죠?"

"네, 맞습니다. 대부분 한국인입니다."

어떤 노부부가 먹을거리와 빵, 과일을 가지고 와서 한국 피신자들에게 나누어 주면서 말했다.

"정말, 이분들이 일본군이 죽이고 간 한국인과 미군 포로란 말이죠?"

"맞습니다. 70%는 한국인이고 20%는 미군이며 10%는 일본군입니다."

"어떻게 그것을 압니까?"

"저의 아버지, 어머니에게서 들었습니다. 아버진 조선인 군속이었고 어머닌 정신대 위안부였습니다."

현지 한인 2세 노인 부부는 쓸쓸한 표정으로 말했다.

"대체 얼마나 많은 한국인이 학살당했나요?"

"아버지 말씀은 2,000여 명의 한국인이 바다로 던져졌답니다."

전쟁이 끝나고 일본은 한국인들이 돌아가서 무슨 말을 할지 모르니 모든 한국인 병사와 군속, 노동자, 위안부를 죽여 징집 흔적을 없애고 현지에서 이들의 귀국을 막으라고 명령했다. 일본은 이들의 귀국을 막기 위하여 집단 처형 등 잔혹한 학살을 가하였다. 집단 처형과 배에 태워 바다에 침몰시키는 잔혹한 일을 강행하였다.

탄광이나 광산에선 토굴에 넣고 갱도를 막아 질식사로 죽이고 그들의 시신을 갱 속에 묻어버렸다. 그리고 포로들은 집단 처형하였다. 이 살인의 현장은 태평양의 각 섬에서 쥐도 새도 모르게 시행되었다. 전쟁이 끝나 귀국하는 선박에 한국인이 타면 끌어내려 처형하는 사건까지 벌어졌다. 일본인들이 아무 말을 안 했기에 그것이 비밀로 묻혀가는 듯했다.

고지선은 자상한 내막을 이야기해 주었다.

"일본 기업의 만행은 더 악독했지. 피징용자들의 강제 저축된 임금을 지불하지 않은 채 먹어 치웠다. 미지급된 금액이 수억에 달했던 거야."

"2013년 일본 후쿠오카의 우체국에서 조선인 명의의 통장이 수만 개가 나왔지."

"통장까지 돌려주지 않았군."

"그 규모가 얼마인지 파악되지 않았던 거야."

불행한 역사였다. 1965년 한일협정 때 개인의 청구권이 소멸하였다는 것이 일본 정부의 공식 입장이었다. 개인 또는 한국 정부가 일본 기업으로부터 미지급 임금을 돌려받고 일본 정부를 상대로 징용에 대한 배상을 청구하는 사항이다. 해석이 엇갈리는 상황이다.

한국 정부 역시 그간 민간인의 대일 보상 문제는 국내에서 함께 처리한다는 방침에 근거하여 1974년 '대일민간청구권 보상법안' 등을 제정했지만, 당시 지원 범위가 협소하고 피해를 입증하기도 어려워 실제로 보상받은 사람은 없었다. 전쟁 보상이라고 할 수가 없는 액수였다. 이에 2007년에 '태평양 전쟁 전후 국외 강제동원희생자 등 지원에 관한 법률'을 제정하였으나 일본과 협의가 안 되어 흐지부지되었다.

그뿐 아니라 사할린과 시베리아에 버려둔 동포는 더욱 비참했다. 약 4만여 명이 광산과 탄광 노동자로 끌려갔다. 상혁은 사할린으로 가서 그곳에 사는 동포 강철상 씨를 만났다. 그는 사할린 동포 3세였다. 사할린에 버려진 한국인은 모두 무국적자로 살고 있었다.

"그들이 왜 돌아오지 못했을까?"

"조국이 없어서인데 지금도 그들 동포는 무국적으로 살아요."

"왜죠?"

"소련이 국적을 바꾸어주지 않았답니다."

동포들은 고국으로 간다는 기대 때문에 국적을 바꾸지 않았는데 영영 돌아가지 못하는 비극이 되었다고 눈시울을 붉혔다.

"안타까운 일이었군요."

일제의 징용으로 왔다가 돌아가지 못하고 사는 사람이 4만여 명인데 거의 다 죽고 2·3·4세대들만 남았는데 그들은 민족이란 의식이 없다는 것이었다.

사할린 강제 노역은 1938년부터 1945년까지 조선인 15여만 명을 러시아 남사할린 가라후토로 강제로 끌고 가서 탄광, 비행장, 도시 항만건설, 군수물자 공장, 탄광, 광산에서 일을 시켰다. 이들 중에 10만여 명이 일본의 후쿠시마, 나가사키(군함도) 아바라지, 규슈의 여러 탄광으로 다시 끌려가는 이중 징용을 당했다.

해방 후 일본은 사할린이 소련 영토가 되자 자국인 40만 명을 귀국시켰으나 조선인은 국적이 없다는 이유로 팽개쳤다. 조선인이 고국으로 가려고 했으나 일본이 거부하고 갈 곳이 없어서 현지에 머물고 말았다. 이들은 소련인도 아니고 일본인도 아닌 국적 없는 나그네로 떠돌게 되었다.

"해방되어 고국으로 가려고 귀국선을 탔는데 일본인이 조선인을 끌어냈어요."

"왜죠?"

"나라가 없는 민족이라서 학대한 거죠."

유엔마저도 조선인을 귀국시키려고 했으나 해방된 조국이 없어서 보낼 수 없었다.

"해방정국이라서 정부가 없었군요."

"일본인들은 귀국선을 타는 조선인을 배에서 끌어 내리고 바다에 던졌답니다."

사할린은 원래 러시아 땅인데 1905년 러·일 전쟁에서 패하고 전쟁 보상금으로 일본에 4개 섬과 동시에 사할린을 넘겨주었다. 그래서 일본은 사할린의 광산을 개발하였다. 그러나 1945년 일본이 패하자 다시 일본은 사할린을 소련에 넘겨주었다. 그렇게 사할린은 러시아 영토인데 일본영토가 되었다가 다시 러시아 영토가 되었다. 일본의 조선인 사할린 강제징용 역사는 1905년부터 1937년까지 사할린 산업자원개발을 위하여 징용되었고 1939년에서 1942년엔 탄광, 광산 개발을 위하여 15만 명이 징용되었다.

그런데 태평양 전쟁으로 인력이 부족하여 광부 10만 명을 다시 일본 본토 탄광개발 인력으로 역이동시켰다. 15만 명 중에 5만 명이 사할린에 남은 채 해방이 되었다.

1945년 8월에 미·일 교섭으로 한국으로 돌려보내려고 했으나 한국이 독립은 했으나 정식 국가가 아니라는 이유로 이들이 사할린에 방치되었다. 그리고 소련이 이들 노동 인력을 시베리아 벌목채취에 동원하였다.

야스쿠니 신사의 조선인 영웅

모리모토 형사가 오랜만에 전화를 하였다.

"김상혁 작가님, 김현준 소령이 야스쿠니 신사에 봉안되어 있답니다."

"뭐라고요? 내 조부가 왜 일본인 신사에 있어요?"

"분명히 야스야마 고도시란 이름으로 야스쿠니 신사에 봉안되었어요."

황당한 전화였다. 그렇게 찾던 조부가 야스쿠니 신사에 봉안되어 있단다. 상혁은 곧장 일본으로 건너가서 모리모토 형사를 만났다.

"저의 조부가 왜 야스쿠니 신사에 안치되어 있어요?"

"사실입니다. 확인했어요."

할아버지는 일본 해군 특공대였고 유황도 전투와 오키나와 전투의 영웅이라는 것이었다. 그런데 육군 장교가 해군 장교였다니 믿어지지 않았다. 너무나 황당하고 아이러니한 사건을 할머님께 말씀드렸다.

"할아버지 일본 이름이 '야스야마 고도시'라고 했지. 일본 이름이 맞다."

할머닌 실의에 찬 한숨을 내쉬고 있었다.

"믿어지지 않아요."

상혁은 할머니를 모시고 일본행 비행기를 탔다. 모리모토 형사의 안내를 받으며 야스쿠니 신사로 찾아가서 야스야마 도고시란 이름을 확인했다. 사실이었다. 야스쿠니 신사 앞에 전쟁 영웅을 추모하는 일본인 행렬이 줄을 이었다. 모두 정갈하고 엄숙한 차림으로 신사를 드나들었다. 상혁과 할머닌 야스야마 고도시란 육군 소령 계급장을 단 비명 앞에 섰다. 사진 속에서 할아버지는 미소를 짓고 있었다. 할머닌 비석을 붙들고 소리쳐 울고 말았다. 상혁은 우두커니 조부의 사진 앞에서 고갤 떨구고 할머니의 일그러진 모습을 바라보고 있었다. 신사를 나오는데 야스쿠니 신사 앞에서 위안부 할머니들이 시위하고 있었다. 할머닌 그들과 합류하였다.

"일본은 일본군 위안부 강제 동원의 진상을 밝히고 우리에게 정신적 물질적 보상과 명예를 회복하라."

할머니들이 외치는 모습을 보니 눈물이 핑 돌았다. 할머닌 그들 속에 우두커니 앉아있었다. 지나는 시민들이 식상한 표정을 지었다. 그때 극우파 청년들이 몰려와서 할머니들의 시위를 방해하였다.

"일본 시민 여러분! 조센징 할머니들의 주장은 억지이고 사깁니다. 일본 정부는 정신대 위안부를 징발한 일이 없습니다."

"벼락을 맞을 놈들, 내가 너희 일본군의 위안부인데 뭘 더 증명하라고."

정애심 할머니가 소리쳤다.

"입 닥치지 못할까?"

우익 청년들이 할머니에게 대들었다. 그때였다. 한 일본 여인이 메가폰을 들고 외쳤다.

"일본 정부는 위안부 할머니들에게 잘못을 인정하고 피해 보상을 하라. 존경하는 도쿄 시민 여러분! 역사를 부정하는 일본의 태도에 부끄러운 줄 알아야 합니다. 일본은 이웃 나라에서 정신대 위안부를 징발했습니다. 그들은 일본군의 성노예였습니다. 여러분, 억울함을 호소하는 위안부 할머니들의 애타는 목소리를 경청해 주시오. 그 고통을 상상해 보십시오. 그녀들은 꽃다운 나이에 거친 군인들의 성노예가 되었으니 그 얼마나 슬픈 인생입니까? 만약에 여러분의 딸과 형제가 미국 군인에게 모욕을 당했다면 당신들은 어떻게 하겠습니까?"

그녀의 열변에 지나던 외국인들이 의아한 표정으로 반문했다. 상혁은 그녀를 바라보았다. 소설가 사유리였다. 일본 우익들이 그녀에게로 달려갔다.

"넌, 대체 어느 나라 계집인데 그딴 유언비어를 날조하느냐?"

극우 청년들이 그녀에게 계란을 던지면서 난동을 부렸다.

"나는 일본의 역사소설가 사유리다. 난 진실을 말하려고 나왔다. 일본이 강제징용했습니다. 위안부는 성노예입니다."

"사악한 조센징들은 돈을 요구하려는 사기꾼이다."

우익 청년들이 반박하였다.

"정신대 위안부 징집은 세계인들이 다 아는 사실인데 사기라뇨? 일본은 이웃 나라에게 엄청난 인적 물적 피해를 입혔으니 보상을 해 줘야 합니다."

그녀는 계란을 맞고도 늠름하게 호소하였다.

"손바닥으로 태양을 가릴 수는 없다. 극우들은 각성하라. 일본 정부는 한국의 위안부 할머니들의 목소릴 들으라."

그녀의 외침에 할머니들이 힘을 내었다.

상혁은 사유리에게로 다가섰다.

"사유리 작가님, 어떻게 이런 용기를......"

"할머니들의 고통을 덜어드리고 싶었어요, 그리고 김 작가님을 돕고 싶었어요."

"역시 사유리 씬 양심 있는 일본의 지성입니다."

"끝까지 김 작가님을 돕겠습니다."

"감사합니다. 저의 조부님을 찾았어요. 야스쿠니 신사에 안치해 있었습니다."

"그럼, 일본의 전쟁영웅이군요."

"그래서 가슴이 아픕니다."

사유리가 슬픈 표정을 짓고 있는 상혁을 바라보았다. 그때 다시 극우파들이 물건을 집어 던지며 난동을 부렸다. 신사 앞에서 시위 하던 할머니가 쓰러졌다. 상혁은 할머니를 호텔로 모시고 가서 쉬게 하였다.

사유리 작가는 매일 거리로 나와서 할머니들과 같이 행동하며 일 본 정부는 반성하고 명예회복과 정당한 보상을 하라고 외쳤다. 위안 부 할머니들은 몹시 지쳐 있었다. 상혁은 할머니들을 부축하며 시위 를 하였다.

"일본은 조선인 위안부 할머니들과 강제 징용한 청년들의 죽음을 보상하고 야스쿠니 신사에 안치된 한국인의 위패를 반환하라."

"전쟁 영웅 위패를 반환하라고?"

극우파들이 김 작가 앞으로 다가섰다.

"나를 화나게 하지 마라, 나를 건들면 일본은 더욱더 추해진다."

"신성을 모독하는 새끼는 죽여야 해. 맞아 죽기 전에 빨리 꺼져 라."

"야스야마 고도시는 조선인이다. 그래서 반환하라는 것이다."

"가이텐 특공대원 고도시는 일본의 전쟁 영웅이다."

"조선인은 야스쿠니 신사에 안치되어선 안 된다."

사유리는 냉정하게 대처하자고 상혁을 위로하였다. 사유리가 알려줬다. 야스야마 고도시를 해군 특공대원으로 보낸 것은 홍사익 장군이었다. 그는 사또 마사노부에게 고문을 당해 죽을 것 같은 그를 빼내 일본 해군으로 보냈다. 그 후 고도시 소령은 가이텐의 조종사로 잠수함을 타고 태평양 전선의 해저를 휘젓고 다녔고 유황도, 오키나와 전투와 마지막 제주도에서 공을 세웠다는 것이다. 모리모토 형사의 말에 설마 했는데 사유리가 사실을 증명해 주었다.

야스쿠니 신사는 전사한 군경의 공동 무덤이지만 일본인들이 정신적인 성역으로 추모하는 곳이었다. 일본 극우파들은 사무라이 정신과 군국주의 부활만이 일본의 자존심을 되찾는 것이라고 떠들어댔다. 일본 정부는 이들 우익을 부추겨 전쟁하는 나라로 헌법을 개정하려고 하였다. 세계여론은 일본의 군국주의 부활을 염려하면서 헌법 개정과 수상의 야스쿠니 신사 참배를 반대하였다. 그러나 일본 정부는 호국신을 모시는 신당이라고 주장하며 신사를 종교처럼 받들어 군국주의 부활의 기치를 보였다.

시민들은 반정부 시위를 펼치는 사유리 작가를 궁금하게 생각하였다. 그녀가 벌이는 시위와 상혁과 위안부 할머니들이 벌이는 시위의 목적이 같은 것이었다. 조부의 위패를 반환하라는 상혁의 주장은 정당한 것이지만 일본 우익들은 영웅에 대한 모독이라고 생각하였다.

야스야마 고도시가 신사에 안치된 것은 가미가제와 가이텐 특공대를 소재로 소설을 쓴 하쿠타의 '신풍과 회천'의 주인공이었다. 그의 소설 속에서 야스야마 고도시와 마쓰이 히데오는 가미가제와 가이텐의 특공대로 일본과 제주도를 구하고 죽은 영웅이라고 기술했었다. 사유리가 그 사실을 알아낸 것이다.

할머니는 슬프게 울었다. 남편이 야스쿠니 신사에 전쟁 영웅으로 안치된 것이 부끄러웠다. 사유리 작가는 하루도 빠짐이 없이 야스쿠니 신사 앞에서 해가 지면 돌아가고 해가 뜨면 나와서 할머니들과 시위를 벌였다. 사유리 작가는 할머님께 식사 대접을 하려고 한 레스토랑으로 모시고 갔다. 할머닌 30대 초반의 훤칠한 키에 우아하고 세련되고 깔끔한 미색의 지성미를 갖춘 그녀를 바라보고 미소를 지었다.

"처자의 조부와 내 남편이 가이텐 인간어뢰를 조종하였던 전우란 말이지?"

"네, 두 분의 인연은 정말 운명적이었어요."

조부는 태평양전쟁 때 뉴기니아 전투에서 죽어가는 노무라 대령을 살려준 은인인데 제주도에서 가이텐 조종사로 두 분이 만났다는 이야길 하였다.

"세상에 그런 인연이 있었구먼. 그래서 처자가 우릴 돕는구나."

"네. 그리고 할머니께 진실을 고백하려고 모셨습니다."

"진실 고백?"

"깊이 사과부터 하겠습니다. 사실 야스야마 고도시 소령은 전쟁 영웅이지만 저의 조부 노무라 대령은 영웅이 아니랍니다."

"무슨 소립니까? 두 분이 같이 전투하다가 죽음을 맞았다면서요?"

"아닙니다. 저의 조부는 위장된 영웅이랍니다. 그래서 야스쿠니 신사에서 빼내려고 합니다."

그녀는 이상한 소릴 지껄였다.

"우리 상혁과는 태평양전쟁 탐사차 만났다면서요?

"네, 소설을 쓰려고 태평양 전선을 헤매다가 상혁 씨를 만났어요."

사실 운명 같은 이야기였다. 노무라 대령의 생명을 구한 고도시 소령이 같은 가이텐 장교로 만난다는 것이 예상치 않은 인연이었다. 그런데 사유리 작가가 자기 조부는 전쟁 영웅이 아니라는 것이었다.

"참 아이러니하잖아요. 전장에서 조부가 만났고 우리가 만난 것 말입니다."

"보통 인연은 아닌 것 같소."

"한 편의 드라마 같았지요. 그런데 저의 조부가 상혁 씨 조부를 배반했어요."

"배반?"

생명을 구해준 은인인데 조부를 배반했다는 것이었다.

"제가 한국의 위안부 할머니들을 돕는 것은 인간의 존엄한 가치를 지키려는 것이지만 조부가 저지른 배신에 대한 반성이기도 합니다."

"반성이라고요?"

"네, 조부는 고도시 소령의 유족에게 사죄하고 반성을 해야 한다고 유언을 남겼답니다."

"전선에서 돌아가신 할아버지가 유언을 남겨요?"

"저의 할아버지는 죽지 않고 살아왔거든요."

"뭐라고요? 살아왔다고요?"

"몇 년 전에 돌아가셨어요. 돌아가시면서 유족을 도우라고 유언을 남겼어요."

"어떻게 그런 일이......."

"할아버진 배신자였어요. 고도시 소령만 죽게 한 배신자죠."

그녀는 속죄하는 마음으로 숨겨진 비밀을 말하고 있었다.

"사유리 작가님, 저의 조부는 한국에선 악질 친일파라고 비방을 받아요. 손자인 나까지 그런 취급을 당한답니다."

"알고 있습니다. 부끄러울 뿐입니다."

그녀는 야스쿠니 신사에 안치된 분들의 이야길 들려주었다.

야스쿠니 신사는 원래 메이지 유신 때 목숨을 잃은 3,588명의 호국 열사를 안치한 신사인데 태평양전쟁에 참전하였다가 전사한 250만 명 용사들의 유골과 위패를 같이 모시고 있었다. 신사는 공동 묘지인데 일본인은 이곳을 호국신단이라고 하였다. 이 중에 여자도 6만 명이나 안치되었고 강제 노역으로 잡혀가서 전사한 외국인만 도 3만 명인데 한국인도 2만 2천 명이나 있다니 어처구니없는 일이었다. 특히 이곳엔 전쟁광 도조 히데키를 비롯하여 A급 전범 14명도 안치되었다. 한국인으로 홍사익 일본군 중장도 이곳에 안치되었다. 사실 조선의 부모들은 징용간 자식이 어디서 어떻게 죽었는지 몰랐고 전사통지서 한 장 받지 못하는데 그들의 위패가 무려 2만2천 명이나 야스쿠니 신사에 안치되어 있었다.

"정말 한국인의 위패가 22,000명이나 안치되어 있어요?"

상혁이 물었다.

"대동아전쟁 때 일본을 위하여 싸운 공로자들이죠."

"일본을 위한 공로자라고요?"

상혁은 분노를 금치 못했다.

"한일합병국의 전사자들이라서 신사에 모셨지요."

다음 날 성난 위안부 할머니들이 다시 야스쿠니 신사 앞에 모였다. 사유리 교수와 상혁은 위안부 할머니들 시위 대열에 서 있었다. 상혁은 시위 대열로 나갔다.

'야스쿠니 신사 안의 조선인 유해를 한국으로 반환하라. 전쟁할 수 없는 나라 일본의 헌법을 준수하고 사악한 일본인의 추한 모습을 보이지 말라.'

사유리 작가도 열창하였다.

'위안부는 자생 매춘 단체가 아니고 일본 정부가 만든 성노예다. 위안부 할머니들의 명예를 회복하라.'

우익 청년들이 시위 현장에 나타나서 사유리 교수를 다그치고 협박하였다.

"대체 너는 어느 나라 사람인데 조센징 편을 드는 거야?"

"일본인의 양심을 걸고 성노예 할머니들의 아픔을 위로하는 것입니다."

"위안부는 없었다. 그녀들은 사익 매춘집단입니다."

"말 삼가해요. 할머니들이 스스로 매춘하려고 전쟁터까지 갔단 말인가? 세계인들이 다 일본군 위안부라고 증언하는데 정신대 위안부가 없었다는 말은 허위다."

사유리는 냉철하게 주장하였다. 그때 극우파 행동대장 마쓰이 가즈오가 말했다.

"조선인들은 은혜를 모르는 민족입니다. 우리가 얼마나 많이 도와줬는데 아직도 억지를 쓰냐고요?"

"일본이 조선을 잘살게 했다고요? 일본은 식민 통치로 조선인에게 엄청난 고통을 주었고 조선의 재산을 수없이 강탈해 갔습니다."

상혁이 그에게 항변하였다.

"일·조 합방의 황국 시민은 국가를 위하여 고통을 겪는 것은 당연합니다."

"당신은 그럴 자격이 없어. 가면을 벗어라."

사유리가 그에게 일침을 놓았다.

"사유리 작가님, 당신의 조부는 가이텐 특공대로 영웅 칭호를 받고 있어요. 그런데 왜 말도 안 되는 조선인 매춘 할머니들의 편을 드냐고요?"

극우파 가즈오는 힐난의 눈빛으로 사유리를 쏘아붙였다.

"마쓰이 가즈오 씨. 난 당신을 알아요. 당신이 군국주의 일본의 부활을 찬양하지만 그것은 조부를 욕되게 하고 명예에 먹칠하는 것입니다."

"무슨 소립니까? 내 조부는 가미카제의 영웅입니다."

"조부 마쓰이 히데오는 일본을 사랑한 영혼이 아니고 일본을 증오했지요."

"사유리 교수님, 말 함부로 하지 말아요."

"마쓰이 히데오는 일본인이 아니고 조선인 오정근입니다."

"위증하지 말아요. 내 조부는 일본인입니다."

그는 놀라운 표정을 지었다. 일본의 우익들은 늘 한국이 잘 살게 만들어 준 것이 일본이고 그런 토대에서 오늘날처럼 발전했는데 은혜를 모르는 나쁜 근성을 가진 민족이라는 욕설을 퍼부었다.

"일본은 한국을 배워야 한다. 한국은 일본의 스승이다."

사유리는 목청을 높여 외쳤다. 그때 경찰차가 달려와서 사유리를 체포하여 차에 태우고 떠났다.

다음 날 저녁에 사유리 교수가 호텔로 찾아왔다.

"풀려났군요. 그런데 이 밤에 다 웬일이세요?"

잠옷 바람으로 그녀를 맞았다.

커피를 마시며 그녀가 무거운 입을 열었다.

"우익 청년 대장 마쓰이 가즈오란 놈을 조심해야 합니다."

"그러잖아도 신변의 위협을 느끼곤 해요."

"그는 한국인이면서 일본인 행세하는 나쁜 인간이에요."

"그가 한국인이라고요? "

"오정근 소령의 손자죠. 악랄한 놈이 무슨 짓을 할지 모르니 조심해야 합니다."

"가만둘 수 없는 놈이군요."

잠시 커피를 마시며 침묵이 이어졌다. 그리고 그녀는 다시 말을 꺼냈다. 야마스타 노무라 대령과 야스야마 고도시 소령이 가이텐을 타고 적함에 뛰어들어 산화한 이야기를 하였다. 2차 대전 말기, 패전이 가까워져 오자 일본은 가미가제와 가이텐으로 신풍을 일으켰다. 가이텐(회천回天)은 인간어뢰인데 '쇠퇴한 힘을 하늘에서 다시 일으킨다.'란 뜻이었다. 일본군은 가미가제를 자살 특공으로 죽게 하였고 가이텐에겐 어뢰를 몸에 달고 함정에 뛰어들어 폭파하는 작전으로 결전을 폈다.

일본에서 시위를 벌이다가 벚꽃이 지고 잎새가 파랗게 변조할 즈음에 제주도로 돌아왔다. 시청 앞에서 모슬포 개발 건을 내놓고 환경운동가들과 개발 업자들이 주민들 앞에서 실랑이를 벌이고 있었다. 환경운동가들은 전적지를 없애는 개발은 용납할 수 없다고 맞섰고 개발 업자들은 천혜의 주택단지를 만들어 모슬포를 발전시키겠다는 것이었다. 상혁은 일본에서 돌아와서 제주도 모슬포에 조부와 할머니의 기림상을 세우겠다고 나섰다. 어느 날 인종석이란 자가 불쑥 나타나서 물었다.

"대체 모슬포에 기림상 제막을 하려는 이유가 뭡니까?"

"전쟁의 상처로 얼룩진 모슬포의 비극을 후손에게 반면교사 하는 유적으로 남기고 싶은 것입니다."

"친일파의 유산을 남기겠다고요?"

"우리 할머니는 정신대로 끌려간 희생양이었고 우리 조부는 징용병이었어요."

"당신의 조부모는 친일파 군인과 친일위안부입니다."

"이 새끼가 죽고 싶어서 환장했군."

상혁은 인종석의 멱살을 잡고 흔들다가 밀어 버렸다. 인종석은 땅에 쓰러져서 소리쳤다.

"당신의 조부는 가이텐의 친일 군인이며 당신의 조모는 4.3 사건 때 공산주의자 무장대원이었어."

"뭐라고? 함부로 말하지 말라. 네놈이야말로 친일파 자손이잖아, 내가 너의 집안 과거를 들추어 버릴 거다."

그 말에 인종석은 조용해졌다.

사칭 모슬포 개발위원장이라고 나선 인종석은 조부가 제주도를 구했다는 사실을 왜곡하고 있었다. 그는 모슬포 알뜨르 비행장을 없애고 위락시설을 만들려고 주민을 설득하고 있었다. 모슬포는 우리 근대사의 비극적 현장인데 그 역사적인 유적을 없애고 위락시설을 세운다는 것은 말도 안 된다고 상혁은 반대하였다.

미국이 일본 본토를 방어하는 제주도에 원폭을 떨어뜨리려고 하였다. 그것을 막은 사람이 김현준 소령이었다. 미군의 제주도 폭격을 막은 용사들은 가미가제 신풍과 가이텐 회천을 탄 조선인 조종사들이었다. 그들의 죽음이 제주도를 구했다. 그들은 일본이란 허상의 조국에 강제징용 당한 조선의 청년들로 제주를 위해 목숨을 초개 같이 버렸다. 미군은 일본 본토 공격을 앞두고 제주도에서 강하게 저항하는 일본군을 궤멸시키려고 집중 포격을 준비하였다. 그런데 조선 출신 가미가제들이 필사적으로 폭격에 대응하여 마침내 미군은 제주도 공격을 포기하고 본토로 기수를 돌려 제주도 융단 포격을 막아냈다. 마침내 미국은 일본 본토에 원자폭탄을 떨어뜨린 것이다.

상혁은 사유리 작가의 말을 회상하였다.

"조선의 가미가제와 가이텐들이 미군의 제주 폭격을 방해하여 기수를 본토로 돌렸어요."

제주도 폭격 전야, 알뜨르 비행장에 주둔한 조선인 가미가제들과 가이텐들이 긴급회의를 열어 미군의 제주 폭격을 막자고 결의하였다. 조선인 출신 가이텐 야스야마 고도시 소령과 가미가제 마쓰이 히데오 소령이 앞장을 섰다.

"우리 강토와 우리 민족이 피격당하는 것을 두고만 볼 수 없습니다."

김현준 소령이 간절하게 대원들에게 호소했다.

"당연히 막아야죠."

"우리가 목숨을 바쳐서라도 제주도와 민간인을 지켜야 합니다."

마쓰이 히데오 소령이 동조하였다.

"방법은 먼저 미군의 폭격기와 잠수함의 제주도 접근을 막아야 합니다."

"그렇군요. 그것만이 제주가 불바다가 되는 것을 막아낼 수 있군요."

"조국 강토 수호를 위하여 죽음으로 사수합시다."

모든 조선인 조종사들과 가이텐들이 일치된 의견을 모았다. 김현준 소령과 오정근은 손을 꼭 잡고 의기투합을 하였다. 그런데 저녁에 특공 대장 야마스타 노무라 대령이 갑자기 작전회의를 소집하였다.

"아무래도 이번 작전은 포기해야 할 것 같다."

노무라 대령이 말했다.

"무슨 말입니까?"

히데오 소령이 물었다.

"중과부족, 적의 화력에 당할 수가 없는 작전을 왜 하려 함인가?"

"그러나 무슨 수를 써서라도 제주 폭격을 막아내야죠."

김현준 소령이 나섰다.

"적은 B-29 폭격기와 대형 잠수함과 수십 척의 함정을 가졌는데 어떻게 공격을 막는단 말인가. 우리 특공대론 계란으로 바위 치기야."

"제가 B-29 폭격기 폭격을 막겠습니다."

히데오는 이빨을 앙다물었다. '조선과 제주도를 위하여 만세.'

"노무라 대령님은 빠지십시오. 우리만이라도 해냅니다."

히데오는 폭약을 지고 비행기에 올랐고 김현준을 어뢰를 지고 잠수정에 올라탔다. 인간 폭격기 가미가제와 가이텐이 적의 함정을 향하여 돌격하였다. 적의 함대 한 척이 어뢰 폭탄을 맞고 불바다가 되더니 곧 수장 되었다. 가미가제가 적기로 돌진하였다. 미군 항공 사령관이 정보를 받고 태평양함대 사령관에 보고하였다.

"제주도 항공대의 발악입니다. 저놈들 때문에 일본 본토 폭격에 차질을 가져오겠습니다."

전보를 받고 태평양함대 사령관이 명령을 내렸다.

"그렇다면 제주도를 포기하고 기수를 본토로 돌려라."

끝까지 제주도를 박살 낼 것 같은 미군기가 제주 폭격을 중단하고 기수를 돌려 일본 본토로 날아가고 있었다. 조선의 특공대들은 함성을 질렀다.

'성공, 성공, 우리가 제주 폭격을 막아냈다.'라고 환호하는 사이에 일본 본토에 원자폭탄이 투하되었다는 소식이 들려왔다. 조선 출신 가미가제와 가이텐들이 폭격을 지연시키지 않았더라면 제주는 불바다가 되었을 것이다.

그런데 인종석은 주민들 앞에서 친일파를 추방하라고 떠들어 댔다.

"김현준은 악질 친일파 장교였고 그의 아내 정애심은 제주 4·3사건을 일으킨 공산주의 무장대원입니다. 그런 자들의 기림비를 세운다는 것은 어불성설입니다."

휠체어를 타고 듣고 있던 할머니가 버럭 소릴 질렀다.

"내가 위안부 정애심이다. 인종석, 네놈의 조부는 관동군 장교였다. 나라 팔아먹은 놈의 자식이 뭐가 잘 났다고 나서는 거야."

"할머니, 인신 모독죄로 고발할 것입니다."

"고발해. 난 네놈의 대대손손을 사멸시킬거야."

"할망텡이가 무슨 소릴 하는 거야? 남편은 친일파 군인이었고 당신은 일본군 위안부였잖아요. 그리고 공산당 무장대원이었고요."

"네놈의 조부 때문에 위안부로 끌려갔고 네놈의 조부는 독립군을 때려잡던 만주 정벌대 장교였다."

"미쳤군, 어디서 없는 말을 지어내는 거요?"

녀석은 할머니 휠체어 엎어버렸다. 멀리서 그 광경을 보고 있던 상혁이 달려가서 녀석의 얼굴에 강한 펀치를 날리고 깔고 앉아 주먹질을 가했다. 경찰이 두 사람을 연행해 갔다. 사실이었다. 그의 조부 인철은 관동군 장교였다가 해방 정국에서 철저하게 과거의 행적을 속이고 국방군에 가담하여 제주 폭동 진압군 장교로 활약했다. 그날 밤, 할머닌 심한 고통을 호소하다가 숨을 거두었다. 결국은 친일파에게 죽임을 당한 것이었다.

상혁은 할머니 장례를 치르고 실의에 빠졌다. 정의가 불의에 당하는 슬픔이었다.

모슬포는 우리 근대사의 비극을 한 몸에 지고 있는 역사의 현장이다. 2차 대전의 일본 해군 비행장이 있었고 해방 후 미군이 정주하여 건국의 기초를 세웠던 곳이며 민족의 백·적 이념 갈등이 마침내 4·3사건이란 비극을 초래한 현장이었다.

사유리 작가가 제주를 찾아왔다. 김 작가는 모슬포 카페에서 태평양을 바라보며 그녀와 커피를 마시고 있었다. 그녀는 약간 우수에 잠긴 표정을 지었다.

"바다가 참 아름답네요."

"저곳이 가미가제 전투 비행장과 가이텐이 주둔했던 항구입니다."

"그러니까 내 할아버지 야마시타 노무라 대령이 전투한 곳이군요."

사유리 작가는 2차 대전 말기에 제주도에서 산화된 마지막 가이텐 조종사 야마시타 노무라 대령을 회상하였다. 그녀의 조부는 자살특공 가이텐의 함장으로 미함대와 충돌로 산화 된 일본 해군의 최고 전쟁 영웅으로 존경받고 있었다.

사유리는 조부가 죽은 모슬포를 찾은 것이다. 일본은 오키나와가 탈취당하자 제주도에 본토 방어 최강 기지를 만들었다.

"김 작가님, 가이텐이 어떤 특공대인 줄 알았지요?"

"폭탄을 몸에 지고 적의 함정과 충돌한 인공 어뢰라면서요."

"사람과 폭탄을 묶어 폭파시켜 죽여 놓고

전쟁영웅이라고 찬사 했답니다.”

“저도 내 조부가 몸을 던져 일본의 전쟁영웅이 된 것이 부끄럽습니다.”

“물론 저와는 입장이 다르잖아요.”

“그런데 솔로몬 전투에서 만난 두 분이 어떻게 다시 만났을까요?”

김 작가는 그녀에게 마지막 결전에서 산화했던 비극의 현장을 보여주었다. 벌써 75년이 지난 역사지만 아직도 생생하게 아픔이 점철된 현장이었다. 아버진 친일 장교의 자식이란 오욕과 위안부 어머니를 사이에 두고 가슴 쓰라린 역사의 짐을 지고 몸부림을 쳤다.

“저의 할머닌 친일파를 잡으려고 남로당 무장대로 활동을 했어요.”

“그런 아픔이 있었군요.”

“가이텐들이 전쟁에 나갈 때 ‘천황폐하 만세’를 부르고 나갔다는데 정말, ‘천황폐하 만세’를 불렀을까요?”

“그것은 군국주의자들이 지어낸 거짓말이지요. 아마 그들은 ‘내가 죽어 일본을 망하게 할 것이다.’라고 말했겠지요.”

상혁은 가이텐의 활동 무대인 송악산 해변 동굴로 그녀를 안내하였다. 바로 보이는 마라도 근해에서 야마시타 노무라 대령과 야스야마 고도시 소령이 미 해군 함정을 침몰시키고 산화한 현장이었다.

“사유리 교수님, 난 친일파 후손이란 비난을 받고 산답니다.”

“가이텐 조종사는 일본의 군인이었지 친일파는 아니잖아요.”

사유리는 뭔가 심취한 말을 하려고 왔는데 말을 못 하고 돌아갔다.

고지선이 오랜만에 상혁을 찾아왔다. 그는 그녀의 조부를 친일파라고 신랄하게 비판하였는데 자신의 조부가 야스쿠니 신사에 안치된 전쟁 영웅이란 사실에 그녀를 대하기가 민망했다. 그것은 조국을 배신한 골수 친일파라고 비판받는 홍사익 장군과 고준만 판사의 행적과 다를 바 없었다. 고지선은 만나면 다투고 빈정대지만 사실은 서로가 일본 제국주의를 비판하는 친구였다. 지선은 늘 조부가 저지른 친일 행각에 몸서리 처지는 저항과 반성을 하면서 조선총독부 고등 재판소 판사인 고준만의 행각은 천추에 비판받을 죄악이라고 하였다.

"기분이 어때, 너의 조부가 골수 친일파 군인이라는 비난 말이야."

"괜찮아, 군인으로서 명령에 따랐을 뿐 친일파는 아니야. 너의 조부처럼 조선인을 죽이거나 괴롭힌 것은 아니란 말이다."

"일본에 맹종한 것은 매 마찬가지가 아닐까? 홍사익, 고준만, 김현준, 다 친일파들이야."

고지선은 상혁의 심정을 비틀어 놓았다. 그는 사유리 작가를 떠올리며 상혁의 심기를 비틀고 있었다.

"너도 별수 없는 친일파 자손이야."

그녀는 다시 일침을 가했다. 그가 자길 친일파 골수분자의 손녀라고 공격을 가할 때 그녀는 죄책감으로 침묵했지만 지금 그의 표정은 그와 반대였다. 김 작가가 조국과 민족을 사랑한 조부와 아버지를 찾아다니는 모습에서 늘 열등감을 느꼈는데 그가 조부의 친일 군인이란 말에 고갤 떨구는 모습이 재미있었다.

"친일파 자식이란 말 들으니 어때? 때려죽이고 싶지."

"넌, 못생긴 게. 마음씨도 더럽냐? 내게 꼭 그런 소릴 해야겠어?"

"못 생기고 마음씨도 더럽다고?"

"난 너 같은 여자 싫어. 안 생겨도 너무 안 생겼어, 누가 너를 데리고 가니?"

"너 정말 노처녀 미치게 할 거야. 네가 데리고 간다고 했잖아."

"내가 언제 그런 말을 했어."

"너. 일본의 교수와 연애 한다메? 미모의 일본인 여류 작가 사유리와 열연 중이라고, 치사한 친일파 새끼야."

고지선은 사납게 그를 노려보았다.

"오해다. 그렇지 않아."

"할아버지를 야스쿠니 신사에서 빼 올 거야."

"응, 할머니 원혼을 풀어드려야지."

"사유리 교수의 도움을 청해봐라."

"그만해. 난 너를 사랑해......."

"양다리 걸치지 말란 말이다. 친일파 새끼야."

한마디 퍼붓고 나갔다.

노무라 일기

그는 할아버지에 관한 연민에 젖어 있었다. 조부가 천황을 신격화하는 엘리트 가이텐 특공대 장교였다는 것은 창피스러운 일이었다. 할머니와 아버지가 겪은 고통은 그분의 행적 뒤에 숨어버리는 애처로움이 있었다. 그리고 아버지는 어디에서 죽음을 맞았으며 그 죽음의 이유를 모른다. 어쨌건 아버지의 죽음을 놓고 왈가왈부한 유키 검사와 모르모토 형사의 상반된 행위는 상혁을 화나게 하였다. 그들이 조부의 행적을 알고 있는 것 같은데 딴소릴 하는 것 같다고 고지선이 분노했다.

"모리모토 형사는 너의 조부의 죽음을 미화하고 유키 검사는 너의 아버지를 살인자라고 하는 두 분이 상충하는 어떤 문제 때문이 아닐까?"

"무슨 뜻이야?"

"너의 소설 '망각의 유산'에 이어 출간된 '강제징용실록'에 일본이 초긴장하고 있다는 거야. 그래서 둘 다 너의 입을 막으려고 나선 것 같아."

"그건 너무 비약이다. 정말 그런 식으로 나를 속박하겠다면 어리석은 짓이야."

"조심해, 일본이 긴장하고 있다는 것을 명심하라고."

"응. 고맙다."

"사유리 작가가 태평양전쟁을 소재로 소설을 쓴다니 냄새가 나는 것 같아."

"그녀는 태평양전쟁을 쓰고 난 대동아전쟁을 쓰는 거야."

지선은 유키와 모리모토가 조부의 친일행적과 아버지의 살인자라는 굴레를 씌워 내 집필에 지장을 주자는 공동 심보라는 것이다. 일본은 사실 내가 쓴 '망각의 유산'의 제2탄인 '강제징용 실록'에 신경을 곤두세우고 있었다.

일본의 가이텐 특공대 창설은 2차 대전의 종말을 고하는 최후의 발악이었다. 하늘에 가미가제가 있다면 바다엔 가이텐 특공대가 있었다.

가이텐 제1훈련소는 가고시마에 있었고 제2훈련소는 제주도 모슬포에 있었다. 야마구치현 슈난시의 오스시마에 가이텐 제작소와 훈련소가 기념관으로 남아 있었다.

1943년 태평양전쟁에서 많은 잠수함과 군함을 잃은 일본은 최후의 수단으로 인간 어뢰를 구상하였다. 해군사관학교 출신 구로키 히로시 대위와 나시나 세키오 중위가 잠수함 93을 개조하여 자살 특공 어뢰 가이텐을 만들었다. 해군사령부에서 가이텐의 이름을 일본의 군함 '가이텐마루'를 따서 불렀다.

미군의 B-29폭격기가 필립핀 레이테만의 제공권을 장악하고 있어서 일본군은 제대로 전투기를 띄울 수가 없었다. 아리마 소장은 의기소침하여 전의를 상실하고 있는데 도요다 연합 함대 사령관이 아리마 소장을 독려하였다.

"비행기가 못 뜨니 특공 잠수부대로 편성하시오."

"잠수특공대요, 알겠습니다."

아리마 소장은 1944년 3월에 자폭 특공 병기인 가이텐을 개발하였는데 연합 함대 사령관인 도요다 소에무가 불만을 토로하였다.

"인간을 어뢰에 태워 산화시킨다는 것은 살인입니다."

"그렇지 않고선 미군을 못 이깁니다."

아리마 소장이 반박하였다.

"잠수함과 조종사를 다 잃을 그야말로 개죽음을 시킬 셈인가요."

"이길 수 있다면 그까짓 목숨이 뭐가 대수롭습니까?"

1944년 10월 15일, 항공함대 사령관인 오니시 다키지로 해군 중장이 집요하게 아리마 소장을 독려하여 새로 만든 인간어뢰 가이텐이 등장하였다. 마침내 마사후미 해군 소장은 93어뢰를 개조하여 만든 가이텐에 사람을 태워 적함에 충돌하여 함대를 폭파시키는 실험을 하였다. 선두에 인간어뢰 기폭제를 달고 폭약을 장진하고 신관 뒤엔 산소탱크를 달고 그 뒤에 조종석이 있었다. 조종석은 아래 출입구로 들어가서 장착하고 앉으면 위 출입문이 닫히고 곧장 용접해서 조종사가 빠져나올 수 없도록 밀봉을 해버렸다. 폭탄을 진 조종사는 잠망경으로 물 밖의 물체를 감시할 수 있었다.

가이텐回天은 해군 전술무기 중에서 가장 명중률이 높은 어뢰였다. 강력 스크루를 달아 조종사가 직접 어뢰를 몰고 가서 적함을 들이받게 하였다.

일본군은 전략상 제주도에 공·해군 기지를 증설하고 중국과 만주에 있는 일본군 최정예 부대와 관동군이 일본 본토로 합류하는데 미국 공군이 주시하고 있었다. 일본은 본토를 수호하기 위하여 길목인 제주에 병력을 주둔시켰다. 따라서 미군의 공격은 제주도로 집결하였다.

　도요다 제독은 제주도 알뜨르 비행장에서 가미가제 특전단을 만들고 모슬포에 가이텐 특공대를 만들었다. 가이텐 특공대 대장에 노무라 대령이 임명되었고 가이텐 훈련 대장은 스코이 중령이 선임 되었다. 스코이는 결전에 대비하여 생과 사를 넘나드는 훈련을 시켰다. 가장 실력 있는 G2 조종사는 일본인 스코이 중령과 조선인 야스야마 고도시(김현준) 소령이었다. 가이텐 특공대 발대 식장에서 노무라 대령과 김현준 소령의 극적인 만남이 있었다.

　"자네. 야스야마 고도시 대위가 아닌가?"

　"노무라 대령님, 살아계셨군요. 어떻게 여길......."

　"생명의 은인을 만나는군, 반갑네. 미군 포로로 갔다가 석방 때 돌아왔다네."

　"그랬군요, 저도 사이판 전쟁 때 간신히 살아서 돌아왔었습니다."

　"아무튼 이렇게 만난 것은 운명일세, 앞으로 우리 잘해보세나."

　그렇게 구성된 특공대에서 같이 근무하게 되었다. 어느 날 도요다 제독이 가이텐 특공대를 방문하였다.

　"그대들은 움직이는 폭탄이다. 적의 함대와 사라지는 각오로 임하라."

　"폭탄과 같이 사라지라니 무리한 전투인 것 같습니다."

　노무라 대령이 불평했다.

　"대령님 말씀이 옳습니다. 무리한 훈련은 전투력을 약화시킵니다."

　김현준이 소령이 거들었다.

　"노무라 대령, 국가 존망이 위기인데 어디서 그딴 소릴 하는가?"

　"인명을 너무 경시하는 것 같아서 한 말입니다."

"끝까지 반항이군, 당장 노무라 대령을 물속에 집어 던져라."

도요다 제독의 명령에 대원들이 노무라 대령을 물속으로 던져버렸다. 물에 던져진 대령은 나오지 못했다. 그때 김현준 소령이 물속으로 뛰어 들어가서 노무라 대령을 끌고 나왔다.

"고맙네."

노무라 대령이 김현준 소령에게 미소를 보냈다.

상하이에서 출항한 미군 B-29 전투기와 항공모함들이 제주도를 박살 낼 자세로 달려오고 있었다. 항공함대는 점점 제주 근해로 접근하고 있었다. 제주 도민들은 미군이 제주도를 폭격하면 제주도는 한순간에 사라져 버릴 것이 두려워서 떨고 있었다. 도요다 사령관은 가미가제와 가이텐 특공대를 출동시키라고 명령하였다.

'가미가제, 가이텐 특공대는 즉각 출동하라.', '천황 폐하와 조국을 위하여 산화하리라.' 가이텐들이 구호를 복창하며 어뢰정에 탑승하였다. 제로센 전투기에 마쓰이 히데오 중령과 노야마 사이코쿠 소령이 탑승하였고 가이텐 G2호 대장선 자마루엔 야마스티 노무라 대령과 야스야마 고도시 소령이 탑승하였다. 노무라 대령이 눈물을 글썽이며 되뇌었다.

'가이텐의 전사들이여! 그대들은 천황과 조국을 위하여 목숨 바쳐 위대한 영웅이 되어라. 천황과 조국을 위하여 산화하라.' 병사들이 가이텐의 노래를 합창하였다.

미군 B-29 폭격기가 함대를 호위하고 점점 제주도로 다가오고 있었다. 함대 뒤로 비행기용 유류를 가득 실은 유조선이 뒤따르고 있었다. 제주 폭격 시간이 다가오고 있었다. 노무라는 어뢰의 폭약 장치와 산소통을 확인했다. 김현준은 조종석에 앉아 잠망경으로 밖을 내다보았다. 어둠의 바다에 물고기가 헤엄쳐 다녔다. 잠수함은 가이텐을 달고 천천히 유조선으로 접근하였다.

"두려운가?"

노무라 대령이 김현준에게 물었다.

"아닙니다."

"나는 두렵다네, 그러나 임무는 꼭 성공하게 해야 하는 거야."

노무라는 김현준의 손을 굳게 잡았다.

"결혼했나?"

"아들이 있어요. 몹시 보고 싶군요."

"나도 결혼을 했어. 아내가 몹시 보고 싶네."

그때였다. 58잠수함에서 긴급 명령이 떨어졌다.

"가이텐 G2 들리는가? 전방 10㎞ 앞에 미군 유조선이 다가오고 있다."

"네. 한 방으로 날려 버리겠습니다."

김현준 소령이 소리쳤다.

"폭탄의 핀을 빼게."

노무라 대령이 말했다.

"네. 뺐습니다."

김현준은 추진 발진 장치키를 잡아당겼다. 잠수정에서 분리된 인간어뢰 G2는 요란한 엔진 소릴 내면서 미군 유조선을 향하여 날아 갔다. 김현준은 엔진의 속도를 높였다. 눈앞에 거대한 유조선이 버티고 서 있었다.

"돌격"

노무라가 뚜껑을 열고 나가면서 외쳤다. 아홉, 여덟, 일곱, 여섯, 다섯, 넷, 셋, 두 사람은 동시에 카운트다운을 하고 있었다. 하나. 제로, 김현준 소령은 폭약 장치 스위치를 잡아당겼다. 순간 인간어뢰 가이텐은 함정과 충돌을 하였다. '꽝'하는 엄청난 굉음을 내면서 폭발음과 함께 유조선이 화염에 싸였다. 불꽃은 온통 바다를 덮었다. 순간 두 사람 역시 화염 속으로 사라져 버렸다. 폭격을 맞은 유조 탱크가 터지면서 기름에 불이 붙기 시작했다. 그리고 물속으로 천천히 사라졌다. 유조선이 검은 연기를 내뿜고 사라진 해역엔 타다만 유조선의 잔해들이 물 위에 떠다녔다. 동시에 공중에선 미군기와 가미가제의 열띤 교전이 벌어졌다. 그러나 가미가제 전투기가 함포에 맞아 화염을 내뿜고 바다로 떨어진다.

그런데 이상한 일이 벌어졌다. 금방 제주도를 폭격할 것 같은 미군폭격기가 작전을 중지하고 일본 본토로 기수를 돌렸다. 그리고 한참 만에 들려오는 소식은 미군 폭격기가 일본 본토에 원자폭탄을 떨어뜨렸다는 것이다.

사유리 작가가 다시 제주를 방문하였다.

"김 작가님, 이건 불가능한 상황이지만 만약에 미함정과 충돌한 가이텐에 탄 조종사가 생존할 수 있을까요?"

"어떻게 폭약을 싣고 함정에 충돌한 조종사가 살아나요?"

"말도 안 되는 상황인데 그런 상황이 기적처럼 일어났던 거죠."

"뭐라고요?"

1945년 3월 미군은 오키나와를 공략하고 일본 본토 공략을 기획하고 있었다. 대본영은 본토 방어 사령부를 제주도에 두었다. 사유리는 자기 소설의 내용을 이야기하였다.

일본 대본영은 3월 12일 각 군 참모회의를 열고 미군 공략지점을 막을 전군에 결전 7호 명령을 내렸다. 대본영은 결7호 작전을 하달하고 육해공군이 협력하여 결전에 대비케 하였다. 결7호 작전은 남방군과 관동군을 본토로 귀국시켜 본토군과 혼성하여 7개 편역 군단으로 재편하였다.

제1결호군은 북쪽 방어 목적으로 홋가이도에 사령부를 두었고, 제2결호군은 동북 영토수호로 도후쿠에 두고, 제3결호군은 관동 방어로 간토에 주둔했고, 제4결호군은 중부 방어로 토카이에 주둔하고, 제5결호군은 중부 방어로 츄부에 설치하고, 제6결호군은 구수 방어로 규수에 사령부를 두었으며 제7결호군은 조선과 제주도 방어 목적으로 제주시에 주둔했다.

제주 결7호 작전 58사령부는 제주시 해안동에 두었고 작전 본부는 어승생악 동굴에 두었다. 4월에 조선 방어 제7 방면 군장은 노부로 도야마 중장으로 결호 58군으로 개편하였다. 개편한 58군 사령부(나카츠 사지브 중장)엔 5개 사단 58,000명, 포병전차부대 16,800명, 총 75,000명으로 제주를 5영역으로 방어하였다.

제주도 결7호 사령부는 공군기지와 해군기지를 만들고 제주 전역에 토굴을 파고 대대적인 진지와 해안 동굴 진지를 구축하고 미군 공격에 대비하였다. 모든 동굴 진지 입구는 두꺼운 철근 콘크리트로 만들었다. 한경면 청수리에 있는 가마오름 동굴 진지는 가장 긴 300m의 동굴이었고, 제주시 건립동의 사자봉 동굴 진지는 북부 해안방어를 목적으로 만들었고, 진드르 비행장과 알뜨르 비행장에 8개의 진지를 구축하였고, 조천읍 북촌리에 서우봉 동굴 진지가 있었다.

서귀포시 대정읍 섯알오름에도 6개의 동굴 진지가 있었다. 섯알오름 동굴 진지엔 전투사령관실, 탄약소, 연료창고, 비행기 수리 공장, 통신실이 있었다. 그리고 서귀포 대정읍 모슬봉엔 탄약고와 발전소가 있었고 대정면 이교동엔 통신 시설이 있었다. 알뜨르 비행장의 넓은 들판엔 격납고와 고사포 기지가 그대로 남아 있었다. 일본 해군은 1935년에 대정읍 상모리에 비행장을 만들어 1937년 완공하였다. 완공한 알뜨르 비행장은 격납고 19기와 부속건물, 지하벙커가 강건한 콘크리트 구조물로 되었다. 이곳은 중국 본토 상하이와 만주국, 중경을 폭격하기 위하여 만든 비행장이다.

상혁은 사유리 작가를 데리고 알뜨르 비행장을 나와 가이텐 본부가 있던 모슬포항으로 나갔다.

"이곳이 모슬포 가이텐 해군기지입니다."

"가이텐이 실제 훈련한 해안 동굴을 보여주세요."

모슬포에서 송악산으로 내려갔다. 해안에 벌집처럼 펑펑 뚫린 동굴 입구를 볼 수 있었다. 알뜨르 비행장의 경호 아래 대정리 송악산 해변동굴에 잠수함과 가이텐 어뢰정을 숨겨 두었다. 알뜨르 비행장을 걸으면서 사유리 교수는 깊은 생각에 젖어 있었다. 조부 야마시타 노무라 대령의 활동 무대에 감동을 받은 것 같았다. 그녀는 해변에 서서 먼바다 끝 일본을 바라보았다. 해변 카페에서 커피를 마시며 그녀는 갑자기 숙연해졌다.

"김상혁 작가님, 내가 고백할 게 있어요."

그녀는 심각한 표정을 지었다.

"말씀하세요. 무슨 말씀이던지?"

그녀는 약간 당황하는 모습을 보이더니 뭔가 말하려다가 입을 닫아버렸다.

"아닙니다. 내가 딴생각을 했나 봅니다."

"정말 싱겁군요."

그녀는 자리에서 일어났다.

"여행이 참 즐겁고 유익했어요."

그녀가 모슬포를 떠나면서 서류 봉투 하나를 주고 떠났다. '가이텐의 일기'였다. 그녀의 조부 야마시타 노무라 대령이 쓴 일기였다. 그것이 그녀가 상혁에게 하고 싶었던 이야기였다.

▋노무라 일기

유난히 날이 맑았다. 멀리 미군의 함선이 보인다. 미군 폭격기가 부산하게 제주도 상공을 맴돌고 있었다. 우린 초조하게 명령을 기다렸다. 나와 한 조가 되어 어뢰폭탄이 되기로 한 야스야마 고도시 소령은 의외로 침착했다. 그가 나와 한 조가 되어 가이텐으로 차출되었을 때 난 두려웠다. 과연 조선인이 목숨을 바쳐 적함에 뛰어들 수 있을까, 혹시 나를 해치지나 않을까 항상 두려웠다. 그러나 심성이 곱고 책임감이 강한 사람이었다. 언제나 깊은 침묵으로 일관했다. 뭔가 마음 깊은 곳에 울분 같은 것이 잠재해 있는 것 같은데 그는 아무 표현도 하지 않았다.

오직 황국의 특공대로 적의 함정을 꼭 폭파시키겠다는 일념으로 조종대를 잡고 있었다. 그러나 난 죽음이란 절망 앞에 고뇌하고 있었다. 꼭 이렇게 죽어야 하는가, 조선인인 그는 일본을 위하여 몸을 던질 각오가 되어있는데 난 뭔가 불안했다. 탈출하고 싶은 심정뿐이었다. 운명의 시간이 절박하게 다가오고 있었다. 우린 곧 폭탄과 같이 산화될 것이다. 그는 그 순간을 두려워하지 않는 것 같았다. 그때 난 몸에 묶은 어뢰를 제거하고 탈출을 하였다.

상혁은 그녀가 넘겨준 일기를 읽고 의아한 표정을 지었다. 야마시타 노무라 대령이 쓴 일기였다. 죽은 자의 일기다. 죽은 자가 어떻게 일기를 남겼을까. 탈출했다는 말이 자꾸 마음에 걸렸다. 그런데 그녀가 일본으로 돌아가서 내게 편지 한 장을 보내왔다.

김 작가님, 죄송해요, 사과드립니다. 사실은 그 전투에서 당신의 조부와 같이 죽었다는 노무라 대령은 살아서 돌아왔어요. 야스쿠니 신사에 있는 위패는 가짜랍니다. 우리 조부는 당신의 조부를 버리고 혼자 폭탄 속에서 탈출했어요. 김현준 소령만 자폭 당했답니다. 그리고 살아온 조부는 기적의 사나이로 위장했답니다. 일본 정부는 알면서도 가짜 영웅으로 만들어 가이텐의 전공을 빛나게 했지요. 그리고 산자가 죽은 자로 변신하고 위패를 만들었어요. 고정된 어뢰정 문을 어떻게 열었느냐고요? 미리 출입구를 부숴 놨답니다. 그래서 당신의 조부 김현준은 산화되고 저의 조부는 살아서 왔답니다. 그래서 조부는 유언으로 김현준과 그의 아내를 찾아 돌봐 달라고 했답니다. 내가 그렇게 당신에게 접근한 이유입니다.

그 상황에서 노무라 대령은 조부만 산화하게 하고 도망을 쳤다. 비열한 일본인, 탈영자를 사형에 처하기는커녕 죽은 자로 위장하여 신사에 안치하였다. 참을 수 없는 분노와 울분이 치밀었다. 정말 믿을 수 없는 인간말종들이었다. 산화되었던 인간이 살아있었다. 일본인의 두 얼굴을 보는 상혁의 심정은 분노에 차 있었다.

상혁은 당장 그녀에게 연락하였다. 그녀는 전화를 받지 않았다. 곧장 일본으로 건너갔으나 그녀를 만날 길이 없었다. 상혁은 야스쿠니 신사 앞에서 조선인 가미카제와 가이텐들의 위패를 조국으로 돌려보내라고 시위를 하였다.

그때였다. 극우파 청년 마쓰이 가즈오란 놈이 상혁의 멱살을 잡고 흔들었다.

"사악한 조선인은 꺼져."

"가오즈, 난 네가 조선인이라는 것을 안다."

상혁은 녀석을 들어 내동댕이쳐 버렸다. 두 사람이 치고받는 싸움이었다. 경찰이 다가와서 두 사람을 연행하였다. 상혁은 폭력범으로 도쿄 치안청 유치장에 감금되었다. 1주일이 지난 후 경찰이 유치장 문을 열었다.

"김상혁 씨 석방입니다. 폭행당한 마쓰이 가즈오가 고소를 취소했어요."

마쓰이 가즈오가 경찰서로 찾아왔다.

"무슨 변덕입니까? 왜 고소를 취소했어요?"

가즈오가 무릎을 꿇고 빌었다.

"사과드립니다. 제가 김상혁 씨와 위안부 할머니들에게 죄를 지었습니다."

"왜 이러세요? 언제부터 극우파들이 조선인에게 미안해했어요?"

"맞습니다. 전 일본인이 아닙니다. 위장한 일본인이죠."

상혁은 사유리를 통하여 그가 한국인 3세란 것을 알고 있었다. 마쓰이 히데오 중령(오정근)의 손자인데 일본인으로 위장한 사악한 극우파였다.

"당신은 일본 극우파들보다 잔인하고 나쁜 조선인입니다."

그의 표정에 그려진 일본인의 두 모습을 볼 수 있었다. 한국인 3세이면서 한국인을 학대하고 괴롭힌 것은 마치 일제하의 친일파 밀정이나 형사 같았다. 그는 극우파란 가면을 쓰고 위안부 할머니들을 학대하였다. 그런데 그가 왜 그런 후회를 했는지 진정성을 알 수가 없었다.

"정 그렇다면 사유리 교수에게 먼저 사과하세요."

"아닙니다. 그녀는 내가 가장 증오하는 인간입니다."

"그녀는 위안부 할머니들의 명예회복을 위하여 나선 양심적인 인간입니다."

"정말, 그럴까요? 그녀가 그렇게 하는 덴 이유가 있답니다."

"이유가 어떻든 사과를 하세요."

"그녀는 당신의 조부와 내 조부를 죽였던 자의 손녀입니다. 김상혁 작가님, 그녀의 조부 노무라 대령은 당신의 조부만 죽이고 살아왔어요. 살아있으면서 죽은 자로 위장하고 전쟁 영웅 칭호를 받았지요."

"당신도 그 사실을 알고 있었어요?"

"네, 야마시타 노무라 대령은 살아있다가 몇 년 전에 죽었어요."

노무라 대령은 인간의 죽음 앞에서 치욕적인 모습을 보였다. 동지들은 천황을 위해 몸을 던졌는데 그는 혼자 살아서 돌아와서 죽은 영웅이 되었다.

"당신이나 사유리 작가에게서 일본인의 더러운 모습을 보는군요."

"난 조부 마쓰이 히데오의 손자로서 조국을 사랑할 겁니다."

"가소롭군요. 갑자기 그런 생각을 왜 했어요? 그만 돌아가세요."

상혁은 혼돈의 소용돌이 속에 휘말리고 있었다. 사유리와 가즈오의 고백이 마음에 걸렸다. 일본인의 사악한 두 모습을 보는 것이 가증스러웠다. 전쟁터에서 작전을 수행하던 중에 탈출하여 천수를 누렸다. 그런 자가 전사한 이름으로 야스쿠니 신사에 남아 있었다.

사유리 작가에게서 전화가 왔다.

"김 작가님, 죄송해요, 저의 조부 위패를 야스쿠니 신사에 두기로 했습니다. 야스야마 고도시 소령님의 위패 옆에 말입니다. 김 작가님도 조부의 위패를 야스쿠니 신사에 둠이 어떨까요? 당신의 조부는 진정한 영웅이니까요."

"전 그럴 수가 없습니다."

"비극적인 소식을 하나 전해 드리겠어요. 마쓰이 가즈오가 살해당했답니다."

"뭐요? 누가 죽였어요?"

"극우파 청년단이 죽였어요. 조선인 3세란 것이 밝혀졌어요."

가엾은 가오즈, 그렇게 살려고 민족을 배반했단 말인가...... 순간 무엇이 진실이고 거짓인가, 어쩔 수 없이 조부의 위패를 그곳에 둘 수밖에 없다는 그녀의 말에 강한 저항을 느꼈다. 그녀의 실체는 뭔가? 진정으로 한국인에 반성하는 양심인가, 진정한 일본의 양심인가.

"그리고 김상혁 작가님, 당신의 소설 '대동아전쟁 실록'은 잘 되어가고 있지요? 전 당신의 소설 속에 한 여인으로 존재하고 싶습니다."

그녀의 뉴앙스는 묘한 혼란을 자아냈다.

"가슴이 답답하고 혼란스럽습니다."

그때였다. 모리모토 형사에게서 긴급한 소식이 전해왔다.

"김 작가님, 야마시타 가스토시를 죽인 범인이 잡혔답니다."

"누굽니까?"

"마쓰이 가즈오 였습니다."

"가즈오가 가시토시를 죽였다고요?"

"네, 조부를 죽게 한 배반자 손자라서 죽였답니다."

"그럼, 저의 아버지를 죽인 범인은 누굽니까?"

"모르겠습니다. 그건 유키 검사가 조사하는 중입니다."

알 수 없는 일이었다. 마쓰이 가즈오가 야마시타 가스토시를 죽였다. 그가 가스토시를 죽인 것은 할아버지를 죽게 한 야마시타 노무라 대령에 대한 복수였다. 야마시타 가스토시는 노무라 대령의 아들이었다. 그래서 그는 극우파로 위장하고 그의 아들 가스토시를 죽였다.

"정말 가즈오가 가스토시를 죽였나요?"

"사실입니다."

모리모토 형사는 씁쓸한 표정을 지었다.

갑자기 가즈오가 불쌍해졌다. 조부에 대해 복수를 하려고 극우파로 위장하고 조선인을 괴롭히더니 결국 일본인에게 죽었다. 사유리 교수는 위안부의 명예회복을 위해 나선 것은 조부 야마시타 노무라 대령이 저지른 비인간적인 작태를 사죄하려는 그나마 살아있는 일본의 양심이었다.

친자매이면서 유키는 협박자였고 사유리는 교우자였다. 유키와 사유리는 가스토시의 딸이며 노무라 대령의 손녀였다. 이제야 두 여인이 상혁에게 접근한 의도를 알았다. 그녀들이 상혁에게 베푸는 최소한의 양심이며 사과였다. 유키 검사는 살인범을 잡으려는 의도가 아니고 상혁의 아버지를 찾아주려는 노력이었다. 상혁은 복잡하게 얽혀진 상황에 혼돈하고 있었다. 그렇다면 아버지를 죽인 범인은 누구인가, 그는 모리모토 사토시 형사에게 전화를 하였다.

"가스토시를 죽인 범인이 가즈오라면 저의 아버지 소식은 모르나요?"

"그것은 유키 검사가 알고 있을 것 같습니다."

언젠가 유키 검사가 한 말이 생각났다. '모리모토 탐정이 김 작가의 아버지 사인을 규명하려고 나선 것은 꿀과 독입니다.' 유키는 그가 일본 경찰 간부라는 것이다. 그러니까 경찰과 검찰이 한 사건을 놓고 공을 세우려고 대결 구도를 보이는 것 같았는데 생각해보니 그들은 상혁을 보호하고 있었다.

상혁은 깊은 생각에 잠겼다. 유키와 모르모토는 사건을 풀어가면서 할아버지의 조국 사랑과 일본인의 비양심을 고발하면서 조부의 인간적인 사랑과 조국애를 부각시켰다. 참으로 아름다운 용서와 배려였다. 다만 그들이 김상혁 작가를 도우려는 방법이 달랐다. 돕는 자와 해치는 자, 유키 검사는 해치는 듯하면서 도와줬고 모리모토는 실제로 도왔다. 대체 그들은 진정 왜 상혁을 도우려고 했을까? 어쩌면 일본인의 두 얼굴인지 모른다. 유키와 사유리의 모습에서 모리모토의 모습이 겹친다. 두 자매는 할아버지의 배신을 깊이 반성하고 진정한 용서를 빌었다. 그나마 위안이 되는 것은 사악한 일본 극우들의 행태에 비추어 그들은 진정한 일본인의 양심이었다. 상혁은 일본군 전범으로 되어있는 할아버지 유골을 야스쿠니 신사에 두기로 생각을 굳혔다. 그것이 역사이기 때문이었다. 그리고 돌아오지 못한 강제징용자들의 영혼을 위해 기도할 것이다.

할머닌 일본군 위안부였다.

일제는 평화로운 조선인의 가정을 산산이 조각내 버렸다. 할아버
진 결혼하자마자 학도병으로 끌려가고 할머닌 혼자 유복자를 낳았
는데 불행은 연연되어 할머닌 정신대로 끌려갔다. 일본군 위안부로
고통을 받다가 위안소를 탈출하여 방랑하다가 해방이 된 한참 후에
야 고향으로 돌아왔다. 그리고 할머니는 유복자를 잘 키웠다.

어느 날 아버진 할머니 앞에 꿇어앉았다.

'어머니, 일본으로 가렵니다. 일본에 왜 가? 아버지를 찾아 어머니
의 한을 풀어드리겠어요. 아서라 죽었는지 살았는지 모르는 사람이
다. 내 손으로 아버지를 해친 자들을 찾아 죽일 것입니다. 그런 생각
은 버려라. 허무한 짓은 삼가라.' 할머니가 노발대발하셨다. 아버진
할아버지를 찾아 일본으로 떠났으나 행방불명이 되어버렸다. 그리
고 20년이 지났다.

할머닌 늘 아버지의 그림자에 갇혀 사셨다. 그런 할머니를 바라보
는 내 마음엔 항상 슬픔이 드리워져 있었고 할머니 가슴엔 우울한
잔영이 그늘져 있었다. 남편에 대한 그리움과 아들에 대한 미안함이
일본에 대한 복수심으로 이글거렸다. 그 암울한 고해苦海의 그림자를

차마 볼 수 없었다. 할머닌 남편과 아버지를 그리는 표정엔 언제나 근심이 깃들어 있었다. 어쩌다가 쾌청한 날씨엔 가을 들판의 찬란한 햇빛을 받고 풍성하게 자라는 곡식처럼 화색이 밝았다가도 옛일이 생각나면 어느새 먹구름 같은 표정으로 굳어 버린다. 습관적인 불만이 늘 우울로 그늘져 있었다. 밝은 표정 뒤에 갑자기 엄습하는 우울한 기억은 항상 할머니의 마음을 쓰리게 하였다.

그것은 지난날 위안부 성노예로 살았던 슬프고 무서운 잔영 때문이라는 것을 알았다. 할머닌 서슬 퍼런 일본군의 위안부로 끌려가서 청춘을 송두리째 유린당한 분이다. 할머닌 지난날의 악몽이 회상될 때마다 몸부림을 쳤다. 그것은 우리 할머니뿐 아니라 일제 강점기 때 위안부로 끌려갔던 모든 여인의 참혹한 고통이었다. 인간 살육의 학대와 고통의 몸부림은 절대로 지워지지 않는 악몽이었다.

"상혁아, 아버지를 찾아야 한다. 살아있을지 몰라."

"네, 태평양 전쟁터를 찾아 할아버지와 아버지를 찾을 것입니다."

일본군 해군 소령, 야스야마 고도시(김현준)는 태평양전쟁 때 징용병으로 끌려가서 희생당한 분이다.

1941년 18세의 나이로 결혼한 이듬해 할아버진 학도병으로 징용되고 유복자 아들을 낳은 할머닌 다음 해에 정신대로 끌려가서 일본군 위안부가 되었다. 그런데 해방을 맞아 고국으로 돌아왔으나 남편은 돌아오지 않았다. 유복자 아들은 시고모님이 잘 길러줬다. '미안해, 아들아' 할머닌 아들에게 늘 죄인이었다. 그런데 동네 사람들이 수군거렸다. '저 여자, 일본군의 접대부였대.'라며 비웃고 멸시하며 욕설을 퍼부었다. 그럴 때마다 할머닌 부끄럽고 무서워서 얼굴을 내밀지 못했다. 창피해서 어떻게 사느냐고 통탄했다. 그 소린 아들을 괴롭혔고 손자의 귀에도 들려왔다. 아들이 초등학교 6학년 때 어머니에게 따졌다.

"아버지는 일본군 군인이었고 어머닌 일본군의 색시였다면서요? 아이들이 친일파라고 놀려요?"

"그래서 너도 어머니가 창피한 거냐?"

어머닌 눈을 부릅뜨고 아들을 나무랐다. 그런데 아이들은 손자에게도 고통을 주었다.

"너의 할머닌 일본군 색시였고 할아버진 나쁜 친일파 군인이야."

"할머니, 아이들이 나라를 판 친일파 손자라고 놀려요."

"누가 그래...... 상혁아, 아니란다. 우린 친일파가 아니란다."

"사람들이 모두 내게 친일파 위안부 손자라고 놀려요."

"내 말을 잘 들어, 남들이 뭐라고 해도 할머닌 친일파가 아니다."

기가 막히는 일이었다. 진저리쳐지는 전쟁의 회오리 속에서 할아버진 학도병으로 끌려가서 일본군 장교가 되었고 할머닌 정신대로 징발되어 일본군을 상대로 한 위안부였다. 아버진 그 소리가 듣기 싫어서 할아버지를 찾아 집을 나갔다가 행방불명이 되었다. 할머닌 항상 말했다.

'일본 놈들이 조선인을 개 취급했단다. 선량한 백성을 전쟁의 소용돌이에 몰아넣었고 수만 명의 학도병과 징집군인, 정신대와 군무원을 노동군으로 전장에 몰아넣고 죽였다. 700만 명이란 이 나라 젊은이가 사라졌단다.'

전쟁의 가혹한 폭행에 학살과 공포 속에서 죽은 자와 산 자의 명암은 달랐다. 죽은 자는 말이 없지만, 산자는 할 말이 많았다. 세상이 바뀌어 독립했으나 고통은 연생 되었고 그들의 생사와 그 고통을 해결해 줄 사람은 없었다. 한 시대를 잘못 만난 사람들이 가해자였고 피해자였다. 친일파들이 애국자로 둔갑하여 날뛰는 바람에 죽은 자나 살아서 돌아온 자들 가족의 고통은 더해갔다.

▮ 친일파는 역사와 민족 앞에 석고대죄하라

 친일파 놈들이 나라를 팔아먹어 백성은 지옥 같은 고통을 겪어야 했는데 그들의 후예들은 늑대의 가죽을 벗고 선량한 양으로 변신하여 부를 누리고 산다. 야속한 것은 망각이었다. 모두가 일제 치하의 생지옥의 고통을 다 잊어버렸다. 젊은이들의 말이 더욱 기가 막힌다. 마치 외계인처럼 말한다.

 '왜 일본을 싫어하는지 모르겠어. 그 시대는 그랬다고 쳐, 지금은 아니잖아. 이웃 나라를 욕해선 안 되지.' 심지어 피해자의 후손들까지도 한 세기 동안에 일어났던 조부들의 이야길 망각해 버렸다. '우리가 왜 그 고통을 연식 해야 하는 거야.'라고 말한다. 문제는 친일파들이 슬픈 역사를 만들었는데 그때의 이야길 해주는 사람이 없다는 것이다. 상혁은 그 사실을 너무 잘 알고 있었다. 친일파들이 망친 역사를 국가도 방관했고 지도층의 무지 때문에 왜곡의 역사는 진정한 역사로 변했다. 진실이 왜곡되어 가족 간의 견해도 제각각이다. 할머닌 늘 통곡했다.

 '왜곡의 역사를 믿으라고. 이 무슨 개만도 못한 인간들의 망동이란 말인가. 100년이 채 지나지 않았는데 민족과 가족이 겪은 고통과 아픔을 외면하는 것이 후손으로 취할 태도인가.' 역사는 그렇게 왜곡되고 조작된 연극을 즐기며 사라지고 있었다. 일제는 36년간 수많은 조선의 젊은이들을 전쟁의 포화 속에 처넣고 죽였다. 그러나 간신히 목숨을 구해 살아와서 그때 이야길 하는 사람들을 정신병 환자나 치매 노인으로 취급해 버렸다. 할머닌 자신이 겪은 고통보다 과거를 잊어버린 사람들의 행각이 더 가슴 아프다고 하였다.

해방되어 귀국했으나 할머닌 전쟁이 남긴 상처로 피폐한 인생을 공포로 사셨다. 그리고 일본이 망하길 기다렸고 상처받은 아픔을 보상받으려고 노력했지만 국가의 실수로 한 세기가 지나도록 그 바람과 소원은 이루어지지 않았다. 일본군의 위안부였다는 창피스러운 불명예 때문에 거의 은둔의 암흑 속에서 헤어나지 못했다. 그 잔영은 평생 할머니를 괴롭혔다.

"상혁아, 기회가 되면 할아버지와 아버지를 찾아보아라."

"행방불명은 죽은 거잖아요."

"내가 허무한 생각을 하는구나. 난 기필코 일본이 무너지는 것을 보고 죽을 것이다. 화산이 폭발하고 지진이 일어나서 열도가 쪼개지던지 해일이 쓸어 가라앉길 기다린다. 내 생전 그 일이 이루어지지 않으며 죽어서 일어날 것이다."

▮야스쿠니 신사의 한국인 유해를 송환하라

상혁은 할머니의 비망록을 보고 깜짝 놀랐다. 그렇게 찾던 할아버지가 일본의 야스쿠니 신사에 일본의 전쟁 영웅으로 안치되어 있다는 것이다. '현준 씨, 왜 일본의 야스쿠니 신사에 있어요? 당신은 그곳에 있을 사람이 아니랍니다.', '살려줘요, 나도 몰라요.' 일본군 해군 소령 야스야마 고도시(김현준)는 죽어 2,200명의 한국인 청년들과 같이 그곳에 안치되었다. 어쩔 수 없는 운명이며 약소민족의 한이었다.

할머니의 비망록을 읽고 아버지는 할아버지 유해를 찾으러 일본으로 갔다가 행방불명이 되었다. 일본인이 죽인 것이다. 할머닌 가슴에 맺힌 상처와 울분이 폭발할 때마다 소리를 질렀다. '네놈들은 망해야 한다. 이 지구상에서 사라져야 한다. 어떻게 인간이 자국의 영달을 위하여 이웃 나라를 괴롭히고 개인의 인권을 짓밟고도 사과 한마디 없단 말이냐.'

일제 강점기의 치욕사는 조선과 조선인의 삶을 짓밟아버렸고 전쟁의 아픔과 상처를 주었다. 강제 징집으로 700만 명의 청년들이 죽었고 2,000만 조선인의 삶이 망가져 버렸는데 우리는 왜 그들을 용서하려고 하는가. 친일파들을 척결하지 못한 것이 천추의 한이었다. 해방 후에 마땅히 처단되어야 할 친일파들이 위장의 탈을 쓰고 선량한 지식인으로 둔갑하는 바람에 역사는 꼬이고 말았다.

대한민국 정부가 수립되면서 이승만 대통령이 그들을 이용하여 쉽게 정권을 잡았던 것이 화근이었다. 친일파들이 새 정부의 일원으로 등장하였다. 조선인 출신 총독부 인사들과 일부 친일파 지성인들은 조선의 청년들을 강제징용으로 끌어내고 위안부에 지원하라고 앞장을 서서 선동하고 충동하는 나팔수로 총독부 훈장을 받던 놈들이 애국자로 둔갑하였다. 할머닌 일본군 정신대 위안부로 끌려갔던 후유증으로 거의 공황 상태의 인생을 사셨다.

누구를 원망하며 누굴 증오할 것인가, 국가는 백성의 자유와 인권을 지키지 못하고 앞서 짓밟아버린 우를 범하고 말았다. 일제는 조선인을 무참하게 식민 노예로 부려먹었고 전쟁터로 몰아 죽였는데 한 점 뉘우침이 없었다. 그 고통을 일본은 외면했고 한국 정부도 보상은커녕 언급조차 안 했다. 할머니의 뇌리에 그 악몽이 점철되어 있었다. 기구한 운명의 주인공이었다. 할머닐 위안부로 떠밀었던 조선총독부 친일파 공무원들은 화려하게 부상하여 독립된 조국의 지도자로 등장했다.

'미친 새끼들, 왜 저들에게 정권을 주었는가.' 할머닌 멍든 후유증을 지우려고 해도 잠재된 상처는 지워지지 않았다.